A boa esposa contra-ataca

Outras obras da autora publicadas pela Editora Record

Aquela idade
A vingança da mulher de meia-idade

ELIZABETH BUCHAN

A boa esposa contra-ataca

Tradução de
TALITA MACEDO RODRIGUES

EDITORA RECORD
RIO DE JANEIRO • SÃO PAULO
2007

CIP-Brasil. Catalogação-na-fonte
Sindicato Nacional dos Editores de Livros, RJ.

Buchan, Elizabeth
B934b A boa esposa contra-ataca / Elizabeth Buchan; tradução de Talita Macedo Rodrigues. – Rio de Janeiro: Record, 2007.

Tradução de: Good wife strikes back
ISBN 978-85-01-06962-7

1. Ficção inglesa. I. Rodrigues, Talita Macedo. II. Título.

CDD – 823
06-4361 CDU – 821.111-3

Título original inglês:
THE GOOD WIFE STRIKES BACK

Capa adaptada da original ilustrada por Helen Chapman.

Direitos exclusivos de publicação em língua portuguesa somente para o Brasil adquiridos pela
EDITORA RECORD LTDA.
Rua Argentina 171 – Rio de Janeiro, RJ – 20921-380 – Tel.: 2585-2000
que se reserva a propriedade literária desta tradução

Impresso no Brasil

ISBN 978-85-01-06962-7

PEDIDOS PELO REEMBOLSO POSTAL
Caixa Postal 23.052
Rio de Janeiro, RJ – 20922-970

EDITORA AFILIADA

Para Margot

O valor dela excede o de rubis.

Provérbios 31:10

Agradecimentos

Muitos agradecimentos a Vanessa Hannam e Deborah Stewartby, por sua bondade, generosidade e paciência em responder às minhas perguntas sobre como é a vida de esposa de um Membro do Parlamento inglês. Quaisquer enganos serão inteiramente meus. Sou também extremamente grata a Emma Dally, por me enviar o *Complete Wine Course* de Keven Zraly (Sterling Publishing, New York). Copiei detalhes, para a (minha) Casa Rosa e para a visita aos túmulos etruscos, dos livros *Sob o sol da Toscana* (Broadway Books), de Frances Mayes, de *War in the Val d'Orcia* (Nonpareil Books), de Iris Origo, e *An Italian Education* (Avon Books), de Tim Parks. Também informações e piadas sobre o que é ser um Membro do Parlamento, de *Breaking the Code* (Trafalgar Square), de Gyles Brandreth. Com referências também a Jane Austen. Um enorme muito obrigada devo, ainda, a minha brilhante editora, Pamela Dorman, a Claire Ferraro, Lucia Watson, Carolyn Coleburn, Judi Kloos e ao restante da equipe fantástica da Viking Penguin. Também ao meu agente Mark Lucas, Janet Buck e, é claro, a Benjie, Adam e Eleanor.

Capítulo 1

É UMA VERDADE universalmente reconhecida a que diz que a felicidade de alguém, com freqüência, é comprada à custa da felicidade do outro.

Meu marido Will, político até o dedinho do pé, não entendeu isso muito bem. Ele sustentava que os sacrifícios pela causa do bem comum, por si só, já bastavam para deixar alguém feliz. E, como Will tinha sacrificado uma fatia significativa de sua vida em família em busca das suas ambições como, primeiro, um promissor Membro do Parlamento, depois, como membro da Comissão do Tesouro da Câmara dos Comuns, como ministro e — recentemente — como um dos possíveis indicados a Ministro das Finanças, decorre daí que ele deveria estar extremamente feliz.

Eu acho que ele estava.

Mas eu estava?

Não é uma pergunta, talvez, que uma boa esposa deva fazer.

Em nosso aniversário de 19 anos de casados, Will e eu nos prometemos agir como pessoas normais. Com esta finalidade, Will me levou ao teatro, pediu champanhe, beijou-me, com amor, e propôs um brinde: "À vida de casados."

A peça era *Casa de Boneca*, de Ibsen, e a montagem estava chamando muita atenção. Embora eu visse que ele estava morto de cansaço, Will permanecia muito quieto e ereto, sentado na poltrona, sem relaxar nem mesmo quando as luzes se apagavam. As costas retas faziam parte do treinamento, que ele havia se imposto, de jamais baixar a guarda em público. Apesar de já ter melhorado bastante, eu ainda estou atrasada neste quesito. É tão tentador deixar os ombros caírem, segurar a saia e cair na gargalhada quando o meu senso de ridículo é acionado — e havia tantas coisas ridículas em nossa vida: políticos, embaixadores, eleitores, cafés-da-manhã, jantares, ocasiões de gala... uma maravilhosa e colorida cambada de ambiciosos e ingênuos, de fracassados e bem-sucedidos.

Por necessidade, Will ria circunspecto — tanto que, certa vez, eu o acusei de ter perdido a habilidade por falta de uso. Havia apenas uma ligeira insinuação de sorriso em seus lábios, quando me explicou que um leve descuido poderia colocar a perder anos de trabalho.

Lancei um olhar furtivo na sua direção por baixo das pálpebras ainda doloridas da sessão habitual de todas as manhãs no salão de beleza. Cílios pintados são uma necessidade, porque, quando rio, meus olhos lacrimejam. No início da carreira de Will, quando eu estava sendo vigiada, avaliada e medida dos pés à cabeça, por olhos aguçados do eleitorado, Mannochie, o atento e fiel assessor de Will, tinha sido obrigado a sussurrar, discretamente, que a minha máscara tinha borrado. Eu não tive outra opção a não ser achar graça e procurar, logo, o espelho mais próximo, para um rápido conserto. Era parte da barganha combinada entre Will e eu. Em resumo, parecer bem, como esposa de ministro, era estar bem.

Vestida de azul-claro, com um leve brilho, Nora fez a sua entrada no palco, e o marido perguntou ansioso: "O que aconteceu com a minha avezinha canora?"

Will pegou a minha mão, a esquerda, que trazia o anel de casamento e o modesto rubi que tínhamos escolhido juntos. Era pequeno porque, noiva recentemente e exultante de amor, com a perspectiva de uma felicidade compartilhada e mútua harmonia, eu não quis que ele gastasse muito dinheiro comigo. Avaliar o passado é ótimo, e eu cheguei à conclusão que a modéstia é um desperdício quando se trata de jóias. O toque da mão dele era pouco familiar, estranho quase, mas eu já estava acostumada com isso, também, e não significava nada. Sob a falta de familiaridade, Will e eu estávamos ligados por nossos anos de casamento. Isso era incontestável.

No final da peça, ainda em seu vestido azul-claro, Nora afirmou: "Não acredito mais em milagres." O barulho da porta da frente, abrindo e fechando quando ela saiu de casa, soou como o estrépito de um portão de cadeia.

Alguém na platéia fez um leve gesto de aplauso, que ecoou sobre as cabeças bem comportadas nas poltronas da primeira fila. Ouviu-se um sussurrar de constrangimento coletivo diante desta demonstração de solidariedade feminina.

Quando o Parlamento se reunia, Will passava a semana em Londres, em um edifício de apartamentos em Westminster, e era lá que ele fechava os seus acordos, no salão de chá dos Membros, e fazia alianças. Nos velhos tempos, ele vinha para Stanwinton, nos finais de semana, para cuidar do seu eleitorado e da sua família, nessa ordem, e eu ia muito pouco a Londres. Agora que Chloe, nossa filha, estava com 18 anos, eu tinha liberdade para ir a Londres na maioria das semanas, mas esta noite estávamos indo para casa.

Eu observava as luzes frias e fantasmagóricas da cidade dando lugar às sombras dos subúrbios. Em casa, eu costumava fazer o jogo de só acender as luzes no último minuto. Eu adorava esse momento de transição entre claridade e escuridão, e as texturas de luz e sombras. Tinha aprendido que, se ficasse bem quieta, algo surpreendente emergiria dos espaços dentro da minha cabeça. Às vezes, apenas um pensamento fugaz. Às vezes, uma revelação ou uma conclusão. O elemento principal era a surpresa e eu me via, cada vez mais, ansiando pelo prazer da descoberta. Era o momento de pensar na paz, na felicidade, na expectativa... mas, ultimamente, eu suponho, de refletir sobre uma certa rastejante inquietude e uma crescente sensação de que era hora de mudar.

Will pigarreou — reconheci o sinal — e começou a falar do seu projeto do momento: a controversa iniciativa européia de taxar quem tivesse dois carros.

— Não há dúvida, mas precisamos fazer alguma coisa antes que o mundo sufoque. Não podemos ficar parados, sem fazer nada; precisamos mostrar que estamos falando sério. — Ele se virou — Fanny? Está me ouvindo?

— Claro — eu disse. — Olhe para a estrada, Will, não para mim.

— E então?

Mas eu estava pensando na época em que as minhas energias eram dedicadas à vida e aos objetivos políticos de Will e imaginando por que eu não sentia o mesmo agora. Não é que estivéssemos ficando velhos. Eu ainda amava Will, embora, algumas vezes, um leve encrespar de irritação e exaspero me fizesse esquecer disso — mas casamento era assim. Nossa vida ainda tinha muitas possibilidades.

— Fanny...? Você concorda com o que estou fazendo?

— Acho que não tem muita chance — respondi. — Acho que as pessoas nem sempre gostam que lhes digam o que é bom para elas.

— Então, estou sozinho desta vez? — ele disse, com o tom de quem está acostumado a defender as suas idéias — É justo.

Mais ou menos uma hora depois, ele embicou o carro na entrada de casa, desafivelou o cinto de segurança e estendeu a mão, para pegar a caixa vermelha, cheia de documentos que exigiam atenção e nunca saíam de perto de um ministro.

— Espero que tenha se divertido. — Ele apoiou a caixa sobre os joelhos e acrescentou. — Conseguimos, Fanny, não conseguimos? Dezenove anos...

Senti uma súbita e intensa inquietação. Ou foi perplexidade? Para onde foram aqueles anos? Uma santa, acho que Teresa, escreveu que a alma tem muitas moradas. O mesmo tem uma vida, e um casamento. Maternidade, também, e eu estava curiosa por acender uma luz em cada uma delas. Mas, depois de atravessar com sucesso as intimidades abafadas de esposa e mãe, eu agora perguntava: Qual dessas moradas era só minha? Em que lugar quieto, privado, eu poderia me recolher?

Sorri para ele.

— Foi uma noite ótima. — Então, me debrucei e lhe dei um beijo.

Quando entramos em casa, percebi que havia cometido o erro, ao contrário de Nora, de continuar acreditando em milagres. O tumulto que nos recebeu — Meg gritando e Sacha, seu filho, tentando acalmá-la, com palavras gentis — significava apenas uma coisa: a irmã de Will bebera.

— Por quê? — murmurei. — Por que agora? Ficou meses sem beber.

O rosto de Will se fechou numa expressão de congelada tristeza, que eu conhecia tão bem e que temia.

— Eu resolvo — falei. — Você vai cuidar dos seus papéis. De outra forma, não vai conseguir dormir. — Empurrei-o, gentilmente, na direção do escritório. — Vai.

Entrei pela passagem que se estendia por toda a largura da casa e esperei um ou dois segundos diante da porta. O barulho tinha parado.

— Sacha?

— Aqui em cima, Fanny.

Eu o encontrei no quarto de Meg, tentando colocar o corpo inerte de sua mãe na cama, e corri para ajudar. Meg estava encolhida de lado. Afastei seus cabelos da testa. Ela era tão loura quanto eu era morena, e de ossos bem menores.

— Ela bebeu muito?

Sacha arrumou as pernas dela em uma posição mais confortável.

— Não sei ao certo — e acrescentou, com esforço: — Desculpe.

— A culpa não é sua. — Abaixei-me para pegar uma garrafa de uísque no chão. Ainda estava três quartos cheia. — Acho que ela não bebeu tanto assim...

— Mas o bastante.

— Ela tem estado ótima ultimamente, e não bebeu uma gota enquanto você estava fora.

A banda de rock de Sacha estava lutando para decolar, e ele viajava com freqüência.

Ele se retraiu e eu tive vontade de dar um chute em mim mesma.

— *Não é* você. Não é porque você voltou... É a época do ano, ou uma conta inesperada ou...

— Ela ligou para o meu pai hoje. Ele quer renegociar a pensão. Deve ser isso.

— Sim. É isso. — Meg nunca conseguira aceitar que Rob a tivesse abandonado quando Sacha era pequenininho. — Falar com seu pai é sempre difícil para ela.

— Eu sei — ele disse. Falava com um cansaço muito grande para um rapaz de 24 anos.

Eu abracei o meu filho emprestado. Tinha o cheiro de coisas limpas. Sempre tinha, por mais que trabalhasse em lugares cheios de fumaça e bebidas.

— Não se desespere.

— Não me desespero — ele mentiu.

— Posso ficar com ela?

Sacha me empurrou para a porta. Isto era entre ele e a mãe e, agora que estava mais velho, tentava manter as coisas assim — porque era terrível e íntimo.

Virei-me para olhar para ele.

— *Foi* só uma vez, lembre-se disso — eu disse. — Foram meses e meses sem beber nada.

Na cozinha de Meg, a sua batalha perdida estava marcada por uma trilha de xícaras de café pela metade. A que ficou perto do telefone ainda estava cheia e sinalizava o momento da derrota. "Odeio você por saber quando parar", certa vez ela me disse.

Recolhi as xícaras e as lavei, esfregando com raiva as bordas manchadas de espuma marrom. Pela janela, observei uma raposa esgueirando-se pelo escuro canteiro de flores. Era mais magra do que uma raposa londrina. Dizem que as raposas estão mais seguras na cidade, mas eu me pergunto se não são atormentadas por uma memória genética do passado. Sentem falta do cheiro dos grãos no alto verão, da grama congelada quebradiça?

Deixei as canecas escorrendo e encontrei Chloe, derreada sobre a mesa da cozinha, ao lado de um copo de suco de maçã. Debrucei-me e a beijei. Cheirava a xampu e suas bochechas macias estavam escorregadias com creme para o rosto.

Ela esfregou os olhos.

— Não conseguia dormir — ela disse. — Tia Meg está bem?

Fui pisando com cautela. Will e eu tivemos a prudência de ocultar de nossa filha os excessos de Meg. Chloe ainda era jovem demais para saber de toda a verdade, mas velha demais para ouvir mentiras.

— Ótima.

Ela parecia ansiosa e um pouco confusa. Com seus cabelos louros e olhos escuros, era uma versão menor, infinitamente mais delicada, de Will. Um dia seria muito bonita e essa promessa me dava um profundo e absoluto prazer.

— Você e papai gostaram da peça?

— Foi brilhante; tivemos uma noite encantadora.

Ela arrematou o assunto com uma adulação:

— Foi bom vocês dois saírem juntos.

— Fez todo o seu dever de casa?

Ela encolheu os ombros, irritada:

— Brigitte ficou montando guarda e eu a mandei passear... mas fiz.

Brigitte era a nossa ajudante-governanta temporária, que levava suas tarefas muito a sério.

— Chá?

Ela recusou, com um movimento de cabeça.

— Cama, então — eu a fiz levantar-se, empurrei-a escada acima e a coloquei na cama. Curvei-me ao seu lado e sussurrei:
— Está tudo bem.

Chloe fechou os olhos.

— Tenho mesmo de ir ao enterro de Pearl Veriker, amanhã?

— Papai diz que temos. Sem discussão.

— Não é justo — Chloe sibilou. — Só porque têm de fazer todas essas coisas desagradáveis, vocês me obrigam a fazer, também.

— Dorme.

Fiquei rondando, um ou dois minutos, do lado de fora do quarto. Pobre Chloe. Ela aprenderia que cada vida compartilhada, cada vida separada, tem retalhos manchados de sangue e vestígios esfarrapados de concessões. Às vezes, também, a dor surda do pequeno martírio.

Will já estava deitado quando eu me enfiei na cama, ao seu lado.

— Chloe acordou. Eu a coloquei na cama.

— Bom. — Ele hesitou. — Ela está... Meg está bem?

— Dormindo.

— Por que você acha que ela fez isso?

Pensei um pouco.

— Ela e Rob conversaram pelo telefone sobre dinheiro, mas desconfio que tenha alguma coisa a ver com o nosso aniversário.

A nossa conversa ficou girando em torno do assunto Meg. Como sempre. Will coçou a cabeça:

— Eu daria tudo para pensar que Meg está feliz e com a vida resolvida. — Ele se virou para mim — Ela tem muito a agradecer a você, Fanny. Eu também.

Meus sentimentos por Meg podiam ser ambivalentes, mas era gostoso ouvir que Will me agradecia.

Ele se mexia na cama, indócil.

— O que você acha melhor, Fanny? — ele disse. — Acha que devemos procurar mais ajuda para ela? Você conseguiria fazer isso?

— Eu poderia, mas seria melhor se você falasse com ela. Talvez ela precise de um pouco da sua atenção.

Ele pensou nisto.

— Agora, não tenho tempo. Mas vou fazer isso, quando puder. Prometo.

Eu costumava sonhar com uma casa grande, generosa e bagunçada, onde as crianças ficassem se agitando e produzindo um murmúrio nos quartos — duas, três, até quatro delas. E todas as noites eu faria a ronda. "Esta é Millie", eu diria, alisando os fios louros embaraçados para longe do seu rosto. "Este é Arthur", tirando de sua boca o polegar. "E *este*... este é Jamie, o terror."

Mas não aconteceu assim. Depois de Chloe, não houve mais bebês. Meu corpo se esforçou para obedecer aos meus anseios, mas não pôde fazer o que eu lhe pedia. Às vezes, eles me perseguiam, os meus não-filhos — aqueles corpos quentes, sonolentos e rosados, os filhos-que-nunca-foram — e eu os ficava escutando brincar sob os beirais.

— Eu não me importo — Will me disse, uma vez. — Temos Chloe, isso basta. Nós cuidamos dela. Eu cuido de você. Você cuida de mim, Fanny. *Fique contente, por favor.*

— Não se importa nem um pouco? — perguntei.

Ele tocou no meu rosto.

— Eu me importo com você. Eu me importo com tudo o que possa magoar você.

No entanto, como acabou acontecendo, a minha casa estava cheia, e nós vínhamos sendo felizes. Primeiro Chloe nasceu, e eu fui catapultada para o terror, o mistério e o júbilo de um amor que jamais morreria. Depois, Meg veio morar conosco; Sacha também, quando fez 16 anos. As babás vieram e foram embora; os trabalhadores do partido entraram e saíram, de mansinho, cada um deixando uma marca fantasmagórica na atmosfera, seus sussurros e sons abafados dissolvendo-se nos murmúrios em geral da vida.

Capítulo 2

CARREGANDO UMA BANDEJA com o café-da-manhã composto de banana amassada e chá com torradas, bati na porta do quarto de Meg. Um resmungo de "Entra" foi a resposta.

O quarto fedia a uísque. Meg estava deitada de lado, e eu abri as cortinas.

Ela cobriu rápido os olhos, com o braço.

— Acho que vai ser necessário mais um pedido de desculpas.

— Só se você quiser.

— Não quero. — Ela se esforçou para se levantar.

Eu lhe passei uma xícara de chá.

— Beba isso.

Entre goles, ela perguntou:

— Sacha está bem?

— Ele ficou de guarda esta noite. Provavelmente está dormindo.

Meg deu um sorriso amargo:

— Sacha diz que compõe suas canções tarde da noite. Diz que é quando a sua mente está mais fértil e receptiva.

— É mesmo? — eu sabia o que Sacha queria dizer. Quando estava amamentando Chloe, essas primeiras horas da madrugada proporcionavam estranhos e intensos interlúdios quando, com o bebê ao seio, eu estava livre de obrigações, com liberdade para sair tateando em busca de alguma clareza e conhecimento.

— Por que faço isso com ele, Fanny?

Não era a primeira vez que Meg fazia essa pergunta; nem, se ambas fôssemos honestas, seria a última. Eu acompanhei o percurso instável da xícara até os seus lábios.

— Você gostaria de ter mais ajuda? Podemos organizar isso.

Ela me interrompeu:

— Não. Já tentei. Depende de mim, agora. A castigada, pouco confiável e velha eu mesma.

— Não, Meg, por favor.

— Não se preocupe — ela falou rápido. — Não vai acontecer de novo.

Sentei-me na beira da cama.

— E a respeito de Sacha e Will?

Ela fez uma careta:

— Não deveria tomar chá de estômago vazio. Não cai bem.

Eu cortei a torrada em quadrados e passei um para ela.

Meg apoiou a xícara na mesinha de cabeceira.

— Tanta gente atormentando e causando preocupação, Fanny. Isto deve certamente aquecer seu coração.

— *Pare* com isso.

— Desculpe, não foi por mal.

Em momentos com este, Meg sentia prazer em me irritar, ou quem estivesse tentando segurar a sua barra, mas ambas conhecíamos as fronteiras da nossa coexistência. Meg desejava amor e um lugar na família. Como Will, com a sua paixão por melhorar o mundo, eu queria ajudar e, de um certo modo meio atrapalhado, tínhamos conseguido manter um equilíbrio.

Ela levantou o rosto e disse baixinho:

— Eu sou uma boa causa, do tipo que você gosta. A melhor, porque sou irredimível. Portanto, nenhum de vocês poderá se culpar quando o pior acontecer. — Ela deixou cair a torrada meio comida de volta ao prato. — Vá embora, Fanny. Vá, se ocupe e mantenha tudo em ordem.

— Rob ligou esta manhã — falei, retirando a bandeja do seu colo.

— E aí? Falei com ele ontem.

— Ele esqueceu de lembrar a você que o aniversário de Sacha é no final da semana. Quer saber o que você vai fazer.

Meg enterrou o rosto nas mãos.

— O que eu fiz?

Eu me debrucei, recolhi a suéter e a calça que estavam jogadas no chão e as coloquei sobre a cadeira.

— Will e eu estamos ocupados hoje. Veremos você mais tarde.

— É tudo culpa do Rob — ela resmungou. — Se ele tivesse continuado casado comigo, eu talvez tivesse saído dessa.

Perdendo a paciência, eu me virei:

— Meg, você o *levou* a isso. Ele se apaixonou pela Tania por exaustão.

— Sou doente — ela disse, categoricamente. — Ele deveria ter se esforçado mais. Não se abandona uma pessoa doente.

— Eu já abandonei você? — perguntei.

— Você *quis*. Seja honesta.

Ficamos olhando uma para a outra. Meg foi a primeira a baixar os olhos, mas só porque sabia que era a vencedora. Ela sabia que tinha tornado impossível, para mim, sair do quarto.

Puxei uma cadeira, peguei a banana com a colher e entreguei a ela:

— Come.

Um sorriso pairou no canto da sua boca, mas seus olhos dispararam na direção da garrafa de uísque na cesta de lixo antes de ela abrir os lábios.

Os pais de Meg e Will tinham morrido em um espetacular acidente de carro. No meio dos destroços, ficou quase impossível dizer quem estava dirigindo, mas, em alguns aspectos, isso era irrelevante. Ambos eram alcoólatras, e os exames de sangue indicaram que nenhum dos dois tinha condições de estar ao volante.

Os filhos ficaram aos cuidados dos avós, idosos demais para dar conta dessa tarefa. Quatro anos mais velha do que Will, Meg acabou cozinhando, limpando, protegendo e dirigindo. Ela destrinçou os verbos franceses hesitantes de Will, batalhou com a sua álgebra e, quando ele saiu de casa para estudar para ser advogado, ela havia esquecido de si mesma.

— Era como se eu tivesse um vazio dentro de mim, sugando a pessoa que eu era — ela confessou, logo depois de vir morar conosco — e eu só podia encher esse espaço de um modo.

Quando ela se casou com Rob, outro advogado, o hábito de beber era dissimulado, furtivo, aparentemente sob controle. Quando Sacha nasceu, e a tensão de um casamento com um homem ocupado ficou clara, Meg foi perdendo o equilíbrio. No final, Rob disse que não podia mais viver com ela. Depois, informou-lhe que tinha encontrado outra pessoa que cuidaria direito dele e de Sacha.

— Foi o "direito" que doeu realmente — disse Meg.

— Meg foi a minha mãe e o meu pai — Will disse, quando veio me perguntar se ela poderia morar com a gente. — Ela desistiu de tudo, para garantir que eu ficasse bem.

Ele passou os dedos pelos cabelos, de um jeito que me divertia e, ao mesmo tempo, revirava o meu estômago. Qualquer menção aos seus primeiros anos de vida sempre fizeram Will ficar silencioso e quieto, e ele estava assim, naquele momento. Lembro de ter segurado o seu rosto entre as minhas mãos. "Você está comigo", lembrei-lhe; e vi os seus olhos escuros se animarem com o meu toque.

Uma hora depois, estávamos os três no carro, a caminho do enterro de Pearl Veriker.

Estávamos um pouco atrasados e Will dirigia acelerado.

— Você está muito calada. Tudo bem?

Chloe estava sentada cutucando, no banco de trás, as cutículas da mão esquerda, que, na última contagem, exibia cinco anéis de prata, incluindo o anel do polegar, que Sacha tinha trazido da sua última apresentação no norte do país:

— Mamãe está aborrecida com a tia Meg — ela falou.

— Aborrecida, não — eu disse.

— Dá um sorriso, então?

Chloe ajeitava o cinto de segurança:

— Por que me fez vir, papai? É ridículo.

— Chloe, estou falando com sua mãe, ou tentando falar. Tem algum problema, Fanny?

Quando me casei com Will, era jovem demais para saber como o dia-a-dia era escorado por pequenas evasões e desonestidades.

Nossa parceria deveria ter sido um riacho translúcido, que ambos contemplaríamos e de onde ambos extrairíamos o nosso alimento. Este tinha sido o projeto, mas eu não imaginara que, lançando a minha rede nestas águas cintilantes, também retiraria... não a truta gorda de carne rosada, mas um cardume de mentirinhas inofensivas e, de vez em quando, uma perigosa e de dentes afiados.

— Estou bem — eu disse.

— Ótimo — disse Will. — Quero lhe pedir um favor. Você pode me substituir nas duas próximas reuniões de sábado? Marcaram dois compromissos para a mesma hora.

Fechei os olhos. Eu passaria a minha manhã de sábado ouvindo, em nome de Will, pequenas histórias de injustiças diárias — negligência hospitalar, um vizinho insuportável, um erro na cobrança da conta de gás.

— Pode, Fanny?

Abri os olhos:

— Claro.

Will estacionou o carro em frente à igreja, e Chloe resmungou dramaticamente.

Pearl Veriker tinha sido presidente da associação do partido e, no princípio, fora a maldição da minha vida. Seu caixão devia estar pesado, pois o pessoal da funerária teve dificuldade para passar com ele pelo corredor. Um arranjo de rosas vermelhas e eufórbias verdes descansava sobre a tampa, e o vigário estava vestido de branco e dourado. Pearl, uma tirana de nascença, ia encontrar o seu Criador, em um estilo adequadamente colorido.

Sentei-me entre Chloe, de um lado, que continuava cutucando as cutículas, em estilo rebelde, e Matt Smith, do outro. Matt Smith era o novo presidente da associação, e exibia diplomas das

Universidades de Warwick e Harvard, e muita experiência em planejamentos e análise de problemas. Vestia ternos de linho, camisas sem colarinho e botas de cadarço, e falava de mudar modelos de eleição e grupos de convergência. Era, ele sustentava, um profissional.

Sobre o altar havia um vitral, com uma procissão de peregrinos, partindo para um Paraíso distante. As auréolas, pairando sobre dois homens, sugeriam que eles já haviam alcançado a santidade. Outros personagens, mulheres, há muito haviam desistido de chegar ao destino final. Eu já tinha estado na igreja muitas vezes. Como noiva, gostei do cavaleiro de aparência corajosa que liderava em primeiro plano. Agora eu preferia o cãozinho que seguia atrás da freira. Mas eu me preocupava com todos eles. A mãe que existia dentro de mim sabia que eles precisariam de roupas limpas, de um travesseiro e de um bom copo de leite antes de dormirem.

Meu chapéu, de abas largas, preto e não *muito* gracioso — comprado na Harrods, especialmente para estas ocasiões — estava um pouco apertado.

— Querida, a sua cabeça inchou com tantos elogios — Will tinha dito, enquanto eu lutava para colocá-lo, antes de sair de casa.

Ele se surpreendeu quando, sem saber exatamente por que, eu me virei para ele e explodi:

— Eu mereci, Will.

Ele recuou rápido:

— Sim. Claro que mereceu.

Consciente de que estava sendo avaliada, acertei a aba, o que me permitiu focalizar melhor o banco oposto. Era parte da minha função ser avaliada, e eu tinha escolhido a minha roupa com cuidado: um terninho preto justo que não demonstrava extravagância, sapatos de saltos não muito altos, e um batom de cor quente e cordial. O efeito era elegante, alinhado (mas não alinhado *demais*), e falava de uma mulher confiante e convicta de ter sido talhada para a tarefa. Uma boa esposa. Eu sabia disto porque tinham sido necessárias várias tentativas, e não poucas roupas descartadas, para chegar ao ponto certo.

Will me chamou a atenção com uma cotovelada. Foi com uma intenção gentil e afetuosa, sem prepotência. Nós funcionávamos à base de cotoveladas, meu marido e eu, empurrõezinhos para lembrar de nossos deveres, nossas tarefas, nossa parceria. No início, eu dava cotoveladas, também. Agora, por várias razões, eu era a que recebia mais — creio, no entanto, que, com o tempo, isso também mudaria.

Deixei minha mão descansando sobre sua coxa, sabendo que, com este gesto subversivo, sugestivo, eu o perturbaria.

A congregação cantou "I Vow to Thee My Country" e Will fez um discurso elegante. Eu escutei, sem prestar muita atenção. O secretário particular havia me ligado antes, pedindo a minha contribuição. "Ela possuía um grande coração", sugeri, pois, no final, já estava gostando dela.

— Fanny — Will perguntou, mais tarde —, este foi o termo exato?

Mais uma vez, eu havia me virado contra ele, sem avisar:

— Não fale mais nada, Will...

Ele fez o que lhe pediram, mas estava um pouco perplexo, um pouco desconcertado.

Depois da missa, Chloe desapareceu — para se encontrar com Sacha, eu desconfio, pois havia uma tal afinidade entre os primos, que eles só queriam estar um com o outro. Unha e carne, dizia

Meg. Will e eu fomos para casa, e Mannochie foi junto. Isto era normal. Como todos os outros, o assessor de Will fora assimilado — de alguma forma — ao funcionamento da nossa casa. "Ele é a sua esposa *real*" — eu brinquei com Will, mais de uma vez.

Subi para me trocar, parando no patamar da escada e me debruçando no peitoril da janela. Como muitas coisas, a vista da janela, em estilo falso gótico, tinha mudado desde que nos mudamos para aquela casa. Um dos dois campos que víamos tinha sido loteado e abrigava, agora, vinte casas de quatro quartos. O segundo campo sobrevivera, por enquanto, e as gralhas ainda grasnavam e rodopiavam sobre o aglomerado de faias.

Ocasionalmente, éramos convidados a entrar em outras casas, onde a decoração de interiores era levada mais a sério do que na nossa, casas que proporcionavam as molduras para materiais raros e ricos, que transpiravam custos, com paredes que brilhavam com pinturas autênticas. A nossa era simples, honesta, uma punhalada de última hora no gótico vitoriano, feia em alguns lugares, pintada com as cores disponíveis na loja de materiais de construção local. Era utilitária e sólida; eu nunca amei a casa, nunca procurei torná-la bonita ou interessante. Nós íamos convivendo, ela e eu.

A única exceção era o nosso quarto de dormir, que eu me esforçara para deixar o mais fresco e elegante possível. Eu queria que ele fosse um lugar em que Will e eu nos sentíssemos totalmente à vontade, com prazer de estar ali — o lugar onde poderíamos nos despir dos trabalhos e preocupações do dia e fazer contato, depois de nossas ausências.

Eu me sentei diante da penteadeira e escovei os cabelos, achatados pelo chapéu. Cada vez mais, o espelho registrava a evidência de 40 anos (mais um pouquinho), mas isso não me deprimia demais. Eu queria sentir que tinha vivido plenamente, se tivesse sorte, encontrado uma certa graça. Eu me inclinei para frente e examinei o meu rosto. Os cílios estavam bem.

Ao sair, acertei a colcha na cama. Era linda — um patchwork americano tradicional que minha mãe Sally mandara e que estava velho e desbotado, mas ainda primorosamente bordado e sempre encantador.

Lá embaixo, na cozinha, Mannochie preparava um bule de chá e Will falava ao telefone. A essa altura, Mannochie já se achava da família, portanto não foi nenhuma surpresa quando ele me ofereceu um bolo do meu próprio tabuleiro.

— Brigitte fez especialmente para vocês dois — falei.

Cortei duas fatias e deixei cair a faca dentro da pia, bem fora do alcance. De outro modo, eu cederia à tentação de pegar um pouco, também. E uma moça... não, uma *mulher*, tinha que cuidar do seu corpo. Observei Mannochie dar uma mordida e imaginei como os farelos açucarados se dissolveriam na sua língua.

— Como vai o seu filho? — perguntei, o que eu sabia que iria agradá-lo.

Mannochie mal conteve um sorriso.

— Está virando um bom ginasta. E o corredor mais veloz da escola.

Informações sobre a vida familiar de Mannochie não eram divulgadas com freqüência, mesmo depois de um casamento inesperadamente tardio, que havia produzido uma criança pálida e pensativa, que aparecia de vez em quando em casa para comer tirinhas de peixe na mesa da cozinha.

Will desligou o telefone e discutiu sobre Matt Smith. Nós concordamos que Matt vinha de um caldeirão de peixes diferente do de Pearl, que tinha sido da velha escola.

— Ele gosta de incentivar mulheres e minorias — acrescentou Mannochie.

Eu olhei para Will:

— É melhor você tomar cuidado.

Will me enviou mais um dos seus sinais particulares — um leve erguer de sobrancelhas — que significava "boa piada", "você está certa" ou "obrigado". Às vezes, as três coisas juntas.

Eram oito horas da manhã de uma segunda-feira e, lá embaixo, a linha dois, reservada para os eleitores, tocava. Nada de extraordinário.

— Você atende — a voz de Will estava grossa de sono. Ele se encurvou na cama e puxou o edredom sobre os ombros. *Vai embora, mundo*. Ele fazia isso muito bem.

Eu tinha vestido a calça jeans, mas ainda não chegara ao estágio da suéter. O frio da manhã roçou o meu rosto enquanto eu descia, me arrastando, pela escada. Muitas coisas me eram exigidas, mas lidar com um eleitor antes de me vestir não era uma prioridade na minha lista de entusiasmos.

— Sra. Savage... — A voz era familiar.

— Alô, Sr. Tucker. Está ligando de onde?

— Do nono céu.

Sr. Tucker mudava de local segundo o medicamento que estivesse tomando.

— Sr. Tucker, está sozinho?

— Nunca se está sozinho, Sra. Savage. Quero reclamar da falta de anjos em Stanwinton.

Isto parecia uma reclamação bastante admirável.

— Não lembra, Sr. Tucker? Tratamos disso na semana passada.

Vozes ao fundo insistiam para que o Sr. Tucker desligasse o telefone e seguisse com elas.

— Adeus, Sr. Tucker. Foi bom falar com o senhor.

Sr. Tucker residia no seu próprio planeta mas, como dizia Will, um voto era um voto.

— Você quer dizer que a equipe que cuida de Sr. Tucker vai votar em você — eu falei. — Esse homem *gentil*, o Sr. Savage,... nunca está ocupado demais.

— Exatamente. De qualquer maneira, um MP deve escutar o que um maluco tem a dizer tanto quanto deve ouvir uma pessoa saudável.

— Pensei que você só precisasse fazer isso quando o Parlamento está em sessão — eu disse.

Materiais de limpeza estavam espalhados pelo chão do corredor, sinal de que Maleeka já havia chegado. Maleeka era o meu anjo e a minha salvadora, e as outras esposas — especialmente minhas amigas — me odiavam por causa dela. Você pode invejar a beleza de uma outra mulher, ou a sua mente, mas só a odeia, realmente, se a casa dela estiver limpa e brilhando. De origem árabe distante — daí o seu nome —, Maleeka era uma refugiada da Bósnia cujo marido tinha ficado para trás, para lutar, e ela aparecera no escritório de Will, implorando por trabalho. Will a mandou para mim.

— Sra. Savage, tenho duas filhas e quatro netos para alimentar — ela disse.

O que eu poderia dizer, exceto que ali estava alguém precisando, realmente, da minha ajuda?

Em sua primeira semana de trabalho, ela espatifou duas estatuetas de porcelana e deixou cair água sanitária no tapete da escada. A felpa azul-marinho exibia, agora, dois círculos brancos quase perfeitos.

— Veja-os como símbolos do nosso comprometimento — eu disse a Will, que demorou um pouco a entender.

Mas se poeira, desordem e bagunça flutuavam pela casa toda e tinham de ser expulsos regularmente, Maleeka mantinha uma firme perspectiva sobre o caos familiar.

— É *zeguro* aqui — ela dizia. — É bom.

Eu abri caminho no meio de uma confusão de água sanitária, polidor e espanadores, e encontrei a sua origem na cozinha, onde ela estava, ajoelhada, com a cabeça dentro do forno — uma posição que não poucas esposas, de tempos em tempos, já consideraram.

— Ezta mal, Sra. Savage. — Sua voz soava abafada. — Muito mal.

Ela estava falando do forno, mas a observação tinha uma aplicação geral.

Eu fervi a água da chaleira e preparei umas torradas.

— Vem comer, Maleeka.

Eu sabia que ela se alimentava mal, para que o resto da família tivesse o que comer. *Tengo famiglia*, como Alfredo, meu pai italiano, diria.

— Mantenha a família a salvo, Francesca. Podemos ser pecadores e fracassados, mas isso é uma coisa que devemos fazer.

Neste ponto, Maleeka e meu pai combinavam muito bem.

Ela estava na sua terceira torrada quando Will apareceu, seguido de uma Chloe atrasada e mal-humorada.

— Pai, me dá uma carona?

Ele consultou o relógio e Chloe falou:

— Ah, não se preocupe — saiu batendo a porta dos fundos e correu para pegar o ônibus do colégio.

— Poderia ter se despedido — Will estava magoado. — E não tomou o café-da-manhã.

— Não tem importância. Coloquei um iogurte em sua bolsa.

Por mais tarde que tivéssemos ido para a cama, Will sempre conseguia parecer novo em folha e bem disposto. Era uma das suas características enfurecedoras. Maleeka socou o resto da torrada dentro da boca e, de um salto, estava de pé.

— Bom dia, Sr. Savage. Ao trabalho.

Depois do café-da-manhã, Will e eu conferimos nossas agendas.

— Pode preparar uns drinques para o ministro das Finanças europeu e o da Comunidade Britânica no dia 17? E jantar para o mesmo grupo no dia 21 de julho?

— Tenho uma reunião com os sem-teto na manhã do dia 17. Mas, se o trânsito estiver bom, eu dou uma corrida.

Will tentou não sorrir.

— Não seja desagradável. Vai se assegurar de conversar com Antonio Pasquale? Use o seu italiano estonteante. Preciso garantir que ele esteja com a gente. Mas você vai com cuidado?

— Will, olhe para mim. O que está vendo?

Ele se debruçou e aninhou o meu queixo na palma da sua mão.

— Você, é claro.

Ele estava com aquela expressão de homem muito ocupado, mas os olhos eram suaves e, como sempre, eu me derreti.

O que eu via? Seus cabelos, agora, estavam mais curtos do que quando eu o conheci, mas o corte era muito melhor. A linha do queixo era mais firme do que a sua cintura atualmente... mas, não, não vou entrar nesse aspecto. E aqueles olhos escuros ainda se acendiam, de tempos em tempos, com uma combinação de idealismo e uma leve vulnerabilidade, que ele tinha o cuidado de mostrar apenas àqueles a quem amava.

Nada mal, pensei. Com os anos, Will havia perdido uma certa inocência. Mas eu também — e todo mundo. Éramos mais cautelosos, mais realistas, pateticamente gratos pelos pequenos triunfos de uma política implementada, por um eleitor satisfeito. Conhecíamos melhor as nossas limitações — ah, muito, *muito* melhor. Sabíamos, também, pois tínhamos discutido sobre isso, que, na medida em que íamos perdendo essa inocência, a ambição pessoal crescera, proporcionalmente.

— Há quanto tempo eu apoio você?

Ele teve a decência de parecer desconcertado.

— Só preciso ter certeza. Não podemos nos dar ao luxo de nenhum vacilo. Senão, nos derrubam.

Ele queria dizer a imprensa. Não pela primeira vez, pensei como era curioso que os efeitos da traição e da dissidência fossem mais prolongados do que os da lealdade... ou fidelidade.

Não, esquece isso. O último pensamento me pegou desprevenida, o que acontecia, de vez em quando, mas eu tinha aprendido a conviver com isso.

— Confie em mim — ele falou.

— Eu devo?

Ele deu um bocejo teatral:

— Estou sendo pomposo?

Na política, ou onde quer que o poder seja o prêmio a conquistar, era difícil se manter coerente consigo mesmo e não sair correndo de medo. Eu compreendia isso, muito bem.

Ele se levantou.

— Pelo amor de Deus, me espete com um alfinete se eu ficar gordo, chato e pomposo. — Ele parecia ligeiramente assustado. — Pensando bem, talvez seja melhor não.

— Seria assim tão fácil estourar a bolha?

Ele se inclinou e sussurrou:

— Só você sabe a resposta para isso.

Lá fora, o carro do ministério parou, com um toque discreto da buzina. Will enfiou seus papéis dentro da maleta.

— Vejo você na sexta-feira.

Eu fiquei sentada, quieta. A mão de Will apertando o meu ombro.

— Fanny... o problema da Meg.

— Ela é um problema?

Meg nunca tinha sido um problema. Ela sempre tinha sido um fato. Uma realidade dura, que ocupava o centro do nosso casamento.

A pressão no meu ombro estava quase insuportável.

— Não — ele respondeu. — Não, ela não é.

Subi para o nosso quarto, que cheirava a ambiente fechado, e escancarei a janela. Um homem com casaco cor de laranja forte subia a rua. Não parecia triste, nem feliz. Apenas indiferente.

Percebi que era assim que eu me sentia.

Fiz a cama e a cobri com o patchwork da minha mãe. Com o indicador, tracei a árvore pesada de flores de cerejeira vermelhas que ela delineara. Uma das folhas estava mal costurada e eu, muitas vezes, fiquei imaginando por quê. Tinha sido um ato de rebeldia, tristeza, ou só indiferença?

As roupas que Will usara na semana anterior estavam empilhadas sobre a cadeira e eu comecei a separá-las. Atualmente, as suas gravatas eram de seda e as camisas, de tecido macio e caras. Eu sentei na cama, para retirar as barbatanas dos colarinhos, e enterrei o rosto no tecido. Cheirava a Will, o Will que eu sempre amei.

— Fanny, você está aí? — Sem bater, Brigitte enfiou a cabeça pelo vão da porta.

Com ar de culpa, larguei a camisa. Embora ela fosse apenas uma figura temporária na casa dos Savage (eu a contratara para ajudar durante uns dois meses, no verão), eu tinha uma enorme admiração por Brigitte, que viera do interior da Áustria com salário integral do Partido Verde.

— A lista de compras, Fanny. Não estou encontrando.

— Claro. — Estendi a mão para o caderno que estava sempre ao lado da minha cama, rasguei a página de cima e entreguei a ela.

Brigitte examinou.

— Você esqueceu o polidor. Eu não esqueço. E o pão. — Ela gesticulou, com as suas mãos grandes, capazes, de um modo que expressava a sua determinação em garantir que a casa dos Savage continuasse bem abastecida. — Eu levo a roupa para lavar.

Ela passou por mim, apanhou as roupas e se encaminhou para o andar de baixo, onde vozes em tom elevado indicaram uma breve disputa territorial com Maleeka.

Capítulo 3

COMO ESTÁVAMOS na contagem regressiva para os exames finais, cruciais, de Chloe, antes de ela ir para a universidade, nós duas nos sentamos para estudar o calendário. Assinalamos os dias em que ela ficava na escola e aqueles em que a escola a deixava livre para estudar em casa.

Montamos uma rotina para os dias em casa. De pé às sete horas da manhã ("Mãe, tem dó.") Café-da-manhã, seguido de três horas de trabalho duro, com uma pausa para um café, no meio da manhã. Almoço às 12h45, em ponto, mais estudo, uma pausa para o chá e, depois, encerrar os trabalhos às seis horas.

— Parece bom — ela espetou o cronograma no quadro de avisos já repleto. — Você vai ficar me controlando? — sua voz tremia, só um pouco.

— Tente me impedir.

Quando Chloe se dispunha a fazer uma coisa e colocava na cabeça que ia fazer bem, em geral fazia.

— Ela está fantástica — relatei a Will. — É só uma questão de paz, tranqüilidade e nada de interrupções.

— Está parecendo o paraíso — ele disse.

Com a perspectiva de algumas semanas tranqüilas pela frente, fiz os meus próprios planos, que incluíam escrever as minhas observações a respeito da pesquisa sobre vinhos chilenos, que prometi ao meu pai fazer antes que ele iniciasse os seus pedidos mensais, para o seu negócio de vinhos, revirar o armário de louças e despachar Brigitte para o supermercado, com uma longa lista de compras.

Era o dia de Chloe ficar em casa e a cozinha estava esfumaçada e perfumada, com o cheiro da carne e do alho fritando. Ocasionalmente, eu afiava o ouvido para escutar sinais de vida no segundo andar, mas estava tudo tranqüilamente silencioso. Embalei uma carne assada e uma torta de frango, e dividi o macarrão e o queijo em dois pratos, enfiando-os no congelador. Em seguida, gritei da base da escada:

— Pausa para o chá, Chloe.

Ela emergiu, lentamente, de seu quarto, e meu coração apertou porque ela parecia muito branca, cansada e aterrorizada.

— Meu docinho de coco, o que aconteceu?

Abruptamente, Chloe sentou-se no alto da escada e deixou a cabeça cair entre as mãos.

— Odeio História.

Fui correndo me sentar ao seu lado e a abracei. Ela se aconchegou a mim e riu.

— Uma boa espremida, mãe.

Fiz um carinho no seu rosto.

— Está nervosa com as provas? Ou ficou lendo até tarde, ontem à noite? — eu queria muito proteger minha filha de todas as coisas que, no futuro, poderiam lhe causar sofrimento. Esfreguei o nariz no cocuruto da sua cabeça. — Chá. E depois, por que não lava o seu cabelo e eu o seco?

Os cabelos de Chloe chegavam até a cintura. Tínhamos conversas intermináveis sobre se ela deveria cortá-los ou não, e dava um trabalhão cuidar deles. Atualmente, ela tinha dois secadores de cabelos, um par de pranchas de alisar e um armário cheio de vidros de xampu.

— Você faz isso, mãe? Obrigada.

Eu a levei até a cozinha e preparei o chá para nós duas, e estava prestes a indagar — hesitante — se a sua dificuldade tinha sido a Revolução Russa ou as aventuras conjugais de Henrique VIII, quando ela disse:

— Mãe, acha que posso fazer um tratamento de pele? Sabe, para eu me preparar para o verão?

— Não vejo nenhum problema.

Ela examinou as unhas roídas.

— Vou ter de cuidar melhor da minha aparência — falou. — Papai aumentaria a minha mesada?

Estávamos no meio de uma confortável conversa sobre rotinas de beleza, quando Mannochie enfiou a cabeça pela janela aberta.

— Posso entrar?

— Ah, pelo amor de Deus — disse Chloe, mal-humorada. — Esse homem me enche o saco. Parece que mora aqui. — E saiu correndo da cozinha. Segundos depois, o bate-estaca de um dos discos de Sacha começou, no seu quarto.

Manochie entrou e pediu desculpas pela interrupção.

— Will pediu para eu vir até aqui, já que estava de passagem — explicou. — Parece que ele está numa situação complicada, porque não registrou um bônus nos livros dos Comuns e os jornais vão publicar os detalhes amanhã.

— Que bônus? Não sei de nada disso. Você e eu sabemos que Will é honestíssimo.

— Aparentemente, ele aceitou usar o carro com motorista do presidente, para uma investigação em uma fábrica de armas, em Watford. Ida e volta.

— E *volta*? — eu me divertia. — E pode ficar pior do que isso?

Mas Mannochie não estava achando graça nenhuma. Era da opinião de que a má publicidade poderia ser prejudicial.

— Will é apenas um dos vários envolvidos, mas a relação entre ministros e a venda de armas sempre deixa a imprensa ouriçada. Ele gostaria que você fosse para Londres. Segurar a sua mão, esse tipo de coisa.

— Deixe-me ver se estou entendendo. Will está metido em confusão por ter aceitado uma carona até *Watford*? Ele errou. Devia ter sido até Bangkok — e me levantei. — Vou ligar para ele e dizer que não posso. Tenho que pensar em Chloe.

Mannochie parecia pesar os prós e os contras.

— Estou apenas transmitindo o pedido...

Fiz uma breve observação mental da quantidade de vezes em que ter alguém segurando um pouco a minha mão teria sido oportuno.

— Não posso deixar Chloe no momento, Mannochie.

O telefone dele tocou.

— Will... — Mannochie olhou para mim. — Sim, estou aqui. Fanny acha que precisa ficar com Chloe. — Ele tampou o fone, com a mão. — Will perguntou se você pode ir, por favor.

— Não posso. Diga que Chloe precisa de mim aqui.

Mannochie transmitiu a mensagem, mas Will estava, obviamente, agitado e, depois de escutar por um momento, eu pedi que me passasse o telefone.

— Querido — falei. — É complicado. Chloe precisa de um de nós aqui. Está se sentindo insegura.

— Meg não poderia fazer isso? Tenho certeza de que Chloe não se importaria, só por uma noite. Ela não gostaria que você me abandonasse.

— Não acho que isso seja da competência de Meg e não posso deixar que Chloe pense que está em segundo lugar, nesse momento.

Indiquei a Mannochie que ele deveria servir-se de chá, e fui para o corredor, para ter um pouco mais de privacidade.

— Você é capaz de superar isso — falei, com delicadeza. — Você sempre superou.

— Claro que posso. Só que prefiro que você esteja comigo.

Eu estava consciente de que Chloe estava rondando no topo da escada.

— Aconteceu algum problema? — ela perguntou, mais tarde, enquanto eu a ajudava a secar os cabelos.

— Papai me queria em Londres. Está metido em uma complicação.

— Mas você disse que não iria, não é? — Ela olhava para mim, insistente e suplicante. — Você disse que tinha que ficar aqui, para me ajudar a cumprir a programação, certo?

Desliguei o secador e passei um pente pelos cabelos úmidos de Chloe, que ainda cacheavam nas pontas.

— Talvez você não tenha percebido, mas eu estou aqui.

No dia seguinte, o furor havia se acalmado, e a pequena transgressão de Will empalideceu, ficando insignificante frente às transgressões maiores de dois colegas seus que, pelo que parecia, vinham recebendo dinheiro em troca de fazer perguntas no Parlamento.

As primeiras palavras que ouvi Will pronunciar foram: "Chega de desperdícios no governo. Chega de escolas que traem as suas crianças, ou hospitais que matam seus pacientes. Senhoras e senhores, vejo esses erros diariamente, no meu trabalho como advogado. Sei como os esperançosos, os inocentes e os excluídos podem sofrer. Sei como eles precisam de quem os defenda."

Ele parou, pensativo, por um momento.

— Senhoras e senhores, considero a política um meio de construir uma ponte entre o que sentimos ser justo e correto em nossas vidas particulares e a colocação disso em prática, na vida pública...

Era uma tarde desagradável de janeiro. Eu tinha entrado rapidamente na prefeitura de Stanwinton, para fugir do frio, em vez de ficar esperando o meu trem na estação, e me deparei com a reunião. Eu lia os jornais, é claro, mas tinha apenas uma vaga noção de política e estava interessada em estudar vinhos — um assunto vastíssimo — e ajudar meu pai a dirigir seus negócios. Eu tinha uma vida social, festas para ir, filmes para ver, viagens de negócios com meu pai... para que eu precisava de política?

Will falava como o candidato adotado pelo seu partido. A princípio, não haveria uma eleição geral antes da primavera, mas ele estava se fazendo conhecido no que mais tarde eu soube ser um programa cuidadosamente elaborado.

Lembro de pensar: "Ele leva a sério o que está falando?" Mas olhando para uma figura alta de cabelos cor de milho, no auge do verão, e com traços iluminados pelo humor e pela paixão, eu me convenci de que ele estava sendo sincero e me senti possuída por um súbito e intenso desejo de descobrir quem ele era. Quero dizer, quem ele *realmente* era.

De vez em quando, as suas palavras fluíam mais lentamente, como se ele quisesse pensar bem na honestidade do que estava prometendo. Ele enfiava uma das mãos no bolso. Retirava-a. Colocava-a sobre o atril. Cada movimento exercia uma atração estranha, hipnótica, e eu não conseguia tirar os olhos dele. Ali mesmo, decidi que ele era bonito — elegante e bem feito, sim, e com um tom de pele fascinante. Mas havia algo mais... Um toque de sensualidade, uma leve sugestão de crueldade, uma sutileza que me excitava.

Lembro, também, que, depois do discurso, ao me aproximar corajosamente dele para me apresentar, fui impedida por uma mulher de vermelho.

— Posso ajudar? Sou irmã de Will Savage.

Ela me olhava de cima a baixo.

— Temo que ele esteja para sair em poucos instantes — ela disse e estremeceu. — Programação rígida. — Mas sorriu, com ar conspirador, e seu rosto se animou, de um modo que combinava com o de seu irmão. — Tenho certeza de que ele gostaria de conhecê-la.

Um minuto ou dois depois, Will aceitava a minha mão estendida e dizia:

— Espero que tenha achado a reunião interessante.

Mas os seus olhos se arregalaram. Foi o choque do reconhecimento. No entanto, da minha parte, não houve nenhuma surpresa. Entenda: eu já sabia. Eu sabia.

De tempos em tempos, isso acontecia. Eu via alguma coisa — e poderia ser insignificante — uma bolsa ou peça de roupa numa vitrine — ou eu encontrava alguém e sentia que a forma, o tamanho e a textura daquele objeto ou pessoa casavam com um elemento em mim. Não era ganância ou conquista imperial: era, melhor dizendo, um tipo de posse com a qual eu não poderia discutir, e eu tinha aprendido que, quanto mais cedo ela fosse reconhecida, melhor.

Penso que ele sabia disso, também.

Meg tocou no seu cotovelo:

— Will... a hora...

Ele a afastou, muito delicadamente, mas com firmeza:

— Olhe... é estranho — ele fez uma pausa, e meus sentimentos, desenfreados e cheios de esperança, pulsavam e ondulavam, como eletricidade. — Quero dizer... a que horas pode se encontrar comigo, amanhã?

Seis semanas depois, eu o levei até minha casa, para conhecer meu pai.

Entrando pelo portão de Ember House, onde meu pai morava, Will pisou forte no freio.

— Espere um minuto, Fanny... será que entendi mal?

Will tinha 28 anos e eu, 23, e ambos estávamos conscientes de que este era um momento muito importante — mais importante do que tirar as nossas roupas na frente um do outro pela primeira vez. Ambos estávamos nervosos.

— Você não disse que morava numa mansão.

Will baixou a janela do carro e gesticulou, violentamente, para o caminho de entrada. Por acaso, ele estava na sua melhor aparência, flanqueado por aglomerados de anêmonas e açafrão, muito mais bonitos do que as azaléias atrevidas e desgrenhadas que tomaram conta do terreno depois e o inundaram com tons de rosa e vermelho.

Eu já estava sensível ao quanto Will precisava levar a sério a sua imagem; não que se importasse com isso, ele se apressou em me garantir, mas os camaradas do partido eram obcecados por certos aspectos de como ele se apresentava ao eleitorado, inclusive o cuidado de parecer uma pessoa comum — "para se identificar com o povo". Da minha parte, eu estava consciente de não saber nada, ainda, sobre este novo e estranho mundo.

Nos nossos encontros furtivos — apertados entre os seus compromissos nos escritórios dos advogados e no tribunal, mais as sessões de fotos, caminhadas patrocinadas e almoços, e os meus: reuniões com clientes, negociação com fornecedores, escolha dos vinhos para os estojos de degustação sazonais — Will explicava que estava empenhado em trabalhar por uma sociedade em que as pessoas venceriam pelo mérito e não por privilégios.

Apressei-me em tranqüilizá-lo.

— A casa grande foi derrubada, na década de 1950, e substituída por outra bem menor. A entrada é a única parte que restou da planta original. Meu pai a comprou por um preço de leilão quando montou o negócio. Ninguém queria, pobrezinha. Não precisa se preocupar. — Eu estava falando uma coisa atrás da outra. — Não somos ricos, nada disso. Somos praticamente pobres.

Will me deu um daqueles seus olhares intensos.

— Não precisa exagerar.

Eu corei, e meu pulsos latejavam.

Ter me apaixonado com tanta rapidez e abandono havia puxado o tapete sob os meus pés. Tinha me deixado sem fôlego e palpitante. Ela me intrigava e — quase — me assustava, esta violenta, doce, aguda e desesperada emoção.

Os nós dos dedos de Will estavam brancos.

— Espero causar uma boa impressão.

Agora era eu que me sentia confiante.

— Só não finja que conhece vinhos, só isso.

Ele fez uma careta:

— Suicídio político.

Papai nos esperava na sala de estar com Caro, sua namorada havia dez anos. Depois que Caro entrou em sua vida, o interior da casa melhorou muito. Caro acrescentou um toque mais arrumado: uma almofada aqui, uma cadeira reposicionada ali, um vaso de jacintos brancos, na primavera, ou uma lâmpada lançando uma luz mais sutil. Eram mínimos, estes toques, mas muito eficazes.

— Espero que não se importe — Caro tinha-me dito, quando chegou. Eu estava com 14 anos e, na época, sentia uma antipatia quase feroz por aquela recém-chegada à nossa casa, e um terror de que as coisas pudessem mudar rapidamente, de um dia para o outro. Caro ria e jogava os cabelos para trás, que eram longos e naturalmente louros. Estava tão segura da sua posição como a mulher que iria se casar com meu pai, que não se importava com a minha reação.

Cinco anos depois, ou mais, quando nos tornamos amigas e Caro não estava mais perto de seu objetivo do que antes, ela se virou para mim e disse, com amargura: "Alfredo nunca nota o que eu faço."

Eu me vi refletida em seus olhos grandes, suplicantes, e fiquei zangada com meu pai e doente com a idéia de tê-la feito infeliz no passado. Mas esse não era um assunto sobre o qual eu poderia falar com ele com facilidade.

Fazia frio e meu pai estava na sua posição usual, diante da lareira. Levei Will até ele e os apresentei.

— Ah — ele disse no seu estilo mais seco. E meu pai era capaz, às vezes, de ser tão seco, que perdi o ânimo. — "O político."

Em resposta, Will poderia ter dito, poderia muito bem ter dito, "Ah, o homem que venceu pelo seu próprio esforço", o que teria descrito meu pai, perfeitamente, mas a sua educada réplica conseguiu incluir Caro, que estava sentada no sofá. Will era bom nisso.

No jantar, tomamos Sauvignon Blanc, de Lawson's Dry Hill, da Nova Zelândia. Will mal tocou na sua taça, provocando uma ligeira expressão de desagrado no rosto do meu pai.

Depois de comer, tomamos café na sala de estar, e discutimos como Will se sairia na próxima eleição. Com freqüência, Will olhava na minha direção. Meu pai era educado, mas eu percebia que as ambições mundanas de Will não tinham nenhum interesse para ele. Eram as outras ambições de Will, aquelas que me diziam respeito, que meu pai avaliava do seu jeito feroz, protetor.

Procurei refúgio nas coisas práticas e estendi o braço para pegar o bule de café e tornar a encher as xícaras. Debruçada sobre a minha tarefa, eu abençoava o destino, a sorte, quem quer que fosse, o que quer que fosse responsável pela minha decisão de me abrigar na prefeitura, onde Will discursava.

Ele chegou perto de mim e estendeu a mão:

— Fanny?

Eu a peguei e me levantei. Will se virou para o meu pai:

— Temos uma coisa para lhe dizer. Fanny e eu resolvemos nos casar.

Meu pai cambaleou, como se tivesse levado um golpe. Olhou para mim e vi que estava magoado comigo, por não ter-lhe dito nada antes.

— Resolvemos ontem à noite — expliquei.

— É rápido demais — disse meu pai. — Vocês mal se conhecem.

Will passou o braço pelas minhas costas.

— Rápido, mas certeiro.

Will esgueirou-se para a minha cama de madrugada e eu passei a noite acordada. Era ainda cedo quando resolvi me levantar. Saí de mansinho da cama, deixando Will encurvado, uma das mãos caída de lado. Num gesto tolo, amoroso, debrucei-me para conferir a sua respiração.

Ao descer para a cozinha, passei pelo quarto de Caro, que ficava em frente ao do meu pai. A porta estava aberta, a luz acesa, e eu enfiei a cabeça para perguntar se ela queria um pouco de chá.

Roupas estavam espalhadas sobre a cama, e Caro jogava outras dentro de uma mala. Ela ergueu a cabeça e nos olhamos. Eu, amarrotada e satisfeita; ela, lindamente vestida, mas desolada.

— Caro, o que está fazendo...? — fechei a porta atrás de mim. — Por que está fazendo as malas?

Caro pegou uma suéter verde e a dobrou.

— Fanny, a única coisa boa nesta confusão tem sido nossa amizade. Ela tem sido... — Ela conteve as lágrimas. — Ajudou. Senão... — Ela deu de ombros. — Foi uma perda de tempo.

Retirei uma pilha de camisas de cima da cama e me sentei.

— O que fez você decidir isto agora?

Ela dobrava e desdobrava a suéter.

— Cansei. Dei corda suficiente para enforcar um exército ao Alfredo, nessa questão de nos casarmos. E não funciona. Sei que é bobagem se preocupar com um pedaço de papel, mas eu me importo. Sou uma pessoa bastante comum, nesse sentido.

Tirei a suéter das suas mãos e a alisei entre os meus dedos. O material era macio e caro.

— Caro, vocês estão juntos há tanto tempo.

Ela olhou para mim, com uma expressão angustiada.

— Tudo o que é bom acaba.

— Quer que eu fale com ele?

Ela balançou a cabeça:

— Não adianta.

— Mas você foi feliz, eu sei que foi.

— Vejamos... — Ela foi eliminando os pontos. — Seu pai é gentil o suficiente para me dar um quarto muito bonito e um lugar à mesa. Eu posso encomendar as compras no mercado e pedir à faxineira para passar o aspirador nos tapetes. Mas é só, Fanny. — Ela pegou de volta o suéter. — Você ainda não entende, mas parecer decorativa quando seu pai recebe visitas não basta. Eu quero uma parceria de verdade, viva, que funcione. Portanto... — Ela se levantou e colocou o suéter na mala. — Estou colocando um ponto final nos últimos dez anos. Confio em você para dizer isso a ele.

— Mas *você* precisa dizer a ele.

A reação dela foi de raiva.

— Não, você pode lhe contar tudo — e fechou, com violência, uma das malas. — E o que é mais, estou dando a você o mais útil dos presentes de casamento.

Eu não tinha idéia do que ela queria dizer.

Com um pé, ela empurrou a mala em direção à porta.

— Estou lhe mostrando como ir embora, Fanny. Lembre-se disso. É uma boa lição.

Will ficou com pena dos dois, mas, de certo modo, aprovou a tentativa de auto-definição, argumentando que não adiantava viver arrastada pelos outros, contra a sua vontade.

Ele pareceu cruel (curiosamente) enquanto falávamos sobre isso, e eu me apressei em dizer que, no nosso casamento, haveria bastante espaço para respirar.

Capítulo 4

— ALGUMA COISA errada, Francesca?

Meu pai era a única pessoa que me chamava pelo nome completo, e muito pouco do que eu fizesse ou sentisse escapava ao seu exame, que às vezes era crítico, mas sempre amoroso.

— Não realmente. — Levantei os olhos do nosso almoço improvisado de sopa de cogumelos e queijo, na sala de jantar em Ember House. Ficava apenas a oito quilômetros da nossa casa e eu o ajudava a organizar a agenda pelo menos uma vez por semana.

O relógio tiquetaqueava, tranqüilizador, sobre o aparador de nogueira, e o reflexo borrado da tigela de frutas azul e branca ao lado tinha a profundidade e o silêncio de uma pintura.

Espalhei um pedaço de *dolce latte* com a minha faca. Como eu poderia reconhecer este temor insistente, perturbador, de ter minha filha saindo de casa? Ou a rastejante... monotonia?

— Quando as provas de Chloe terminarem, as coisas ficarão mais fáceis.

— Tem certeza?

Forcei um sorriso.

— É só uma nuvem encobrindo o sol, papai. — Eu o examinei. Havia novas rugas em seu rosto? E o seu paletó de tweed estava mais largo do que da última vez em que o vi? Ele sempre foi saudável. Toda a sua energia se voltara para a direção do negócio de vinhos... e para mim, sua única filha. — Por falar nisso, acho que você poderia tomar algumas vitaminas.

— Pare de se preocupar — disse ele, alegremente.

Ele bateu, com um dedo, na garrafa de Le Pin Pomerol — o mais delicado e rico dos claretes.

— Pense nisso, em vez de nos problemas.

Não sei o que meu pai pensava da minha situação, pois havia algumas coisas sobre as quais ele permanecia atipicamente reservado, mas não se importava que soubessem do seu orgulho pela Battista Fine Wines. Com atendimento personalizado, muitíssimo respeitado, a Battista tinha uma clientela crescente de amantes de vinho que confiavam em meu pai para selecionar, em seu nome, uma variedade de boas safras.

— Raoul me informou sobre isso — ele acrescentou e olhou para mim.

Raoul era o filho de um dos contatos mais íntimos de negócios de meu pai, uma família negociante de Bordeaux Premier chamada Villeneuve. E era também um amigo. Ele também tinha sido o meu primeiro amante — mas não penso nisso.

Sim, penso. Às vezes. Eu me esforço para captar a exata sensação, recapturar a cicatriz da minha reação de surpresa. Não porque ainda queira Raoul, mas porque ainda não entendi bem o que deu errado. Ainda não resolvi isso na minha cabeça.

— Como ele está?

— Expandindo os negócios. Ocupado com a família.

Eu sorri:

— Fico contente — eu disse.

Meu pai era um refugiado italiano, que veio da aldeia de Fiertino, norte de Roma, para Londres trazido pela mãe viúva que fugiu da guerra e se estabeleceu nas Midlands. Os Villeneuve eram aristocratas do vinho que viviam num château requintado. Meu pai e eles fizeram contato durante os anos 1950, e uma íntima aliança cresceu, apesar das suas diferenças. Era assim com a gente dos vinhos.

Depois que tive Chloe e ficou difícil, para mim, lidar com todos os meus compromissos, Raoul assumiu o posto, ao lado de meu pai, por uns tempos, antes de retornar aos negócios da sua família. Ainda mantemos contato. Ainda conversamos ao telefone... ah, sobre muitas coisas.

Discutimos por que os franceses bebem seus bons vinhos jovens e promissores. Discutimos tonéis de carvalho, solo arenoso, a quantidade de sol naquele ano, o uso da tecnologia na produção de vinhos australianos e americanos. Os resultados? "Simplistas", concluía Raoul, o francês. Mas talvez não fosse ruim. O vinho limpo, estável, livre de sedimentos, adequava-se melhor à nossa época do que os produtos turvos, às vezes rebeldes, do Velho Mundo.

Concordamos que os melhores vinhos desafiavam a categorização. Qualquer observador razoavelmente inteligente, dizíamos, poderia apontar para o melhor solo, posição e clima, e para a necessidade de se ficar de vigília até a uva tremer, no auge do amadurecimento, e dizer "sim, essa era a fórmula". Mas o bom vinho, o vinho excelente e bem-sucedido, como um casamento, era uma gloriosa fusão de natureza, substância e vontade. Era um produto de paciência, compreensão e conhecimento, de grande paixão e amor, que era quase impossível de regular e prever. Um cheiro, uma gota equilibrada na língua, é o que basta para exultar a mente e inundar os sentidos com o delírio da descoberta.

Meu pai serviu duas taças de Pomerol (a união perfeita entre um vinhateiro belga inspirado e a uva merlot) e esperou que eu aprontasse o meu paladar.

Aceitei a taça, cheirei, dei um gole, sustentei o seu êxtase rubro sobre a minha língua.

— Descreva — ele instruiu.

— Resplandecente... e, no entanto, concentrado. Uma rica vida interior.

Meu pai se divertia.

— Você também, Francesca, eu espero.

Quando saí do colégio e comecei a trabalhar para ele, viajando e aprendendo, conversando com clientes, o vinho representava uma misteriosa combinação de proveniência, produção e percepção; eu desejava desvendar os seus segredos e me tornar perita no assunto. Mas, então, eu me apaixonei, e aprendi que vinho era vida, e para o resto da vida. Era sol e calor — e podia ser amargo, injusto, decepcionante, mas restavam sempre as possibilidades de grandeza.

Quando terminamos de comer, fui cuidar da papelada, como fazia para o meu pai, regularmente. Não era muita coisa, mas era o compromisso que firmamos e significava que eu estava participando.

— Está na hora de você voltar a trabalhar de verdade — disse meu pai. — Agora que Chloe está saindo de casa. Eu preciso de ajuda, e você precisa estar pronta para assumir os negócios, um dia. — Ele olhava para mim, esperançoso, do outro lado da mesa. — Afinal de contas, está no seu sangue.

Senti um latejar de excitação. Eu poderia descrevê-lo melhor como o arrepio que acompanha o acordar de um longo e profundo sono. Meu pai tinha tocado no ponto certo. O vinho estava no meu sangue.

Ele juntou os papéis em uma pilha, do seu jeito rápido.

— De qualquer maneira, está na hora de eu voltar para Fiertino e acho que você deveria vir comigo. Nós a abandonamos por muito tempo.

— Quantas vezes você já disse isso?

Ele olhou, meio envergonhado:

— Desta vez, estou falando sério.

Quando eu tinha 3 anos, minha mãe, Sally, foi embora com Art, um agente imobiliário de Montana, onde ela ainda mora, e onde eu ia vê-la, um verão sim, outro não, até me casar com Will.

A não ser que fosse absolutamente necessário, meu pai não tocava em seu nome. "Ela se foi", ele dizia, "e ponto final".

Eu cutuquei as feridas mal cicatrizadas durante anos; minha mãe levou com ela muito mais do que as roupas que enfiou em duas malas. Para começar, ela derrubou a minha crença de que as coisas eram automaticamente fortes e permanentes. Despedaçou a noção de constância e família de meu pai, e eu acho que ele superou isso. Ela nos deixou mais cautelosos e mais frágeis.

Para o lugar da minha mãe, meu pai mandou vir Benedetta, de Fiertino, e ela morou conosco até Caro fixar residência em Ember House, o que foi a dica para uma Benedetta de cara amarrada e olhos vermelhos fazer as malas e voltar para casa. Benedetta era uma prima em terceiro grau por casamento que brotou de um ramo particularmente emaranhado da árvore genealógica dos Battista. Tinha os cabelos negros, não era tão magra quanto gostaria e, enquanto governou a casa, manteve meu pai sob controle, o que pouca gente conseguia fazer.

A hora de dormir era, em geral, reservada para o inesgotável estoque de histórias de Fiertino do meu pai, que, é preciso dizer, mudavam um pouco cada vez que ele as contava. Eu gostava de mostrar as discrepâncias.

— Mas, papai, você disse que os bois eram cinza, não brancos.

Nesse momento, ele batia na minha mão e dizia:

— Não seja tão esperta, minha querida — e continuava.

— Fiertino é apenas uma cidadezinha, mas, ainda assim, uma cidade. Pergunte a Benedetta. Ela lhe dirá. Fica em um vale ao norte de Roma, originalmente habitado pelos etruscos, um povo antigo que gostava das boas coisas da vida. Em uma encosta, crescem nogueiras, na outra, trigo, azeitonas e uvas. Há uma praça, com uma grande igreja, numa das extremidades, e uma bela calçada em colunatas ao redor, que dá a muito necessária sombra. Nossa família, os Battista, morava na *fattoria*, a fazenda, logo após a saída da cidade, e nosso avô era o *fattore*. Ele supervisionava os celeiros e adegas, as prensas para o azeite e a queijaria. Nós tínhamos o nosso próprio vinhedo e cultivávamos a uva Sangiovese.

Como uma cornucópia, as histórias pareciam não ter fim e Fiertino (e a sua idéia) passou a ser sinônimo de modorra e sono. Eu escutava falar de sol quente e colheita de azeitonas, da casa da família, da *fattoria* que ecoava os gritos e discussões da grande, ampliada e desinibida família. Eu sabia que a cidade tinha sofrido muito na guerra. Ouvia as histórias da cabra de três pernas, da oliveira milagrosa, da noiva Battista fujona e da jovem esposa que foi assassinada pelo marido, muito mais velho, porque arranjou um amante.

— Está vendo, existe um código — meu pai disse. Ele falava no tempo presente.

Curiosamente, não estivemos lá juntos. De fato, meu pai tinha voltado só uma vez, quando rapaz. Viajamos pelo mundo todo e fizemos negócios no norte da Itália, mas meu pai nunca fez questão de descer até Fiertino. Em parte, eu desconfio, por causa de Benedetta, que tinha querido se casar com ele. Mas *essa* é uma outra história.

Conferi as horas no meu relógio e me levantei para sair.

— Tudo bem. Se está falando sério desta vez, que tal setembro, quando Chloe estiver na Austrália? Devo estar livre, então. — Eu me corrigi: — Tenho que falar com Will e Mannochie, mas mereço umas férias...

Meu pai se entusiasmou, de um modo que me deixou emocionada.

— Se acha que é possível, não há nada de que eu gostaria mais.

Tentei uma pequena inversão de papéis.

— Com uma condição. Que você procure um médico, para fazer um check-up. Eu marco a consulta. Depois, prometo, iremos a Fiertino. Só você e eu.

Meu pai olhou com expressão de culpa.

— Já procurei.

Eu levantei uma sobrancelha:

— E?

— Só uma leve preocupação com o coração. Ele me deu umas pílulas. Então está tudo bem... tudo exceto que estou ficando mais velho, só isso.

No carro, indo para casa, liguei o rádio e a música tomou conta do espaço.

— *Rápido, Fanny, antes que Benedetta te mande para cama. Me diz: que uvas crescem na Toscana?*

Eu colocava a minha mão em concha contra o seu ouvido e sussurrava:

— *Sangiovese.*

— *Boa menina. Agora, os grandes tintos de Piemonte.*

— *Dolcetto, Barbera, Nebbiolo...*

Maravilhosa Benedetta. Muitas vezes ela repreendia meu pai por excitar o meu pequenino cérebro.

— *Santa Patata*, Alfredo, você é um homem cruel. — *Santa Patata* era o mais perto que a devota Benedetta se permitia chegar de uma palavra mais forte. — A criança é jovem demais.

Ela não precisava ter-se preocupado. Minha pobre cabecinha era muito capaz de farejar uma oportunidade de chamar atenção para mim mesma. De qualquer modo, eu estava sendo convidada a entrar no território do meu pai. O que os franceses — o que Raoul — chamaria de seu *terroir*.

Eu sei que *terroir* quer dizer solo arável, drenagem e clima. Mas, para mim, sugeria algo mais profundo e interessante — o território do coração.

Chloe me recebeu da cozinha, quando a porta da frente bateu, atrás de mim.

— Mãe, estou com fome.

— Vovô mandou um beijo — abri a porta da geladeira e tirei um cozido de peixe.

— *Peixe*, não — ela falou.

— Bom para o cérebro. É peixe, peixe, peixe, daqui para frente.

Chloe mordeu o lábio.

— Estou tão entusiasmada com essas provas quanto estava no enterro de Pearl Veriker.

— Só um pouco mais de esforço, queridinha, e depois você está livre. Vai para a Austrália e vai se aborrecer com outras coisas. — Coloquei o cozido no fogo. — Acha que Sacha quer um pouco?

— Provavelmente. Ele tem me ajudado a estudar. — Chloe tirou facas e garfos da gaveta. — Ele é tão bom. Ele *sabe* das coisas.

— Muita gente sabe das coisas.

Chloe posicionou, com cuidado, uma faca sobre a mesa.

— Eu o amo, você sabe, mamãe.

— Claro — eu disse, rápido. — Ele é seu primo. — Eu queria dizer "Por favor, cuidado. Não entre em terreno arriscado".

Chloe não sentia falta de amigos — longe disso. Eles entravam e saíam de nossa casa, em bando, exigindo café, refeições, televisão, cama para uma noite, e, no entanto, era Sacha que ela procurava. O querido, encantador, Sacha, que se vestia de couro e usava os cabelos limpíssimos, com um corte que ressaltava os seus traços ossudos, mas delicados.

— Chloe... — comecei.

Ela me interrompeu.

— Está pronto, mamãe? Estou com uma fome!

Enquanto Chloe e Sacha comiam, eu beberiquei um copo de suco de uva-do-monte — que minha amiga Elaine insistia que limpava o organismo. Eles falavam sobre macetes para as provas e analisavam os pequenos vacilos de Chloe.

— Tudo o que você precisa fazer — dizia Sacha — é ter uma boa idéia depois de ver a questão. Não se preocupe em ter idéias agora, senão você vai querer encaixar as perguntas nelas e isso não funciona.

Como um princípio de vida, parecia lógico.

Chloe lhe enviou um daqueles seus olhares derretidos e comeu um prato enorme de cozido de peixe. Eu continuei a limpeza do meu organismo, pensando em como era bom simplesmente estar ali, sentada, em paz, escutando a conversa dos dois.

Meg entrou na cozinha. Estava bem arrumada e com a roupa bem passada, os cabelos claros, em tons de caramelo, retorcidos no alto da cabeça.

— Queridos — ela disse. — Deveriam ter me convidado a sair do exílio. Eu teria gostado de estar com vocês. — Ela se sentou à mesa. — Foi um dia meio solitário. Todo mundo fora.

Eu estava reabastecendo o meu copo, mas sabia que ela olhava para mim. "Fique quieta", eu queria dizer a ela. "Por favor, fique quieta."

— No entanto, serviços domésticos são bons para a alma. E todos nós sabemos que a minha alma precisa de um pouco de exercício. — A expressão de Meg tinha um toque de complacência e muito de malícia. Como ninguém fez nenhum comentário, ela continuou. — Eu *fui* boa, hoje.

Sacha levantou-se, e a cadeira fez barulho ao arrastar no chão de ladrilhos.

— Que tal eu preparar uma xícara de café para você, mamãe?

Meg tamborilou na mesa com suas unhas bem-feitas — suas mãos eram muito bonitas e ela as mantinha imaculadas.

— Café é tão... *marrom*... — ela disse. — Mas acho que tenho que me contentar com isso. — De novo ela olhou na minha direção, e um choque de nojo pulsou nas minhas veias. — Brincadeirinha — ela falou.

Ódio é uma emoção curiosa. Pode ser atenuado com o cansaço, depois retoma uma vida nítida, destrutiva. Ou — e isto nunca deixa de me surpreender — às vezes vem de mãos dadas com o que só se pode chamar de afeto. Era isso que eu pensava, no caso de Meg.

Se eu me concentrasse bastante, nesses momentos, conseguia vencer a batalha comigo mesma. Olhei diretamente para ela.

— Bonita suéter — eu disse. — Nova?

Ela concordou com um movimento de cabeça, como reconhecendo a minha pequenina vitória.

— Está um pouco abatida, Fanny. Não é hora de você e Elaine saírem um pouco? Não estavam planejando ir a Edimburgo? Eu agüento a barra aqui.

Minhas emoções fizeram uma elegante inversão:

— Uma oferta gentil, Meg.

— Ah, mãe — gritou Chloe. — Não antes de as minhas provas terminarem. *Por favor*... não vai embora. Você disse que não ia.

Eu ri e passei os braços ao redor da minha amada e quixotesca filha.

— Sabe de uma coisa, não vou a lugar algum por enquanto.

Por algum motivo, o telefonema de Will, tarde da noite, chegou pela linha comercial.

— Aqui é a Sra. Savage — eu disse. — E é muito tarde para telefonar.

— Você tem toda a razão — disse o meu marido. — Não deveria estar falando com estranhos a esta hora.

— Então é melhor desligar. — As palavras saíram azedas da minha boca, antes que eu as pudesse impedir.

Houve um segundo de silêncio.

— Essa irritação não combina com você. O que foi? Fiz alguma coisa?

— Desculpe.

Will tentou outra vez:

— Posso ajudar?

Resisti à tentação de lhe dizer que ele parecia estar falando com um dos seus eleitores mais excêntricos.

— Tudo bem. Este é o noticiário do dia. Tem três fotografias suas na imprensa local. Uma não está boa, as outras estão ótimas. Tem também um artigo sobre o relatório Hansard, que mostra o quanto você está lutando pelos eleitores, mesmo sendo ministro.

Ele deu um suspiro cansado, que me fez sentir grosseira.

— O que *está* errado, Fanny? — ele perguntou.

Atualmente, quando eu olhava para Will, não via mais a luz dourada que o banhava dos pés à cabeça quando me apaixonei por ele. Agora, eu o via diferente e Will era apenas um elemento de um contexto mais amplo: família, lar, compromissos. Com 40 e poucos anos, eu tinha aprendido muitas coisas, no mínimo a reorganizar as prioridades. Talvez fosse melhor, certamente mais racional. Mesmo assim, eu lamentava a ausência da luz dourada, eu sentia falta dessa luz e da intensidade da minha ânsia em saber o que Will *era*, da minha paixão por possuí-lo e por ser possuída por ele.

— Fanny...?

Eu queria dizer que gostaria que ele ficasse mais em casa. Que ele *deveria* estar em casa com mais freqüência, antes que deixasse de ser importante a sua presença ou ausência.

Em vez disso, fiquei nas trocas rotineiras de informações.

— Meg está bem, Chloe varia entre terror e entusiasmo. Sacha está sendo... Sacha.

Isto pareceu satisfazer Will.

— Dia cheio, amanhã — ele disse, e eu fiquei imaginando se ele percebia que era isso o que ele dizia quase todos os dias.

— Eu também — e fiquei imaginando se ele notava que era isso o que eu dizia quase todos os dias.

— Boa noite, querida. Espero que esteja se sentindo mais animada de manhã.

— Boa noite — eu falei.

Capítulo 5

NA NOSSA LUA-DE-MEL, no vale do Loire, apenas cinco meses depois do nosso primeiro encontro, Will encostou a cabeça em meu peito e disse:

— Seu coração bate mais forte do que um tambor.

— E quantos corações você já escutou, assim, tão de perto?

— Muito poucos. — Ele sorriu. — Juro.

— Isso é bom — eu me ouvi dizendo. — Não quero ter dividido você com muitas. — Eu me deleitava com a sensação e o cheiro dele na minha pele. — Acha que nossos corações batem no mesmo ritmo?

— Claro — ele me abraçou mais forte e disse que soube disso assim que me viu. — Cinco minutos, foi o que bastou. Tudo bem, talvez *dez*.

— Eu vi você primeiro. — Beijei a depressão úmida, levemente salgada, do seu pescoço.

— Assanhada — ele me disse e me fez ficar quieta. E eu olhei para os seus olhos escuros e vi uma vida pela frente, cheia de possibilidades, e pensei em como eu era uma moça de sorte.

No terceiro dia da nossa lua-de-mel, almoçamos em uma dessas cidades luxuosas, bem cuidadas, mas modorrentas à beira do Loire. Estava quente para o início de junho, e o calor tremeluzia nas ruas de pedra. O grande, sonolento e cintilante rio murmurava sob o tilintar de talheres e o tinir de copos.

Will não comeu muito. No final, procurou no bolso os cigarros. Oficialmente, ele era um não-fumante e jamais faria isso em público — exceto na França, que era "diferente". De fato, ele gostava muito dos seus cigarros americanos, com filtro branco, e que a prova da nossa intimidade, na época, fosse ter a fumaça soprada em meu rosto me fazia sorrir.

Dei trabalho ao garçom, por causa do vinho — eu nunca valorizei o Chinon tinto, presente em quase toda a carta de vinho. Will ficou me observando e depois disse:

— Adoro ver você com os seus vinhos. Você conhece um bocado e sabe exatamente o que quer. É filha do seu pai.

Tínhamos combinado que, se Will fosse eleito para o Parlamento, então ele abandonaria a advocacia e eu continuaria trabalhando na Battista Fine Wines. As finanças pareciam funcionar, pelo menos no papel, e eu estava querendo viajar para a Austrália e a América, com meu pai.

O garçom serviu o vinho — um tinto cor de framboesa, que parecia bom o suficiente.

— Eu a amo, Sra. Savage. — Todas as vezes em que Will me dizia isso, e era com muita freqüência, era como se a idéia acabasse de lhe passar pela cabeça, o que a tornava a coisa mais deliciosa, a mais encantadora, a mais necessária de se ouvir, no mundo.

Virei o rosto e olhei para o rio. Ainda não conhecia Will muito bem, mas sabia, sem dúvida alguma, que o nosso casamento estava certo. Esta certeza absoluta me fazia sentir, ao mesmo tempo, velha e tremulamente jovem.

— Você vai pensar em ir um dia comigo ao Val de Fiertino, ver de onde veio a minha família?

Ele apagou o cigarro.

— Não posso pensar em nada de que eu gostaria mais. — Sua expressão se entristeceu, por um momento. — Não tenho muita gente na minha família, exceto Meg e Sacha, é claro. — Ele se entusiasmou. — Estou querendo adotar a sua.

Captei os ecos da sua infelicidade no passado.

— Quer falar sobre isso?

Ele acendeu um segundo cigarro.

— Meus avôs estavam velhos e atordoados demais com o que tinha acontecido para realmente controlarem as coisas. Eles se culpavam por terem deixado minha mãe se casar com meu pai, e se acharam ainda mais responsáveis quando ela começou a beber também. Ainda bem que eles nunca souberam a respeito de Meg.

Este era um território delicado, e que nós ainda não havíamos explorado plenamente.

— Quando Meg...

— Não sei. Ela escondia. Eu nunca senti cheiro de bebida nela, nunca desconfiei. Não devia ser um problema, até ela se casar com Rob. Apenas um drinque, no final do dia. Mas eu estava ocupado com outras coisas — escola, exames, o desejo de ir embora. Tenho vergonha de dizer, mas eu nunca levei Meg muito em consideração. Ela estava ali, simplesmente. Só depois é que percebi o quanto ela havia feito por mim, e o que isso lhe custara.

Eu me lembro... do quê, exatamente? Um ligeiro encrespar de desconforto, a levíssima sugestão de uma sombra, para embotar a vívida qualidade do nosso relacionamento. As taças sobre a mesa, o sol batendo nas pedras brancas, os sons do rio... nós, juntos... toda esta felicidade e, no entanto?

— Will — eu disse, e minha voz ficou embargada —, não devemos nunca virar dois velhotes provincianos.

Ele deu um sorriso.

— Nós parecemos provincianos? — Seus olhos se estreitaram. — Acabei de ter uma idéia.

— Que tipo de idéia?

— Implica voltar para o hotel... agora.

Mas, quando chegamos lá, havia uma mensagem esperando por ele. Will leu, depois me abraçou e disse, excitado:

— Sra. Savage, precisamos fazer as malas. A eleição é no dia 14 de julho e não podemos perder tempo. Nem um dia, nem um minuto. Se formos rápido, chegaremos a casa à meia-noite.

No nosso quarto, olhei para uma pilha de cartões postais ainda por enviar, sobre a mesa, debaixo da janela. Cartões virgens de bonitos vilarejos e sonolentos rios franceses.

— Nem cheguei a escrever estes — falei.

Ele os pegou:

— Pode escrever no carro.

Eu me sentei na cama. Haviam falado sobre uma eleição no verão, entretanto os mais experientes tinham achado que o governo esperaria o outono. Eu tivera o cuidado de me preparar para um momento como este e sabia que, se me casasse com Will, seria obrigada a fazer este tipo de sacrifício. Mas a decepção me deixou, temporariamente, sem fala.

Ele percebeu a minha expressão magoada.

— Fanny... sei que a hora não podia ser pior, mas isto significa tudo... bem, nem tudo, exatamente. *Você* é tudo para mim, é claro... mas trabalhamos para este momento. Você compreende isso?

Ele parecia tão ansioso, tão determinado, tão sério, que meu coração amoleceu. Como eu poderia criar caso na ocasião mais importante da vida de Will? Afinal de contas, o que era uma lua-de-mel? Nada vital, comparando com o que Will estava disposto a fazer — que, resumindo, era solucionar os problemas da nação.

— Um acordo meio a meio — ele disse. — Prometo que, assim que for possível, teremos uma segunda lua-de-mel.

Mais do que tudo, eu queria que Will se sentisse feliz. Segurei sua mão e concordei:

— Meio a meio.

Antes de sairmos do hotel, sentei-me e escrevi, em um dos cartões postais: "Querida Fanny, me divertindo muito. Gostaria que estivesse aqui. Te amo, Fanny." Quando nos despedimos, na portaria do hotel, pedi um selo ao recepcionista e coloquei o cartão na caixa do correio, no saguão.

No carro, para o norte, Will zapeava frenético entre as estações de rádio. Certo momento, ele insistiu para pararmos em um posto de gasolina e foi, correndo, telefonar para Mannochie. Eu fiquei observando do carro. Ele se apoiou, com a mão no vidro, deixando uma impressão enevoada. Um segundo ou dois depois, ele a retirou e apertou o braço contra a barriga.

Esta pequena demonstração de nervosismo me afetou mais do que eu poderia dizer, e fiquei emocionada com o quanto ele significava para mim e com o quanto era importante que ele pudesse tentar alcançar o que desejava.

Vinte e quatro horas depois, entrei na sede do partido, na avenida de Stanwinton. Estava repleta de cadeiras, cestos de papel cheios e fotocopiadoras, e fervilhando de gente.

Will foi imediatamente requisitado por um dos membros do partido e Mannochie materializou-se ao meu lado.

— Você precisa conhecer a presidente da associação e precisa se dar bem com ela.

— Vou para o tronco, se não fizer isso? — perguntei e, percebendo que não estava sendo engraçada, me arrependi.

— No mínimo — Mannochie me guiou até uma mulher que enfileirava, em ordem, vários panfletos.

— Pearl, esta é Fanny.

Uma mulher pesada, ela se levantou com dificuldade.

— Já não era sem tempo.

Era para termos sido apresentadas antes — *esposas de candidatos precisam ser examinadas* — mas Pearl estava no hospital quando eu estava disponível. Alta e nariguda, ela não se preocupava com a moda. A camisa de algodão brigava com a saia, e ela vestia meias cor de pele com sapatos de amarrar brancos gastos. Seu exame, entretanto, foi inteligente e impiedoso. Ela acabou estendendo a mão:

— Já que vamos trabalhar muito juntas, vou chamá-la de Fanny.

Se eu esperava um consolo pela nossa lua-de-mel arruinada, eu iria me decepcionar. Ela continuou:

— Espero que esteja usando sapatos confortáveis. — Ela olhou para as minhas pernas nuas e para a saia curta de tecido jeans, e fez uma careta. — Sinto muito, mas seria melhor que você usasse meias e uma saia mais comprida. Quanto mais avançadas e revolucionárias as suas idéias, Fanny, mais inofensiva e respeitável deve ser a sua aparência. Deveriam ter lhe dito isso.

Ela queria dizer que eu já deveria saber. Corei com a minha ignorância.

— Will vai me instruir, sem dúvida.

— Já escolheram onde pretendem morar, no distrito eleitoral, se vencermos?

— Vamos ficar com meu pai em Ember House.

— Não serve. — Pearl balançou a cabeça. — Não pode parecer que vocês estão vivendo à custa dos pais, e é importante que pareça que vocês têm raízes aqui.

— Pelo visto, precisamos de uma casa tranqüila, modesta e barata, no distrito eleitoral — informei a Will, na privacidade do quarto de dormir, em Ember House.

Ele se virou, uma meia no pé, outra na mão.

— Vamos morar aqui, se vencermos.

— Will, eu realmente não contava com isso.

Ele descalçou a outra meia e a largou no chão.

— Eu expliquei.

— Você disse apenas que era possível. Eu não quero morar aqui: quase todos os meus negócios na Battista estão em Londres. E, também, vivi aqui a maior parte da minha vida e sei como é.

— Fanny — Will se aproximou, sentando-se na cama —, olhe para mim. Isto é importante. Vamos ter de desistir de algumas coisas. Lembre-se daquilo em que acreditamos, de tudo que combinamos. — Ele escorregou, de joelhos, ao lado da cama. — Ninguém disse que seria fácil.

Eu o ouvi pronunciar as palavras e fui testemunha da expressão iluminada pela sua convicção e pela sua crença.

— Will, não precisamos morar aqui. Viremos socialmente, muito.

— Não pode haver meias medidas. Isto é uma batalha, uma guerra, mais ou menos. Estou vendo isso bem claro, agora. Vai ser uma luta constante.

Olhei nos olhos escuros que tanto me encantavam.

— Will, posso dizer que a *verdade* é a primeira vítima de uma guerra.

— Sra. Savage, isso não ajuda nada.

— Você não deve falar nada, nunca — Pearl Veriker me instruiu. — Não é o seu papel.

— Nunca, jamais, diga o que você pensa — acrescentou Mannochie. — Principalmente em questões locais.

Se ganhei Mannochie, perdi Will, ou melhor, o Will que era só meu. O Will público vivia rodeado de assessores com pranchetas, eleitores em potencial e eleitores que o odiavam. Ele era igualmente admirado e criticado. Uma coisa era constante, entretanto: onde quer que ele fosse, Will era notado.

Avisada e silenciada, eu subia nos ônibus de batalha e assistia a intermináveis assembléias e reuniões. Em troca, era recepcionada, explorada, expulsa, ameaçada e perseguida por um pastor alemão. Sentada no fundo do palanque, eu participava de reuniões e vinha para frente, para ficar (calada) ao lado de Will e receber os aplausos. Adequadamente vestida, eu comparecia às sessões de fotos, de braço dado com Will, e os resultados não eram ruins.

— É uma sorte você ser bonita — disse Pearl. — Seu marido obedeceu às ordens.

Eu olhei firme para ela e ela me deu um tapinha no ombro:

— Estou brincando, Fanny.

Se Pearl estava fazendo piada, então eu só poderia supor que estávamos as duas progredindo.

Disseram para eu acompanhar os cabos eleitorais, como reserva, e, obediente, eu marchava durante horas pelas ruas, com ávidos funcionários do partido. Quase sempre eram as mulheres que vinham atender à porta e eu vislumbrava interiores onde cestas de roupas molhadas esperavam para ser penduradas, bicicletas e carrinhos de bebê entulhavam os corredores.

Visitamos quarteirões de apartamentos onde as calçadas cheiravam a urina, e casas tranqüilas, cobertas por cortinas, em ruas limpas e arborizadas. Caminhávamos com dificuldade por entradas de cascalho até vilas amplas e bem cuidadas, construídas pelos barões da indústria na virada do século. Seus ocupantes eram os piores, pois dissimulavam a hostilidade de uma forma mais elegante e mortal.

Ninguém, é preciso dizer, estava muito interessado em debates políticos. O principal assunto das conversas não era se os impostos iriam subir ou não, ou se o governo deveria gastar mais em saúde e educação; era: "Quanto vão custar a cerveja e os cigarros?"

— O que vocês fazem, realmente? — disse uma mulher grandalhona, cheia de jóias, para o grupo no jardim de sua casa. Ela bateu a porta da frente em nossas caras. — *Quem* vocês disseram que são?

Mannochie me encurralou, uma noite. Parecia constrangido:

— Fanny, poderia guardar as suas idéias sobre transporte local para você mesma?

Fiquei surpresa:

— Eu tenho alguma idéia?

— Parece que sim, e ouviram você falar sobre elas, no café-da-manhã no Guide.

— Eu disse que achava que deveria haver mais ônibus circulando à noite.

Mannochie parecia preocupado.

— Exatamente. Você estava se metendo num lobby.

Quando chegou o dia da eleição, meus ombros estavam enrijecidos e meus pés, inchados; e haviam me alimentado, a conta-gotas, com um saco de fatos e estatísticas, e eu tinha aprendido, da maneira mais difícil, algumas das regras do compromisso político.

Will trabalhou até o fim e me pediu para lhe levar uma muda de roupa. Eu coloquei na mala um terno e uma camisa. Peguei o seu melhor par de sapatos pretos e enfiei a mão por dentro: queimada na palmilha, estava uma marca íntima (meus sapatos também tinham uma): o segundo dedo do pé de Will era mais longo do que o dedão. Eu esfreguei o dedo na depressão feita no couro: era o meu segredo, o meu conhecimento secreto.

Chegamos à prefeitura à meia-noite. As duas últimas urnas tinham chegado e a contagem final estava em andamento. Os escrutinadores debruçavam-se sobre as mesas montadas em cavaletes, indicadores e polegares revestidos de protetores de borracha. As pilhas subiam, eram trocadas. Umas duas foram recontadas, a soma anotada.

Alguém tocou em meu braço:

— Olá — disse Meg. — Desculpe não ter chegado antes. — Ela estava corada e os olhos brilhavam, impecável em um vestido de linho vermelho e com sapatos bonitos. — Não podia perder o grande dia do meu irmãozinho.

À uma e meia, Pearl Veriker me levou para uma sala ao lado.

— Está com boa aparência, Fanny. Vamos conferir.

A saia está bem comprida? Meias? Maquiagem?

— Onde está sua aliança? — seu olhar fixou-se em minha mão esquerda nua.

Eu a tirei de dentro do bolso.

— Estava dando alergia. Ainda não me acostumei.

— Use-a, Fanny.

Eu a enfiei, à força, no dedo vermelho e inchado. Para meu espanto, a coceira e a queimadura da minha rebeldia não eram menos urgentes. Como se eu fosse um boi, estavam me vestindo uma cangalha.

Eu me controlei e fui falar com os cabos eleitorais. A idade média deles estava bem acima da minha, mas havia um ou dois mais jovens.

— Não é engraçado que o outro lado sempre pareça muito mais feio do que o nosso? — sussurrou um jovem perspicaz, ao meu lado.

Eu estava servindo suco de laranja em copos plásticos, quando levantei os olhos por acaso. Os de Will encontraram-se com os meus, por um longo momento: ele estava me pedindo para ter fé. De vida curta e desfocada, a minha rebeldia morreu.

Às três da manhã, eu estava de pé ao lado de Will no palanque quando os votos foram lidos em voz alta e Will foi declarado o novo Membro pelo distrito eleitoral de Stanwinton. Ficamos lado a lado, os dois atordoados e quase incoerentes de alegria. Havia prazer e orgulho — e uma explosão de felicidade em meu peito. Era como se pudéssemos agarrar o futuro em nossas mãos.

Lá em baixo, a indômita Pearl sentou-se, de repente, e apertou o lenço contra a boca. Mannochie batia palmas e dois cabos eleitorais dançavam.

Will passou o braço sobre os meus ombros e me beijou, e eu prometi, silenciosamente, fazer o possível por ele, sempre.

Meg conseguiu chegar ao palanque, o seu vestido vermelho, uma mancha colorida, e enfiou seu braço no dele.

— Will, querido...

Os fotógrafos espocavam seus flashes, alguém ovacionou, Mannochie continuava aplaudindo.

Mais tarde, naquele dia, a fotografia oficial foi publicada no *Stanwinton Echo*. Tinha aquela aparência granulosa e fora de foco que os jornais locais têm às vezes e era difícil identificar alguns personagens na plataforma. Um Will sorridente aparecia alto e ereto. Um ar jovem, feliz e cheio de promessas. Ao seu lado, estava uma figura esguia, de cabelos claros, toda sorrisos. Não era eu, mas, sim, Meg.

Capítulo 6

MEG PEDIU, COMO UM FAVOR especial, se poderia pegar Chloe na escola no dia da prova final. Chloe irrompeu pela porta da cozinha.

— Mãe? Acabou. Fim — estava pálida, trêmula e exultante.

Passei a mão nos seus cabelos e a abracei. Depois a levei para cima, fiz com que tomasse um banho e fui pegar uma caneca de chá.

O rosto corado do vapor, ela escorregou de novo para dentro d'água.

— Minha mãezinha linda. — Ficou calada um instante. — Não consigo me mexer. Não consigo pensar. Não consigo fazer nada.

Coloquei uma toalha no suporte.

— Quer que eu lave os seus cabelos?

O formato do seu crânio era tão familiar, tão amado. O xampu fazia os fios parecerem curiosamente crespos. Com muito cuidado, esfreguei, enxagüei e limpei gotículas de espuma dos seus olhos. Eu sabia o que este momento significava.

— Agora a minha vida começa, mãe — ela disse, enquanto eu a secava com a toalha, como costumava fazer quando ela era pequenina, molinha e toda minha.

— Que tal?

Quando acordei, dias depois, estendi a minha mão. Se Will estivesse ali, meu dedos tocariam nas suas costas quentes ou na curva do seu ombro. Era uma lembrança matinal íntima, para mim mesma, muitas vezes negligenciada, de que nós deveríamos ser gentis um com o outro.

Hoje, o lado que Will ocupava na cama estava particularmente vazio e frio.

Eu me levantei, vesti um jeans e uma camiseta, abri as cortinas e fiquei olhando o dia de verão renascer úmido. Duas figuras desciam a rua. Moviam-se lentamente, com ar sonhador, parecendo grudadas uma na outra.

Chloe parou na sebe de louros, e eu pude ver que não havia mais nada de infantil nela. Sacha debruçou-se e sussurrou alguma coisa em seu ouvido. Ela respondeu e se virou para ele, os braços envolvendo o seu pescoço. Sacha esfregou o nariz em sua cabeça e disse mais alguma coisa, que fez Chloe rir.

Consciente de estar espionando, me afastei da janela.

Chloe entrou de mansinho na cozinha quando eu estava preparando o café.

— O que faz acordada tão cedo, mãe? — Ela sentiu o cheiro. — Café. Ótimo. Posso tomar um pouco?

— Passou a noite toda fora? Comeu alguma coisa?

Chloe sacudiu a cabeça e os cabelos flutuaram ao redor dos seus ombros.

— Claro que passamos a noite toda fora. — Sacha, que vinha atrás dela, pegou as canecas. — Nada de mais. — ele sorriu para mim, com ar provocante. — Não se lembra?

— Vagamente — respondi, com um toque de acidez. — Como foi no clube?

Seus olhares se encontraram e uma mensagem íntima foi trocada.

— Fantástico — a voz de Chloe soou uma nota mais estridente do que o usual.

Cortei o pão e coloquei duas fatias na torradeira.

— Espero que não tenham feito nenhuma... bobagem.

Os olhos de Chloe dispararam um alerta para mim: "Não se meta nisso."

— É... — Sacha abriu o fecho da sua jaqueta de couro e a arrumou sobre o encosto da cadeira. — O clube não é ruim. Os rapazes e eu poderíamos fazer uma apresentação ali, para ajudar.

Chloe curvou-se sobre o café. Havia um leve tom corado nas suas bochechas e uma sugestão de sorriso nos lábios.

A torrada ficou presa e eu a puxei para fora, espalhando farelos pelo chão. Coloquei-a na frente deles.

— Experimentem o mel da Toscana. Encontrei no supermercado.

— O que tem de errado com o mel inglês? — Ela piscou com os cílios incrivelmente longos. — Ou qualquer coisa inglesa, por falar nisso? É tudo macarrão italiano, presunto italiano, italiano isto, aquilo e mais aquilo. — De novo ela piscou aqueles cílios enquanto Sacha observava, pelo visto, em êxtase. — Você e papai deveriam ir este ano. Tirar isso da cabeça de vocês, mãe.

Eu peguei a pá de lixo e varri os farelos.

— Acontece que estou planejando uma viagem com seu avô.

Chloe levantou os olhos para o teto:

— É o que você diz.

Enquanto eles comiam e bebiam, eu fiquei sentada à mesa, tentando acertar a agenda para a comissão dos sem-teto de Stanwinton. Sacha acabou se levantando e pegando a sua jaqueta da cadeira.

— Hora de ir para cama — ele disse e desapareceu.

— E você, querida?

Chloe secou a sua caneca de café e agachou-se ao meu lado:

— Você precisa não interferir, mamãe. Não deve mais fazer isso.

Eu passei o braço ao seu redor. Havia uma mancha de mel no canto da sua boca e eu a limpei, com o dedo.

— Ele é seu primo em primeiro grau, Chloe.

A expressão de felicidade no rosto de Chloe desapareceu.

— Ele é meu primeiro tudo, mãe. Ele é o meu sangue e a minha carne. Ele me conhece. Eu o conheço. Você não entende.

— Ele é seu primo em primeiro grau — repeti. — Existem outros rapazes...

Chloe se endireitou:

— Esquece, mãe — ela disse, num tom categórico, desconhecido para mim. Depois, também saiu.

Eu olhei pela janela para fora, onde, como punhados de ameixas machucadas, as nuvens carregadas da chuva de verão se juntavam.

Mais tarde, naquela mesma manhã, na garagem, Chloe e eu separávamos sacolas de roupas para serem doadas aos pobres.

Eu suspendi uma sacola e uma montanha de suéteres encardidas, calças e camisas espalhou-se pelo chão da garagem. O cheiro — de mofo, de coisa usada e deprimente — nos fez recuar.

— Ugh — disse Chloe. — Joga isso fora.

— Não podemos. Podem ser úteis. Alguém pode precisar.

Chloe inspecionou uma segunda sacola.

— Na verdade... — ela retirou um cardigã cor-de-rosa que parecia, duvidosamente, cashmere — tem um bonitinho aqui.

Eu reuni uma braçada de roupas e fui para a cozinha, onde Brigitte limpava a pia.

— Pode colocar isso na máquina?

Ela recuou também:

— Estas não são bonitas.

— Ficarão melhores depois de lavadas e passadas.

Brigitte colocou tudo na máquina de má vontade, e bateu com a porta.

Chloe entregou a Brigitte o sabão.

— É uma vida engraçada — ela disse. — Você acha legal eu ficar com esse cardigã?

Dei uma carona a Meg até o médico, quando fui à cidade. Ela apertou o cinto de segurança:

— Sacha me contou que você... falou com Chloe a respeito dele. Acho que não aprova os dois estarem sempre juntos...

Eu manobrei o carro pelo portão de entrada até a rua. Não deveria mais me surpreender com o modo como as informações circulavam pela casa.

— Ele comenta tudo com você?

— Quase tudo. Sempre conversamos. Como você sabe.

Era injusto. Mas a observação me fez trincar os dentes.

— Chloe edita todas as confidências que me faz.

— Diga uma coisa — Meg remexia na bolsa — é ao meu filho que você faz objeção, ou à minha herança genética?

— Eu amo Sacha, e Chloe compartilha a sua herança genética.

Meg baixou o quebra-sol do carona e usou o espelho para passar o batom vermelho enquanto eu lutava com uma via de mão única projetada expressamente para enlouquecer motoristas.

— Você sabe, Fanny — ela disse. — Nós fomos, um dia, boas amigas.

Eu senti o seu olhar queimando o meu rosto.

— Meg — falei, com precipitação. — Estive pensando que já é hora de fazer algumas mudanças.

Como sempre, ela era afiada como uma faca.

— Você quer me expulsar? — Então, ela deu uma das suas risadas. — Eu expulsaria, se fosse comigo. — E empurrou os cabelos para trás da orelha, um gesto nervoso pouco característico. — Will sabe o que você está pensando?

— Não discutimos isso a fundo. Mas Chloe está para sair de casa e eu pensei que talvez... talvez seja o momento para uma casa menor.

— Will não gostaria disso. Ele jamais expulsaria a mim e ao Sacha. — Ela me olhou com cautela. — E você também não, não é mesmo, Fanny?

— Sacha também não vai embora em breve?

Meg atirou o batom dentro da bolsa.

— Sim.

Mais ou menos como a minha mãe tinha partido de Ember House, praticamente de mãos vazias, Meg tinha chegado em Stanwinton quase sem nada, apenas uma mala e uma sacola pequena com as roupas de Sacha para visitas de finais de semana.

— Eu não seria capaz de escolher — ela falou.

Anos depois, quando falei com Rob na festa de 18 anos de Sacha, ele me contou que tinha implorado a Meg que levasse tudo — móveis, roupas, louças —, mas ela recusou terminantemente, dizendo-lhe que queria espaço para curtir a sua dor. Rob não entendeu, mas, curiosamente, eu achava que fazia sentido.

Meg ergueu as mãos à sua frente.

— Veja, tremem só um pouco. Estou melhorando. A outra noite foi só um lapso. Vou tentar um outro emprego, você sabe.

— Sem dúvida. — entrei no estacionamento do consultório e a deixei perto da entrada.

Meg agarrou a maçaneta da porta.

— Mas não estou bem o suficiente para agüentar isso sozinha.

Eu me debrucei para fechar a porta.

— Meg — eu chamei, quando ela saiu. — Eu não quis dizer isso.

Depois da reunião do comitê, fui até Londres. Estava chovendo de novo. Eu espiava pelo pára-brisa. Meu pai falava muito do verão italiano e, não pela primeira vez, eu entendia por quê. Ah... estar lá, onde era tão quente no vale que, se eu me sentasse sobre uma oliveira e olhasse para cima, as folhas pareceriam tremeluzentes línguas de fogo.

Will tinha deixado um bilhete no chão do corredor do nosso apartamento em Londres, onde eu certamente pisaria: "Vejo você na embaixada. Não esqueça de Pasquale. Por favor, não se atrase."

Claro que eu ia me atrasar. Cometi o erro de tomar um banho e, enquanto eu estava dentro d'água, o telefone tocou duas vezes. Na primeira, era um repórter de um jornal importante dizendo que estavam planejando uma matéria sobre possíveis futuras figuras seniores no partido e querendo saber se poderiam entrevistar o meu marido. Eu lhe disse para entrar em contato com o escritório de Will. Na segunda, era o secretário particular de Will, alertando que, se eu falasse com alguém da delegação italiana, deveria me manter longe de qualquer coisa que pudesse estar, mesmo que remotamente, relacionada com política. A informação fora passada para todas as esposas.

— Sobre o que eu poderia falar? — eu quis saber.

— Houve uma descoberta recente de peças etruscas de bronzes que são consideradas excelentes — ele respondeu.

Desenhei uma porção de corações no espelho embaçado do banheiro.

— Conte-me sobre as peças.

— Infelizmente, Sra. Savage, elas são bem... bastante eróticas. Mas a senhora pode não mencionar detalhes. E... Sra. Savage... se puder, evite as palavras "carro" e "impostos"... as negociações estão em um estágio meio complicado.

Perdendo tempo com conversas e saindo tarde de casa, peguei um taxi até onde Will estava esperando por mim. Ele sorriu e me beijou no rosto, mas a sua mão apertando o meu braço estava quase me machucando.

— Está atrasada.

— O trânsito. — Entrelacei os meus dedos nos dele e fui logo falando da minha lista de assuntos a serem discutidos. — Precisamos falar sobre Chloe.

Ele apertou os meus dedos e depois os largou:

— O que houve com ela?

— Ela e Sacha. Estou um pouco preocupada.

— Meg diz que é bobagem. São apenas muito amigos, como primos são, às vezes.

— Você falou com Meg? Tenho tentado ligar para você a semana toda, mas você está sempre ocupado...

— Olá, Ted. — Will transferiu a sua atenção, suavemente, para um dos seus colegas ministros.

Um bom champanhe foi servido em uma longa e estreita sala de recepção. Obediente às minhas instruções, conversei sobre tempo e plantas com um embaixador, que usava uma gravata multicolorida, e sobre vinhos com um cônsul júnior, que me informou que tinha sido criado com cerveja. Puxei Antonio Pasquale de lado e o deixei pasmo com o meu conhecimento do idioma e dos vinhos italianos. Quando nos despedimos, ele beijou a minha mão e eu soube que tinha feito um bom trabalho.

De volta ao apartamento, Will foi direto para a bandeja de bebidas, o que era raro, e se serviu de um copo de uísque.

— Estou exausto. A mulher do Pasquale foi um pesadelo.

— Você deveria comer alguma coisa.

— Cansado demais.

— Eu também. — Joguei longe os sapatos e me encolhi no sofá. — Diga-me o que está acontecendo.

— Não tenho energia — Will suspirou.

— Ah — fiquei observando meus pés, envoltos nas suas meias leves, de noite.

— Sinto muito, querida.

Puxei uma almofada e a abracei:

— O que você acharia se papai e eu fizéssemos uma viagem à Itália?

Will despertou.

— Quando?

— Enquanto Chloe estiver fora. Setembro, provavelmente. Ainda não combinamos nada.

— Sem mim?

— Sim.

Will largou o copo e veio sentar-se ao meu lado.

— Claro que você deve ir. Sei o que isso significaria para você. — Ele fez uma pausa. — Mas precisa ir este ano? Tem tanta coisa acontecendo... — Ele afastou a almofada e me abraçou. — Preciso de você a bordo.

Senti a energia voltando a fluir dentro dele, enquanto se concentrava em me trazer de volta ao rebanho.

— Exatamente agora, não sei se posso ficar sem você. — Ele tomou mais um gole de uísque. — Talvez eu esteja sendo egoísta. — Como eu não respondi, ele disse, ríspido. — Fanny, está me ouvindo?

Levantei os olhos e vi o meu velho Will — o homem inteligente, engraçado, veemente, dedicado, por quem eu havia me apaixonado, e fiquei pensando o que ele podia ver em mim, e se ele estava, ou não, olhando.

— O nosso casamento está ficando curioso — eu me ouvi dizer. — Tentei a semana inteira falar com você sobre a nossa filha... onde eu me encontro na fila?

— Não seja boba — isso foi dito com um lampejo de irritação.

— É verdade.

Ele segurou o meu queixo:

— Isto é porque falei com Meg? É porque ela ligou na hora certa, sua boba.

— Em parte. — Afastei a sua mão e comecei a mexer num fitilho da almofada descartada. — Eu me importo com isso.

Ele suspirou.

— Honestamente, não acho que haja nenhuma necessidade de se preocupar com Chloe.

— Mas eu me preocupo. E me preocupo por ter de me preocupar com ela sozinha.

— Quando ela estiver viajando pela Austrália, vai esquecer Sacha, vai conhecer outras pessoas. Não é tão estranho, na idade dela, ter uma paixão — se ela tem — por alguém que não serve.

Ele estava, provavelmente, certo, mas eu já tinha tido explicações de político suficientes para uma noite. Levantei-me e fui à janela, olhar a enfadonha noite de verão.

— Gostaria de viajar com meu pai, Will. Acho que ele não está bem, e gostaria de passar uns tempos com ele.

— E não comigo...

Virei-me e olhei para ele, feroz:

— Vou esquecer que você disse isso.

Will pousou o seu copo sobre a mesa, com um estalo:

— Você sugeriu mesmo a Meg que ela deveria se mudar?

— Não exatamente — respondi. — A idéia foi proposta, mas não votada.

— Não acha que deveria ter discutido isso comigo antes? Ela está transtornada e inquieta, e isso não vai lhe fazer bem.

— Discutir as coisas com você? Que idéia excelente. Venho tentando isso a semana toda. Devo pedir a Mannochie para dar um jeito de arrumar um espaço para mim na sua agenda? — Dirigi-me para a porta. — Mas, agora, vou para a cama.

Enquanto eu seguia pelo corredor, ele gritou atrás de mim.

— Não posso magoá-la, Fanny. Não posso abandoná-la.

Capítulo 7

TIVEMOS A NOSSA segunda lua-de-mel. Eu garanti isso.

Era muito natural que, com todo o drama e a excitação de ser eleito, Will esquecesse a sua promessa, portanto eu me encarreguei disso.

— Levante-se, Sr. Savage...

Era uma sexta-feira de manhã, nos primeiros dias de setembro — muito tempo ainda para o Parlamento voltar a se reunir e Will fazer o seu discurso de estréia — e ele dormia. Eu já estava de pé e vestida com calças compridas, suéter e botas de caminhada. Inclinei-me sobre o corpo ainda de bruços e o sacudi, com força.

— Anda. Vamos para uma lua-de-mel. Uma semana de lua-de-mel.

Um olho piscou imediatamente:

— Vamos... o quê?

— Você está me devendo, lembra? Pegue as suas roupas de caminhada. Vamos para a França, caminhar nos Alpes.

Ele fez força para se levantar.

— Não pode fazer isto. Preciso dormir.

— Ah, sim, posso. E, ah, não, você não precisa. E antes que você pergunte, já informei Mannochie.

Arranquei as cobertas de cima dele e o empurrei para fora da cama, e ele ficou tão atônito, que ficou muito bonzinho e fez o que eu lhe dizia. Duas horas depois, no check-in do aeroporto, ele me disse:

— Você é maluca, Sra. Savage.

Durante todo o curto vôo, eu estava consciente de que Will me observava, dissimuladamente. Larguei a revista:

— O que houve?

— Nada. É só que vi um outro lado seu, Fanny. Só isso, e estou começando a conhecê-lo. — Ele fez uma careta para mim. — O lado eficiente.

— Ouça, Will, organizo viagens e coisas desse tipo desde que uso fraldas. Papai e eu fazemos isso o tempo todo. É uma segunda natureza.

— Claro — ele disse. — Eu estava me esquecendo.

Nosso hotel estava enfiado na encosta da montanha. Era um lugar modesto, mas cordial, e a comida, generosa. A cama era enorme e coberta com um edredom ainda maior, que, por alguma razão, nos fez rir à toa. Todas as noites, uma garrafa térmica com chá de ervas — uma infusão horrível de verbena e dente-de-leão — era deixada ao lado da cama. "Para dar saúde e energia", o gerente explicou quando nos registramos, com uma leve expressão de malícia que parecia perfeitamente aceitável, já que fazia parte da experiência de uma lua-de-mel.

Devo dizer: a infusão repugnante foi útil.

Aquele final de semana, aquele lindo final de semana, foi um dos nossos mais intensos e felizes. É assim que me lembro.

Durante dois dias, Will e eu andamos até cair de cansaço. Tivemos sorte com o tempo, nem sempre previsível em setembro. O sol brilhou o tempo todo e, no ar límpido, rarefeito, os raios pareciam queimar por cima da roupa.

Nós nos besuntávamos de protetor solar, enchíamos as mochilas de baguetes de presunto, frutas e água, e traçávamos um roteiro no mapa.

— Este é o meu território — disse Will. — Mulheres não têm nenhuma noção espacial. — Ele mostrou os dentes para mim. — Já percebeu isso, Sra. Savage?

Eu não lhe dei o prazer de morder a isca. Na verdade, a capacidade de Will para ler mapas era impressionante. Ele tinha um instinto de direção e fazia aquelas conexões necessárias para nos orientar entre mapa e paisagem, como se fosse a coisa mais natural para ele. Se as conexões entre ele e o seu eleitorado permanecessem assim tão instintivas e produtivas, então tudo daria certo.

E entre nós.

A excitação de estar lá em cima, nas montanhas, nos incentivou a ter ambições maiores. No sábado, caminhamos sete horas e, para nossa surpresa, retornamos com os músculos doloridos, mas só um pouco cansados. Fomos para a cama, bebemos a tisana horrorosa e dormimos.

Will me acordou de madrugada.

— Esta *é* a nossa segunda lua-de-mel — ele me lembrou.

No domingo, às oito e meia, estávamos saindo para a montanha. O frio da manhã nos fazia tiritar, e começamos a subida, apertadinhos um contra o outro. Quando a temperatura subiu, estávamos caminhando por prados alpinos, salpicados de açafrão-do-outono e gencianas. Às dez horas, paramos para tomar café em St. Marianne de Ventoux, uma aldeiazinha ao pé do desfiladeiro, com um poço cujas águas tinham fama de serem milagrosas. Nenhum de nós dois era supersticioso mas, só por garantia, icei um balde, molhei um dos dedos e marquei a testa de Will e a minha.

No caminho de volta de St. Marianne de Ventoux, demos passagem, na estrada, para um pastor que trazia seus animais das pastagens altas para os abrigos de inverno. Era um homem esguio, idoso, com um apito pendurado no pescoço. Ele caminhava com cuidado pela trilha em direção à aldeia, sem dúvida esperando encontrar um lar adequado e um fogo para se esquentar no inverno.

Lá em cima, nas montanhas, as estações eram definidas. Nada de levantar a cabeça da mesa de trabalho e pensar: "Puxa, o verão chegou e eu nem percebi."

Sugeri a Will que, todos os anos, deveríamos fazer um esforço para sair para algum lugar onde pudéssemos nos lembrar do tempo e do que realmente governava o mundo. Ele respondeu, sério, que, sim, claro, ele pensaria *em qualquer coisa* que me deixasse feliz e bem-humorada.

Eu lhe dei uma palmada na bunda. Em represália, ele me fez cócegas e, por meia hora, não fomos a lugar nenhum.

Na hora do almoço, chegamos a um platô e sentamos numa laje de pedra. Estava quente, muito silencioso e não havia sombras, pois o sol estava no seu zênite. Eu me deitei. O calor da pedra queimava as minhas costas e os raios no meu rosto eram como uma fornalha.

Pensei no que Will e eu tínhamos nos metido. Ele e eu tínhamos que cuidar da vida. Isto incluía as tranqüilas atividades de pagar contas, pesquisar a hipoteca certa, discutir com praticidade questões pouco excitantes, tais como montagem de prateleiras e armários, ou qual máquina de lavar comprar. Significava receber amigos em casa para comer, conversar com vizinhos, negociar com um banco com o qual você fica tão irritado que tem vontade de "mandar à merda", sabendo que o poder nestas transações flui numa só direção.

E haveria as decisões importantes e influentes. Quando começar uma família? Devemos ter um gato?

Estes particulares, decididos só pela metade, que acontecem por acaso, aceitos mecanicamente... iriam compor a estrutura que nos manteria.

— Está pensando em quê? — ele soava sonhador e sonolento.

— Nós.

— E...

— Temos de aprender a entender um ao outro.

Ele murmurou.

— Nós nos amamos; isso basta.

Will fez o seu discurso de estréia em outubro, quando o Parlamento se reuniu depois das longas férias. Na noite anterior, discutimos a cor do terno que ele usaria. Eu optava pelo cinza. Ele preferia o azul. Isso tinha importância? Aparentemente. Cores (assim os membros do partido tinham sugerido) traduziam significados sutis. Isto, eu achava, era um pouco intrigante porque, para mim, o importante era a mensagem.

— Sei que é bobagem — ele sustentava heroicamente —, mas, só desta vez, acho melhor escutar o conselho dos assessores.

Eu esfreguei os ombros dele, tensos e duros como aço.

— Ei, respire fundo. Relaxe os músculos.

Eu não lhe disse que os meus próprios nervos estavam executando uma dança nauseante na boca do meu estômago. Tudo que eu tinha que fazer era ficar observando Will se levantar, falar sobre os benefícios sociais de habitações baratas e impressionar seus pares. Mas esta primeira aparição afetaria o seu futuro — e o meu.

— Não posso estragar tudo, Fanny.

— Pense um pouco na sua irmã e em mim — observei. — Vamos ficar olhando todos aqueles lugares vazios onde nos sentamos na área de visitantes.

Ele resmungou baixinho.

O discurso de Will transcorreu bem.

Pelo menos, eu acho que sim pois, quando ele se levantou, pigarreou e começou a falar com facilidade e fluência, minha atenção se desviou para uma outra esfera.

Era nervosismo, eu sei, mas me vi pensando em árvores. Altas como o plátano, cujos galhos-guia, sólidos e resistentes, enfatizam a sua nudez invernal. Pensei nos álamos oscilando na brisa do verão, nas acácias emplumadas e nos vermelhos assombrosos do bordo. Mas as árvores que mais me tocavam sempre foram os ciprestes, o *Cupressus sempervirens*, as escuras exclamações pontuando pinturas italianas medievais e renascentistas. E o buxo, que não é bem uma árvore. O buxo deve ter chegado aqui com os romanos, e seus troncos e raízes são tão pesados que mergulham na água.

Meg interceptou o meu olhar, e eu corei de vergonha. Tinha prometido não perder uma palavra de Will, a fim de montar um Relatório de Situação útil.

Você falou rápido demais. Suas mãos não paravam quietas, distraindo o ouvinte. Não olhe para os seus pés.

Etc.

— Nasceu para isso — sussurrou Meg.

Meg confundia a minha falta de reação com falta de controle. Além do mais, ela estaria pensando em Will. Na verdade, eu desconfiava, ela não pensava em outra coisa. O seu Relatório de Situação seria imaculado e muito útil.

Ela pousou a sua mãozinha de unhas bem-feitas sobre o meu braço. Naquele dia, elas estavam pintadas de cor-de-rosa, para combinar com o batom.

— Você precisa aprender a relaxar, Fanny — ela me aconselhou, em voz baixa, preocupada. — Desenvolva um senso de humor, então você vai agüentar melhor.

Rangi os dentes. Além do insulto ao meu senso de humor perfeitamente operacional, ela estaria pensando que eu era *tão* desprovida das qualificações necessárias? Seriam a minha ignorância e inexperiência óbvias?

— Vou lembrar disso — murmurei.

Meg insistiu:

— Por favor, não se ofenda — ela disse. — Você é tão boazinha, Fanny, e eu só estou tentando ajudar. — Ela sorriu, compreensiva. — Estou nisso há um pouco mais de tempo que você.

Do lado de fora da Câmara dos Comuns, um fotógrafo estava à espreita para um jornal nacional, e convenceu Will e eu a posarmos para ele. Nós dois fomos fotografados, de mãos dadas, na soleira da porta.

"O mais novo Casal Dourado do Parlamento", dizia a legenda num jornal de final de semana. A câmera tinha capturado Will com uma expressão séria, mas irresistível. Eu não tanto, concluí, depois de olhar de relance a foto, pois tinha um ar desconfiado, quase assustado.

De qualquer maneira, Mannochie, que passou a noite no sofá do apartamento, declarou-se satisfeito.

— Os eleitores vão gostar.

Will examinou a fotografia por mais tempo, foi o que me pareceu, do que o normal.

— Estou melhor do que você — pronunciou.

— É o que eu penso — eu me concentrei na fritura do bacon. — Mas vão me aceitar.

— Sem dúvida — disse Mannochie.

Will não mudava de assunto.

— Não posso me dar ao luxo de fotografar mal. Jamais. Me ajuda, Mannochie. Uma apresentação ruim, e vai levar anos para erradicá-la.

Empoleiramo-nos no sofá e na cadeira da sala de estar, comemos bacon com torradas, bebemos café e examinamos os jornais da manhã. Will e Mannochie discutiram táticas e, extensamente, a agenda de compromissos.

Levantei os olhos do jornal e acrescentei um fato à discussão das datas.

— Eu estarei na Austrália em dezembro.

Como um só, os dois se viraram para mim.

Will disse:

— Você não me falou nada, Fanny.

— Sim, eu falei. Você esqueceu.

Mannochie fez um montinho com os farelos ao redor do prato.

— Stanwinton é inportante no Natal. Faz parte do orgulho nacional. É uma agitação para levantamento de fundos, que o ministério sempre apóia. E tem as festas para as creches locais, os ramos de sempre-verdes para a decoração e os inválidos. — Ele sorriu, justificando-se. — Presença obrigatória.

Eu me dirigia a Will:

— Ótimo. Você vai estar lá.

Will pegou o segundo pedaço de torrada e passou manteiga.

— Fanny, não sei como dizer isto, mas preciso de você comigo. — Ele tinha um ar especialmente desejável, ligeiramente amarrotado, infantil e suplicante. Isso me fez querê-lo muito.

Recusei, com um movimento de cabeça.

— Papai e eu já combinamos muitas coisas. Estão nos esperando no Hunter Valley, somos os convidados de honra de um jantar em Adelaide, e Bob e Kevin estão vindo de Yarra.

Estes nomes não significavam nada, para nenhum dos homens. Eles faziam parte do território de meu pai e do meu, e negociávamos com eles havia anos.

— Você me quer para sorrir gentilmente, beijar bochechas, cantar canções de Natal, apertar mãos pegajosas?

— O acordo foi esse. — O olhar de Will passou de Mannochie para mim.

Will e eu tínhamos discutido a teoria da nossa divisão de trabalho muitas vezes, e eu supunha que teria liberdade para escolher quando sair a trabalho e quando ser uma boa esposa.

— Isto é negócio, Will. São compromissos de longo prazo.

Mannochie pegou o seu prato sujo de ovo e se dirigiu, de mansinho, para a porta.

— Will, Fanny, acho que vocês precisam conversar... Fanny, talvez fosse uma boa idéia repassarmos, juntos, a agenda para o ano todo. Assim, evitaríamos colisões futuras.

Esta foi a dica para a nossa primeira briga... que seguiu mais ou menos assim: "Por que você não falou antes?" E eu respondendo irritada: "Você não escuta o que eu digo." Depois, Will perguntando como eu era capaz de deixá-lo com cara de idiota na frente de Mannochie.

— Muito fácil — eu disse, rápida como um raio.

Isso fez Will sorrir. Depois, o clima se acalmou e nós começamos a conversar direito. Estava claro que não tínhamos concordado quanto às linhas de demarcação e precisávamos resolver isto.

Não é que Will exigisse que eu largasse o meu trabalho pelo dele.

— Não, nada disso — ele falou. Ele coçava a cabeça com a esferográfica. — O seu trabalho é importante e tem que se encaixar. É que eu gostaria que você estivesse comigo na corrida do Natal. Só neste primeiro ano.

Isto me deixou acordada a maior parte da noite, avaliando os prós e os contras das respectivas exigências do nosso tempo.

O assunto de repente pareceu tão exasperante que acabei preparando um chá para mim às quatro horas da manhã. Enquanto a água na chaleira fervia, passei os dedos sobre as jarras de vidro com tampas de rosquear vermelhas que comprei logo depois que casamos.

As cozinhas deveriam ser maiores do que esta. Não deveriam ser apertadas e mal supridas.

Não como a casa grande em Fiertino, se dermos crédito a meu pai, com uma despensa que saía da cozinha principal, onde ficavam guardados os patês, as carnes secas e as latas. — Havia fileiras de garrafas, de cores maravilhosas — ele me contou. — Frutas, pickles e nozes... se você pudesse engarrafar o verão, ele estava ali naquelas prateleiras. Minha mãe conferia a despensa todos os dias. Era um hábito, e não lhe passava pela cabeça deixar de fazer isso. "É importante para a família", ela sempre dizia. "Preciso ter certeza de que há comida, senão, não consigo dormir à noite."

Eu pensava muito nessa despensa, cintilante de vermelhos e amarelos como pedras preciosas, um lugar de segurança, conforto e prazer.

Enquanto isso, eu tinha de me contentar com duas prateleiras pequenas na cozinha e encher meus potes de vidro com arroz, nozes, macarrão e lentilhas. Eu já havia arrumado os meus manuais de vinho sobre um pedacinho que sobrava, na mesa de trabalho, ao lado da torradeira.

O frio me cortou com a crueldade de uma faca.

O que eu tinha feito?

Se você colhe a uva cedo demais, ela está dura e amarga e jamais dará vinho. Foi isso que eu fiz?... Caí de trambolhão neste casamento, antes de ter tido tempo de crescer dentro da minha própria casca, de amadurecer? O corpo esguio e os olhos escuros de Will, as suas apaixonadas convicções, a sua necessidade de mim, teriam seduzido o meu juízo e entorpecido a minha mente?

Com os sentidos girando num turbilhão, a carne trêmula, eu tinha sido uma tola que barganhei a minha liberdade por... o quê?

A chaleira fervia.

Na porta ao lado, as molas da cama rangeram e pés tocaram o chão. Will apareceu no vão:

— Fanny... você deve estar congelada. — Ele se esgueirou para dentro da cozinha e passou o braço pela minha cintura. — Você *está* congelada. Aqui, deixa que eu preparo o chá.

Minhas dúvidas fugiram, com o seu toque.

Levamos o chá para a cama e o bebemos, com os meus pés frios apoiados sobre as pernas de Will, para se aquecerem.

— Culpa minha — ele disse.

— Minha também.

Em seguida, ele pegou a minha xícara e a colocou sobre a mesinha de cabeceira. Acariciou meu cabelos e eu fiquei sabendo por que as discussões são tão necessárias: porque as pazes são extremamente doces.

— Mannochie e eu nos arrumamos — ele disse, animado.

— Tem certeza?

— Quase.

Isso me fez rir. Passei a mão sob a sua camiseta e a descansei sobre a sua excitante pele nua.

Capítulo 8

No último minuto, Will foi convocado a participar de uma excursão parlamentar pela Europa, a fim de pesquisar dados para o esquema de impostos sobre carros, o que deu por encerrado o seu plano de passar uns dois dias em casa com Chloe antes que ela viajasse. Ele lhe deu a notícia durante o almoço de domingo.

— Desculpe, querida. Espero que compreenda.

Chloe continuou comendo.

— Tudo bem — ela falou.

Eu não suportei a frustração em seu rosto:

— Will, você não arruma nem uma tarde?

— Tudo bem — Chloe fazia o possível para parecer que não se importava.

Will olhou para mim e eu pronunciei, só com o movimento dos lábios:

— Ela ficou chateada.

— Chloe — ele disse —, estou muito triste por causa disso.

Ela se levantou e, de repente, eu vi na sua expressão uma Chloe muito mais velha.

— Mas não triste o suficiente, papai — ela falou. — Então não se fala mais nisso, certo?

Ela saiu da sala, batendo a porta.

Olhei para Will.

— Ela vem planejando isso faz tempo...

Will parecia realmente aflito.

— Gostaria de não ter de ir.

— Ah, bem — comecei a tirar os pratos. — Agora está feito.

Ele se encolheu e estudou os cadarços dos sapatos.

— Fanny — ele disse, por fim, sem levantar os olhos. — Quero lhe pedir um favor...

— Não me diga — falei. — Deixe-me adivinhar.

A audiências aconteciam numa salinha sem ventilação, na prefeitura. Tina, a secretária do eleitorado, havia tentado inúmeras vezes abrir a janela, mas estava emperrada. Ela entrou afobada, com sacolas de compras, e as largou no chão.

— Está tudo descongelando, mas o velho gosta do seu jantar na hora...

Ela era uma mulher compacta, do tipo maternal, que tinha o hábito de estalar a língua enquanto ouvia alguns dos piores casos. O marido estava desempregado e, para pagar as contas no final do mês, Tina vendia artigos de maquiagem de porta em porta, mas jamais se queixava. Hoje, ela estava com um batom rosa, cor de boca, do qual eu esperava que suas finanças não dependessem, mas ela o usava com um ar de "jamais se entregar" que eu só poderia admirar.

— Meu velho acha que devemos ter um guarda-costas para nos proteger contra os loucos lá fora — ela disse.

— Mannochie vai nos defender, não vai, Mannochie?

— Até a morte. — O tom de voz de Mannochie soava ainda mais seco do que o habitual.

A primeira a entrar foi a Sra. Scott, freqüentadora das audiências aos sábados. Há anos Will lutava para resolver o problema do seu apartamento úmido e da família vizinha que a aterrorizava. Era pequenina, aleijada pela osteoporose e totalmente só.

— Ah, é a senhora, Sra. Savage. O ministro está ocupado? Algo importante?

Comovedoramente, Sra. Scott considerava a superioridade do cargo de Will um adicional pessoal e absorvia status da sua amizade. Hoje, ela estava com um dos braços numa tipóia.

— Tropecei na escada e o conselho não quer fazer nada a respeito. Quero que a senhora os processe por mim.

Eu fiz o possível para examinar, rapidamente, o que Will poderia fazer por ela, e como ela poderia enfrentar os vizinhos assustadores. Os lábios da Sra. Scott estavam franzidos de dor e tristeza, e eu temia não estar sendo de muita ajuda.

— Verificar com o conselho — escrevi nas minhas anotações, lembrando-me de que se a política fazia algum sentido, ele deveria estar ali, no nível do povo. Era ali que se podia ver, tocar e cheirar onde começavam e terminavam os limites do possível em termos de ajuda e conselho, mas, no íntimo, eu sabia muito bem que isto seria apenas mais um acréscimo ao sistema já congestionado.

— Sra. Scott, vamos procurar um médico para ver este braço?

Uma centelha da sua antiga animação reacendeu.

— A última vez em que um médico colocou os pés na minha casa foi quando a rainha Vitória estava sentada no trono. — Ela procurou alguma coisa dentro da bolsa. — Trouxe uma coisa para a senhora. Iria pedir ao ministro que te desse.

Ela me entregou um pedaço macio de filó, com a bainha bordada com contas.

— É para a sua jarra de leite — falou. — Eu que fiz.

Eu o abri sobre a mesa. As contas eram azuis cor de lápis-lazuli, salpicadas de dourado e muito bonitas. Senti um nó na garganta.

Ela me olhava:

— Não estou abusando do seu tempo, estou?

Eu neguei, balançando a cabeça:

— Deve ser o mais bonito que a senhora já fez, Sra. Scott.

Antes de sair mancando da sala, ela nos disse a sua deixa de despedida:

— Passa tudo como um raio. A vida. Eu não me importaria, sabe... se não tivesse sido uma droga.

Tina estalou a língua e continuou digitando enquanto Mannochie patrulhava o corredor para manter longe os malucos.

Terminada a audiência, fui para a cidade encontrar Chloe na loja dos mochileiros. Meu pai e eu tínhamos amigos por toda a região produtora de vinhos na Austrália, e havíamos sugerido que Chloe ficasse com alguns deles. Mas ela estava sendo a Miss Independência; a única coisa que nos permitiu combinar foi uma semana no Hunter Valley. "Pare de se meter, mamãe", ela implorou.

Nós compramos para ela botas e sandálias de caminhada, cadeados e repelente para insetos.

— Isso não é suficiente — eu disse. — Não é seguro andar mal equipada.

— Você deveria ouvir o que você fala, mamãe. Vou estar bem.

Eu queria chegar ao íntimo da minha filha e extrair exatamente o que ela estava pensando, poder eliminar a ruga de apreensão e ser uma mãe sensata. Mas, em vez disso, eu não parava de falar e de ficar aflita.

— Creio que eu possa fazer algumas sugestões — eu disse, na defensiva.

Chloe pegou uma pochete de viagem, desenhada para ficar presa debaixo do braço.

— Acha que devo levar isto?

— Sim — eu disse, rapidamente. — E protetor solar. Muito, para quando esquentar.

— Mãe. Na Austrália, *vendem* protetor solar.

Ela voltou para casa, no carro, muito calada, e cutucando as cutículas desgastadas.

— Sacha disse que a tia Meg lhe contou que você está pensando em mudar de casa. Não vai fazer isso sem mim, vai? Não até eu voltar?

— Tia Meg não deveria ter dito nada.

— Por que não? Estou crescida agora, mãe. Por que não posso discutir estas coisas? Principalmente se é verdade...

— Foi só uma idéia. — Continuei dirigindo mais um pouco. — Mas, você sabe, eu não me importaria com uma mudança, e você vai sair de casa...

— Odeio quando os adultos falam essas coisas.

Estendi o braço e toquei em seu rosto:

— Onde está a menina que mal podia esperar para fazer 18 anos? A que estava sempre dizendo: "Não me trate como uma criança."

Ela se encurvou e disse, irritada:

— Você é tão tola, às vezes, mãe. — E, olhando pela janela a paisagem que ficava para trás. — Você e papai estão se dando bem?

Eu fiz a curva com mais cuidado.

— Por que pergunta?

— Não sei. Só por perguntar.

— Estamos bem.

— Uma coisa que você falou com ele, pelo telefone.

— Ei. Minhas conversas ao telefone, supostamente, são particulares.

Chloe olhou, com ar de piedade.

— Cai na real, mamãe, isso é uma família.

Eu ri, com autêntico prazer.

— Isso é bom.

Depositamos as suas compras sobre a cama do quarto de hóspedes e Chloe desapareceu, para atualizar pelo telefone suas companheiras de viagem. Uma torrente de tagarelice excitada encheu o seu quarto.

Eu desci para a cozinha. Meu pai vinha jantar naquela noite. Retirei a minha aliança e pendurei no gancho, ao lado do quadro de avisos. De vez em quando, ela ainda deixava o meu dedo inchado — hormônios, humor, época do ano? — e me incomodava nas tarefas domésticas.

Brigitte enfiou a cabeça pelo vão da porta.

— Estou saindo — ela disse.

— OK.

Era uma declaração, não uma pergunta, e sublinhada pela porta dos fundos batendo.

— Acho que ela não está feliz... — Meg veio me fazer companhia, na cozinha. — Tem falado muito ao telefone, e não foi muito gentil a seu respeito, antes.

Eu sabia perfeitamente que a rede de secretárias do lar tinha um serviço de informações. Eu estava sempre encontrando pessoas relativamente estranhas que sabiam o exato estado das minhas roupas íntimas, mas que também sabiam que eu possuía informações sigilosas sobre as delas.

Comecei a picar bife de panela e uma cebola, o que fez meus olhos se encherem de água.

— Você se saiu uma boa cozinheira, Fanny — observou Meg. — Quem diria?

Silêncio.

Ela me observou aprontando a mesa com talheres e copos de água.

— Colocou lugares demais.

— Papai está vindo.

Ela balançou a cabeça.

— Que bom.

Outro silêncio.

— Você parece aborrecida.

— Estou — coloquei o último copo em seu lugar. — Nunca posso confiar que você, Meg, não vá passar adiante o que eu falo. Não deveria ter contado a Sacha, o que, tratando-se desta família, significa contar a Chloe, sobre a idéia de mudar de casa.

Meg me olhou com expressão de desafio:

— Ela não tem direito de saber?

— Você a deixou preocupada.

— Fanny — ela observou gentilmente —, Chloe já é uma moça crescida.

O fato de Meg ter razão me deixou ainda mais zangada.

— Will e eu gostaríamos de decidir quando conversar com ela sobre alguma coisa importante.

— Se você quer. — Meg encheu a jarra de água e a colocou bem no centro da mesa, onde eclipsava o vasinho de rosas brancas e cor-de-rosa, que eu havia colocado antes.

No meio do jantar, levantei os olhos do meu prato. Meg estava flertando com meu pai, algo de que ele sempre gostava. "Meg é divertida e inteligente", certa vez ele me disse. Sacha e Chloe estavam mergulhados em uma conversa. As velas sobre a mesa lançavam uma luz sonhadora sobre as rosas e a jarra de água. A cadeira de Will estava vazia, é claro, e achei que ele devia sentir falta disto.

Chloe ria e, à luz das velas, ela brilhava, com aquele tipo de beleza que só é possível quando a parte mais interessante da sua vida está diante de você. Meu pai ergueu o copo em minha direção. Era um hábito seu: dizia que ele me amava e sempre amaria.

Eu retribui, erguendo a minha taça.

Fui proibida de entrar na cozinha para lavar a louça e me mandaram ficar com os pés para cima. O telefone tocou enquanto eu gozava este momento de paz. Era Raoul.

— Fanny — ele disse, no seu excelente inglês. — Há muito tempo não tenho notícias de você.

— Estava pensando a mesma coisa. Como vão os negócios? Como estão Thérèse e as crianças?

— Os negócios sempre podem estar melhores. O mercado francês não está prosperando.

Eu sabia muito bem, pelos registros do meu pai, que os fornecedores franceses estavam indo mais do que bem, mas Raoul gostava de fazer o papel de catastrofista profissional.

— Não me diga que o clarete está fora de moda.

— As pessoas estão bebendo, cada vez mais, os vinhos do Novo Mundo... se continuar assim, vou ter de arrumar um outro emprego.

Eu avaliava a performance. Não havia nenhuma chance de os Villeneuve transformarem o chateau em um parque de safári. Além do mais, se você cortasse Raoul, das suas veias escorreriam Petrus ou Château Longueville.

Conversamos por uma hora e meia, mais ou menos — uma conversa feliz, sinuosa, que fluía, tranqüilamente, por qualquer espectro de negócios inacabados.

No final, Raoul disse:

— Alfredo me disse que, agora que Chloe está saindo de casa, você está pensando em voltar a trabalhar de verdade. Realmente, Fanny, é uma ótima notícia.

— Estou pensando nisto. Vai depender do que Will vai fazer. Ele está... hum... com grandes expectativas.

— Iria fazer você muito feliz — ele disse, simplesmente. — Sei que iria.

Eu me permiti uma ligeira reprise do que poderia ter sido.

— Papai me disse que o Château d'Yseult foi comprado pelos americanos. Isso causou muito rebuliço?

— Acho que vamos nos acostumar — Raoul disse. — Ou melhor, acho que nós, franceses, temos que nos acostumar com isso.

O vôo de Chloe estava marcado para o dia 13 de julho e eu lutava para não ceder à superstição.

Na véspera, fomos nos despedir de meu pai em Ember House. Antes do almoço, passeamos pelo jardim e paramos sob uma faia onde, muitos anos antes, meu pai tinha construído uma casa na árvore, para mim.

— Não olhe para baixo — eu gritei, quando Chloe insistiu em subir, para ver se ainda estava firme.

— Não se preocupe, mamãe.

Não olhe para baixo.

— Você me ensinou isso — eu falei para meu pai. — Excelente conselho.

— Ela é igualzinha a você — ele observou com carinho.

— Eu era assim tão turrona?

— Provavelmente. Não me lembro.

Eu me abaixei para tirar uma pedra do meu sapato. Enfiado sob as raízes da faia, havia um tapete de musgo verde-escuro e os restos de um ciclâmen miniatura que eu havia plantado. Ciclâmenes não devem ser plantados em vasos. Eles se dão bem ao ar livre, na umidade fresca de uma primavera inglesa.

— Estou meio aflita com esta ida de Chloe, papai — confessei, finalmente. — Sei que ela precisa, mas...

Ele enfiou a minha mão sob o seu braço.

— Não é o fim do mundo, acredite. Olhe para nós. Mas vou lhe contar um segredo. Chloe pode estar partindo, mas você continua de plantão pelo resto da vida.

Não era uma idéia nova, mas era confortadora.

Chloe galgou a segunda forquilha do tronco onde, eu sabia, a casca era macia e salpicada de líquen, e os ramos eram amplos e generosos. Perfeitos para a menina solitária, eternamente desleixada, que fizera dali o seu esconderijo tantos anos atrás. Chloe enganchou a perna no galho e se recostou.

— Devo estar olhando exatamente para o que você olhava.

— Provavelmente.

Ela franziu os olhos para examinar os restos da plataforma da casa.

— As tábuas parecem podres.

— Cuidado.

Uma brisa agitava as folhas. Eu conhecia tão bem esse som. No final, eu já conhecia o caminho para subir naquela árvore melhor do que a escada dentro de casa.

— Você sabia, papai, que eu bebi a minha primeira garrafa de cidra lá em cima, e que treinava para xingar os outros?

— Claro — ele disse. — Estes e muitos outros pecados inomináveis. Eu costumava ficar rondando aqui em baixo, só para me certificar de que você estava bem.

— É mesmo? Eu nunca vi você. Sempre achei que a esperta era eu.

— E era, minha Francesca. — Ele acariciou a minha mão e parecia extremamente satisfeito consigo mesmo. — E era. Mas eu não era um idiota completo.

Eu me curvei, para retirar outra pedra do meu sapato, e meus cabelos caíram sobre os ombros.

— É extraordinário como você está ficando parecida com a sua avó, Francesca, e Chloe tem um pouco dela também. Mas talvez, mais de Lucilla.

— Lucilla?

— Eu falei Lucilla? Estou confundindo as coisas, com a idade. Não sei sobre o que estou falando.

Isto não era típico do meu pai, uma pessoa sempre alerta, mas eu olhei firme para ele. Por algum motivo, ele não quis explicar quem era Lucilla. No entanto, por mais que eu tentasse ignorar, ele estava ficando velho. O medo transpassou o meu peito, como um estilete.

— Se vou voltar a trabalhar de verdade, por que não me passa algumas tarefas hoje? Eu posso levar para casa.

— Por que não? — O seu toque no meu braço de repente era frágil, mas a facilidade com que ele cedeu me deixou ainda mais preocupada.

— Gente, vou descer. — Um instante depois, Chloe aterrissava ao nosso lado. — Estou com as calças todas sujas de limo, mãe. E esta é a minha calça de *viagem*.

Não era estritamente necessário que eu tentasse limpar Chloe mas, como eu não a teria por muito tempo mais, não me controlei. Foi uma desculpa para eu alisar os seus cabelos e passar as mãos pelos seus ombros, para conferir se não estavam magros demais. Saboreie e memorize, eu disse a mim mesma. *Grave* a sensação dela.

Will — claro — não pôde se despedir de Chloe no aeroporto. Segundo a programação enviada por fax do seu gabinete, ele estava na Espanha. "Diga-lhe que a amo e... Fanny, não esquece de lhe dar mais dinheiro. Por minha conta. Eu o devolvo a você depois."

Sacha também não pôde. "Numa apresentação."

Eu dei uma carona a Chloe e sua mochila até o aeroporto, onde encontramos Jenny e Fabia, suas companheiras de viagem.

As três moças fizeram o possível para dar atenção às suas três mães enquanto o sermão final — *não se separem, cuidado com bebidas batizadas e homens lascivos, possivelmente assassinos* — era recitado em explosões ansiosas, em *staccato*.

Puxei Chloe de lado:

— Pena que Sacha não está aqui.

Chloe desviou os olhos com os cílios longos, muito longos, mas não antes que eu captasse um vislumbre de mágoa e pânico.

— Sacha acha que despedidas não são importantes. Mas eu acho que sim. Não são, mãe?

Ela tocou com os dedos a sacola onde estavam o dinheiro, a passagem e o passaporte.

— Mas ele não poderia vir mesmo. Estava muito ocupado. A apresentação era importante.

— Colocou todos os remédios na mala?

— Sim, mamãe.

— E o dinheiro?

— Já me perguntou isso duas vezes.

O papel dela era estar composta e determinada. O meu era o de me preocupar com minúcias, temer e, finalmente, erguer a mão num adeus.

Capítulo 9

Na esperança de vê-la ainda uma vez — um vislumbre de cabeça, uma sugestão de ombro — fiquei rondando na parte externa do Embarque, vendo os passageiros entrarem em fila. Alguns eram meninas como Chloe, Fabia e Jenny — jovens, cheias de esperança, ansiosas para serem testadas e temperadas pelo que o mundo tinha a lhes oferecer.

Passaram-se cinco minutos, depois dez. Eu mudava a minha bolsa de um ombro para o outro. Enfiei a mão no bolso do casaco e senti o tíquete do estacionamento escorregar sob a minha unha. Estava me preparando. Um dente deixa de doer sob o efeito do remédio, mas a dor não se ausenta, simplesmente aguarda.

Um funcionário no portão me olhou, com um misto de tédio e leve desconfiança. Ele já vira tudo isso antes. Meu celular não aceitava chamadas internacionais e eu entrei numa cabine telefônica, liguei para Will, inseri mais moedas e esperei.

— O que aconteceu? — ele perguntou, finalmente.

— Esqueci de ver se Chloe levou o casaco de pele de ovelha. É inverno na Austrália, agora, e ela vai sentir frio.

— Foi para isso que você me tirou de uma reunião?

— Eu só queria lhe dizer que ela partiu.

A voz dele soava meiga — mas também com um certo exaspero.

— Fico contente de você ter ligado. Escute, sua boba, ela pode comprar alguma coisa por lá. Eles têm lojas.

— Eu sei — disse, desconsolada. — Eu sei que não deveria ter ligado para você. Estou sendo uma boba, só isso.

— Bem, fiquei contente — ele repetiu, e não encerrou a conversa com o usual "preciso ir", antes de me tranquilizar quanto às potenciais alergias de Chloe e de se certificar de que eu tinha dinheiro para pagar o estacionamento.

No carro, chorei o caminho todo até a casa de Elaine. As lágrimas escorriam pelo meu rosto e caíam no meu colo.

Conheci Elaine Miller em uma festa de Natal na Câmara dos Comuns. Era a primeira vez que eu aparecia como esposa de um novo parlamentar e eu estava nervosa, mas ela me colocou logo à vontade. Uma ruiva alta, magra como um galgo, cujo marido também era cotado para rápida promoção, Elaine dizia que discordava da maioria das coisas em que ele acreditava e que considerava a política desagradável e corrupta.

— Mas e daí? — ela falava. — Eu o amo, e vou atrás dele. — Ela deu um sorriso bonito e honesto. — Eu sou a fiel colaboradora original e desconfio que você será também. — Estou avisando — ela acrescentou, enquanto anotávamos os endereços uma da outra. — O Parlamento *odeia* mulheres. Ele faz o possível para dificultar a vida delas.

Por sorte, o eleitorado de Neil não ficava longe de Stanwinton, e Elaine e eu nos habituamos a escapar dos filhos e compromissos, e tirar dias de folga juntas. Claro, quando as crianças eram pequenas, estas ocasiões eram limitadas. "Espere até elas crescerem", nos prometíamos mutuamente, "aí faremos algo *realmente* excitante." As promessas acrescentavam um frisson de expectativa à amizade e davam um formato sugestivo ao futuro — que, enquanto vivíamos agitadas cuidando dos filhos e os levando para a escola, parecia indefinido e distante.

Simples, pouco ambiciosos, os dias de folga eram impulsivos. Eles traziam um toque de fantasia e contra-senso para as nossas vidas planejadas: um passeio num jardim, um cinema, onde comíamos pipoca, ou um almoço para conversarmos. Elaine tinhas três filhos e pretendia abrir um negócio de roupas de malha.

— Estou esperando o momento propício — ela disse. — É uma arte que todas as mulheres precisam desenvolver.

— *Todas* as mulheres?

Desta vez, o sorriso encantador e honesto tinha um traço de raiva.

— Se você tiver filhos. Pense nisto.

A sua casa era uma réplica da minha — bem feia e não muito amada pela pessoa cujo destino era viver a maior parte da sua vida ali — o que sempre nos divertia. Ela estava fazendo bolinhos de chocolate, para a festa de caridade da Cruz Vermelha quando entrei na sua cozinha. Do andar superior, vinha um som ensurdecedor.

— É o Jack — ela disse, ao me beijar. — Praticando bateria.

— Como lá em casa — eu falei.

Ela me agarrou pelos ombros e examinou o meu rosto.

— Muito deprimida?

— Um pouco — mordi o lábio. — Na verdade, muito. Não sei o que vou fazer sem Chloe.

— Certo. Vamos fazer uma lista — ela disse, rápido. — Primeiro de tudo, você vai me ajudar a fazer estes bolinhos desgraçados e depois vai ligar para casa e dizer que vai dormir aqui, e dane-se todo mundo, — Ela me espetou com uma colher de pau. — Comece. É pra pagar pela estadia.

Lá em cima, o barulho da bateria. Elaine suspirou e penteou os cabelos para trás, com a mão trêmula. Perguntei, um pouco ansiosa:

— *Você* está bem?

— Estou.

Mas, durante o jantar (espaguete à bolonhesa, com uma garrafa de vinho), Elaine confessou.

— Estou farta desta vida.

Não parecia ela.

— O que aconteceu?

Houve uma longa pausa e ela deixou cair a cabeça entre as mãos.

— Acho que Neil está tendo um caso, e que desta vez é sério. — sua voz soava abafada. — Todos os sinais estão ali. Uma das secretárias da Câmara. Venho tentando não encarar isto, mas preciso.

— Ah, Elaine.

Ela levantou a cabeça.

— Eu não pretendia dizer nada, Fanny. Não enquanto você estivesse se sentindo tão desolada.

Isso era típico de Elaine e fiquei imaginando como poderia ajudá-la e confortá-la.

— Conte-me o que está acontecendo — falei — e, depois, vamos ver o que é melhor fazer.

Passamos metade da noite conversando e fomos dormir sem termos chegado a nenhuma conclusão. Podíamos pensar em muitas coisas práticas a serem feitas — incluindo as malas de Elaine —, mas nenhuma delas serviria de remédio para a angústia. Abestalhada de cansaço, cheguei à minha casa, no meio da manhã, para encontrá-la num rebuliço. Da noite para o dia, Brigitte tinha se mandado. Em algum momento da noite anterior, ela fez as malas, largou as chaves sobre a mesa da cozinha e abandonou o navio.

— Sem uma palavra — disse Meg, evitando o meu olhar. — Não escutei chegar um táxi, nem nada.

— Ela é uma mulher horrível — disse Maleeka.

Brigitte não me parecera uma "mulher horrível". Irritante, talvez, mas não horrível. No entanto, quando descobri que o seu brinde de despedida tinha sido entrar no meu banheiro e se servir à vontade do meu xampu e do meu óleo de banho, a sua malícia foi como lixa contra a pele queimada de sol.

Na sexta-feira à noite, Will chegou inesperadamente cedo.

Eu estava sentada à mesa da cozinha. Tendo examinado uma pilha de faturas e ordens de remessa de meu pai, eu lia uns dois arquivos que havia juntado em Ember House. "Ambicioso", ele tinha escrito, a respeito de um vinhedo, "mas muito impaciente". Sobre outro, "solo improvável para produção". De um terceiro, "*Terroir* limitado e não definido". Eram bastante características dele essas avaliações precisas, cuidadosas.

"Onde estou?", Elaine tinha gritado. "*Quem* sou eu? Para onde vou agora?" Sua tristeza tinha me afetado, profundamente — por todos os tipos de razões, que não tinham a ver apenas com o meu afeto por ela.

Classifiquei os papéis em "Feito" e "A fazer", e examinei as pilhas. Por falar nisso, quem era eu? Certamente, não era a Fanny Savage, esposa, mãe, especialista em vinhos e mulher de negócios, que, um dia, tinha sido a minha ambição.

Mas isso tinha sido uma escolha minha. Eu tivera as minhas razões. Amor, praticidade, o desejo de construir algo forte e duradouro sob o meu teto.

— Olá, querida — disse Will.

Levantei os olhos, surpresa, e por um segundo não registrei quem ele era. Estava com o seu melhor terno cinza e um leve bronzeado.

— Não estava esperando você ainda.

— Consegui um vôo mais cedo. Achei que poderia tentar chegar em casa antes e ver como você estava. — Ele sorriu, com ar de tristeza. — Eu sabia que você deveria estar sentindo falta de Chloe.

Estendi a mão e ele a pegou.

— Gentil da sua parte. Você parece bem. Encontrou um tempinho para sentar-se à beira da piscina.

— Isso mesmo. — Ele beijou, de leve, a minha cabeça. — O que está fazendo?

— As coisas de sempre da Battista. Estive falando com papai sobre assumir um pouco mais de responsabilidade. Eu acho mesmo que ele precisa de ajuda. O que você acha?

Ele franziu de leve a testa e caiu sentado em uma cadeira.

— Tem jantar? Onde estão os outros?

— Vou ver o que posso arrumar. Meg decidiu ir a uma reunião dos AA e Sacha está em Londres. — Algo na sua atitude me alertou sobre a existência de problema. — As coisas não foram bem?

— Encrenca... é claro — ele suspirou. — O lobby do carro está ficando bastante malicioso a respeito do imposto sobre o segundo carro. Tem muito dinheiro em jogo e uns dois tablóides saíram em sua defesa, martelando na tecla da liberdade pessoal.

Ele parecia excepcionalmente desanimado e muito cansado.

Eu me levantei e coloquei a mão no seu ombro. O tecido do seu paletó era macio, caro, sofisticado.

— Não é tão terrível. E sempre há encrenca em algum ponto do caminho.

— A coisa está feia — ele disse. — E, se der errado, eu vou fazer papel de bobo, e isso vai me marcar como um perdedor.

Ele se virou, para me olhar, e eu vi que ele ainda ansiava pelo cargo de chanceler. Abri a geladeira e examinei o que havia dentro dela.

— Que tal bolinhos de peixe e salada de tomates?

— Ótimo.

— Por falar nisso, Brigitte fez as malas e se mandou. Ontem à noite, sem nenhum aviso.

Will não estava escutando.

— Você se importa com este imposto sobre o segundo carro, Fanny? Eu preferiria que você me dissesse, agora, se não.

Respirei fundo.

— Não tanto quanto deveria.

Coloquei os bolos de peixe numa frigideira e piquei os tomates. Eram pequenos, frios e duros, e eu os alegrei com um punhado de cebolinhas. De que adiantava não dizer a verdade?

— Você sabe que eu tinha dúvidas sobre a idéia.

Ele estava nitidamente magoado e um pouco perplexo, e isso me atingiu fundo. Os hábitos enraizados de amor e lealdade vieram à tona, e eu coloquei os meu braços ao redor dele.

— Desculpe, Will, mas não posso sentir entusiasmo por isso.

Ele se encostou em mim e eu acariciei os seus cabelos, sentindo prazer com a espessura deles.

— Eu fico um pouco cansada, também — continuei —, de esperar e organizar, e estar exposta o tempo todo.

— Não é grande coisa, não é mesmo? — ele confessou. — Para você, quero dizer. Mas, sinceramente, não sei o que fazer a respeito.

Uma vozinha calma, na minha cabeça, me disse que Will estava certo e não fazia sentido continuar discutindo. Não havia nada que pudesse ser feito — exceto aceitar. Ou havia? A vozinha serena me inquietou ainda mais ao acrescentar, compreensiva e muito sedutoramente: *Fanny, acho que você precisa de umas férias do casamento.*

A idéia me deixou de pernas bambas. *Só umas férias?*

Will buscava, em meu rosto, pistas sobre o que eu estaria pensando e, assustada com a subversão, achei melhor voltar ao assunto do imposto sobre o segundo carro.

— Eu ainda penso que as pessoas não querem que lhes digam o que é bom para elas, Will.

— Escute — ele insistiu e, mais uma vez, ressaltou os argumentos para o plano. Eu retruquei, reiterando os meus. Chegamos a um acordo num ponto, discordamos em outro. Rimos de um terceiro. De repente, a nossa intimidade estava de volta.

— Sobe comigo, Fanny.

— Sim — eu disse.

— Que cena comovente. — Nenhum de nós dois tinha escutado Meg aparecer no vão da porta.

Will me soltou e ela entrou de mansinho e lhe deu um abraço.

— Boa reunião? — ele perguntou.

Ela parecia calma e tranquila.

— Vencendo a batalha. Espero. Nada de cenas como a que vocês encontraram... quando foi? Você sabe, a cena do aniversário de casamento. — Ela olhou direto para mim. — Sinto muito pelo que aconteceu, Fanny. Espero que tenha me perdoado.

— Reunião curta — eu falei.

Ela levantou uma sobrancelha, com a minha falta de reação, e desamarrou do pescoço uma echarpe cor-de-rosa.

— É muito simples e pode ser dito em duas palavras. "Não beba." Até o mais idiota pode entender essa mensagem, e eu não sou idiota.

Will olhou para ela com carinho.

— Não, não é.

— Então, vocês estavam falando sobre o quê?

Fui conferir os bolos de peixe.

— Imposto sobre o segundo carro, o que mais? Mas eu preferia discutir o renascer da minha carreira.

Ela enfiou o braço no de Will.

— Eu não estou com pressa — ela disse. — Conte-me tudo.

Eu me vi picando o último tomate com um vigor desnecessário.

A semana do jantar dos ministros das Finanças despontou, irregular e inquieta, com o verão tão distante. Eu fui ao cabeleireiro e passei duas horas lendo as instruções sobre a União Européia fornecidas pelo gabinete de Will: Transporte. Tarifas. Auxílios. Iniciativas agrícolas.

À noite, Will me fez entrar no carro ministerial e me surpreendeu dizendo:

— Você está linda.

— Obrigada.

Numa saia rodada de seda preta, combinando com uma jaqueta curta, meus cabelos primorosamente penteados para trás, deixando livre a testa, eu me sentei entre Antonio Pasquale — nós nos cumprimentamos, afetuosamente — e o charmoso embaixador italiano. Durante os primeiros dois pratos, eu me ocupei de Antonio e discutimos rubis. Ele havia notado o meu anel.

— Não existe uma passagem na Bíblia com referência a uma boa mulher ser mais valiosa do que os rubis? — ele sorriu, olhando dentro dos meus olhos. — Seu marido devia ter-lhe comprado um maior.

Eu disse:

— Isto deve permanecer um segredo entre nós, Antonio, mas concordo.

Conversando, nós nos dávamos bem, e, quando serviram a sobremesa e eu me virei para a direita, tenho certeza de que ele piscou para mim.

O embaixador italiano era extremamente bem-educado e bonito.

— Está achando graça em alguma coisa, Sra. Savage?

— Acho que o seu ministro das Finanças acabou de piscar para mim.

— Posso piscar para a senhora, também?

— Se quiser.

— Seu marido tem sido muito enérgico ultimamente. Ele é um político notável. — Ele se debruçou na minha direção. Seu hálito cheirava a framboesas e baunilha. — Só precisamos de um pouco mais de tempo para resolver este esquema. A senhora sabe que ficamos entalados em um ou dois pontos.

Pelo canto do olho, vi Will olhando fixo para mim. *Não me decepcione.*

Trabalho de equipe. A colher na minha mão estava fria e dura, e o sabor das framboesas persistia, docemente, sobre a minha língua. Uma vez uma equipe, sempre uma equipe.

— Por que não fala com ele depois do jantar?

— Talvez o primeiro-ministro... Não sabemos ao certo o quanto o primeiro-ministro está disposto a colaborar...

Eu sorri.

— O primeiro-ministro não é um amigo pessoal.

— Mas talvez a senhora lembre seu marido de considerar o interesse de todos.

Relatei esta conversa a Will quando voltamos para o apartamento.

— Entendido — ele disse, subiu na cama e estendeu a mão para pegar a caixa vermelha.

A fadiga estava esboçada em seu rosto.

— Will, já pensou em fazer outra coisa?

— Não realmente. Embora haja momentos... costumava parecer tão fácil. Ser eleito e começar a melhorar o mundo... Não é assim tão simples, não é mesmo? Mas eu não me vejo saindo da rotina agora.

Eu me virei e puxei o travesseiro sob a minha cabeça. A caixa caiu no chão e Will me abraçou.

— Fanny...

Mas a distância se tinha aberto de novo entre nós dois, e eu lutei com meus sentimentos de indiferença... e distanciamento. Will tinha-se tornado quase — mas não totalmente — um estranho, um tipo perturbador de estranho — alguém que um dia eu conhecera pelo avesso, mas que havia escorregado para o nível dos conhecidos.

— Oh, Fanny — ele disse, finalmente. Ele puxou meus braços para trás e me agarrou pelos pulsos. — Estou com saudades de você...

Fiz um esforço e coloquei meus braços ao redor do seu pescoço. Era uma questão de fé, eu acho, e um esforço da vontade. Eu tinha de acreditar que os sentimentos apaixonados, que um dia compartilhamos, não estavam totalmente mortos.

Funcionou.

Depois, ele disse:

— Fanny, foi tão bom.

Eu sorri e toquei em sua coxa.

— Foi.

Fiquei deitada, sem dormir, escutando os sons da cidade.

Eu teria dado tudo para estar caminhando numa encosta quente onde meu pai me contou que os vinhedos mergulhavam fundo na argila e na areia. Eu queria franzir os olhos para olhar a luz do sol num horizonte onde *Cupressus sempervirens* apontavam para o céu, e ver oliveiras, tomates gordos em estacas fininhas, e o verde luminoso do manjericão.

Eu sentia saudades, também, de Chloe, e imaginava onde ela estaria. Seus pés ou suas costas doíam? Estava alimentada e suas roupas, limpas? Ela conseguiria dar conta das... experiências que teria pela frente? Esses encontros atordoantes, às vezes engraçados, confusos, às vezes traiçoeiros com o, até então, desconhecido. Como os meus?

Dos ramos da minha faia, em Ember House, eu havia espiado os carros que faziam a curva na estrada que beirava o jardim.

Se eu apontasse o meu telescópio (de plástico, rosa-shoching) corretamente, tinha uma boa visão dos seus ocupantes. Com freqüência, quando um carro reduzia a marcha, as passageiras mulheres baixavam o quebra-sol, para conferir o batom no espelho. Ocasionalmente, o motorista descia o vidro da janela e jogava lixo fora. Este comportamento me fazia concluir que as pessoas eram muito peculiares.

Foi no meu aniversário de 18 anos que levei Raoul para o meu ninho de águia; nós subimos, agarrados ao tronco e xingando no escuro. Excepcionalmente, Raoul tinha bebido vinho demais, e eu estava usando sandálias delicadas de tirinhas. A plataforma rangeu sob o peso de nossos corpos, e nós nos abraçamos, desajeitados. Meu vestido de algodão fino rasgou na costura quando Raoul o puxou com força e se precipitou para a tira de carne que apareceu. "Tão marrom", ele murmurou e arrancou a camisa. Raoul estava querendo isso havia muito tempo.

Na sua primeira visita para ajudar nos negócios da Battista, quando eu tinha 16 anos, nós havíamos nos evitado.

Meu pai notou e fez questão de convidar Raoul de novo, uns dois anos depois. *"Vocês vão ter de se conhecer"*, ele disse. *"Esses vínculos são importantes para o vinho."*

Raoul, agora, estava com 20 anos e cheio de desejos e eu, com 18 e cheia de curiosidade.

Raoul montou cerco. Havia me levado ao cinema, que cheirava a fumaça de cigarro e pipoca velha, onde sentamos em poltronas de veludo que pinicava as minhas pernas nuas, e ele segurou a minha mão. Havia me levado para passear a pé várias vezes e me contara sobre os negócios da família e o que ele faria quando, no final, assumisse a direção. Enquanto ele falava, eu o observava... excitada por esta sugestão de poder, pelas diferenças entre nós dois.

Excitada, também, pelo fato — o fato cada vez mais óbvio — de que eu exercia poder sobre ele. Mas, até onde, eu não sabia exatamente.

Eu não conhecia nem a mim mesma.

Inexperiência e ignorância me deixaram contraída e Raoul foi desnecessariamente rude. Não tivemos a graça salvadora do humor, apenas uma firme determinação em cumprir a tarefa.

— Desculpe, desculpe — Raoul disse, finalmente. Ele levantou um rosto que brilhava de suor. — Eu amo você.

Mas eu o afastei.

Eu estava sendo injusta.

Uma casa na árvore não era lugar para sedução. Ela pertence à infância... a um lugar diferente. Agora, estava estragada.

Naquela noite, eu abandonei a minha casa na árvore, de muitas maneiras.

Eu me virava na cama e pensava nos aspectos da minha vida. Os rubis e carmins, o ouro delicado e o âmbar do vinho. Meu pai. Will. Meg. Sacha.

Empurrando minha filha para o Embarque...

Capítulo 10

... COMO EU A HAVIA empurrado para a vida...

A primeira contração me pegou de surpresa, quando eu estava jantando sozinha no apartamento.

Eu estava grávida de 39 semanas e, pensando na rapidez das mudanças na minha própria vida, era como se eu conhecesse Will só há um pouco mais de tempo. Eu o conhecera em janeiro, casamo-nos em junho e em outubro eu estava grávida.

Chloe, como ficamos sabendo, foi o resultado daquela primeira discussão sobre a viagem para degustação de vinhos australianos. Fizemos as pazes da melhor maneira que sabíamos e eu não tinha idéia de que estava grávida quando saí, comprei uma agenda de couro marrom e a coloquei em frente a Will, para que ambos soubéssemos exatamente o que o outro estava fazendo.

— Eu quero ser uma boa esposa para você — eu lhe disse. — Vou fazer o melhor possível, mas você tem que fazer concessões também...

— Claro que farei — ele respondeu. — O que mais um bom marido faz?

No final, porque a gravidez foi um pouco complicada, os médicos acharam que seria imprudente fazer viagens longas e a questão se resolveu por si só. Em vez disso, fui a uma série de concertos de músicas natalinas, ao chá do Natal dos Sem-Teto e ao coquetel do prefeito.

O noticiário das seis horas passava na tela da televisão quando Will ligou para dizer que estava preso em uma reunião e que não viria jantar. Eu me sentia pesada, lenta de raciocínio e apreensiva, e passou pela minha cabeça que Will amava o seu trabalho mais do que a mim. Pior, ele o compreendia melhor do que me compreendia, e *preferia* estar fazendo isso do que jantando com a sua mulher.

— Tudo bem — eu disse.

— Saudades?

Eu olhei para a televisão:

— Não.

— Vou entender isso como um sim. Vocês *dois* estão com saudades de mim?

Não pude deixar de sorrir:

— Sim.

Como um animal, eu me enfiara nas profundezas da terra. Tinha-me tornado cega e subterrânea, passando os dias às tonteiras. No final, reduzi o meu trabalho para a Battista Fine Wines e me retirei para o nosso apartamento. Às vezes eu queria a atenção de Will — ele tinha ficado tão entusiasmado com as novidades, que saiu e comprou uma pilha de livros sobre gravidez e parto e foi meticuloso ao me atualizar. "Sabe que está do tamanho de uma fava?", "Agora está do tamanho de um caramujo". Outras, não. Curiosamente, a esta altura Will tinha quase se tornado supérfluo, pois eu estava embrulhada em um pacote feminino, uma coisa enorme, volumosa, com dores e sofrimentos constrangedores. Os livros informavam aos leitores, exaustivamente, sobre dores nas costas, varizes e outras delícias, e ilustravam a invasão do corpo com copiosos diagramas. Nenhum deles, entretanto, era honesto sobre como a mente da pessoa era totalmente invadida. Como a fava-caramujo sugava as faculdades mentais, a energia, a capacidade de calcular e a inventividade de uma pessoa, até não sobrar mais muita coisa.

Freqüentemente sem Will por perto, e faltando energia para visitar as minhas amigas, eu ficava sozinha por muito tempo, e peguei o hábito de falar comigo mesma. "Sinto-me como manteiga mole, geléia antes do ponto, um homem de neve derretendo", eu informava à panela, enquanto a lavava, depois do meu jantar solitário — uma tarefa que, nestes dias, representava o nível das minhas realizações.

Meu pai ligou para conferir o meu progresso.

— Está sozinha? Isto não está certo. Alguém tinha de estar aí. E se acontecer alguma coisa?

— Não entre em pânico. Estou bem.

Ele parecia zangado.

— Quer que eu vá até aí?

— Will me prometeu que voltaria, depois do jantar.

Ao fundo, o seu segundo telefone tocou.

— Preciso desligar — disse meu pai. — Ligo depois.

Uma segunda contração foi forte o bastante para me deixar sem fôlego. Eu apertei com a mão a região lombar e andei de um lado para o outro na minúscula sala de estar.

Mais contrações enviaram choques por todo o meu corpo. A apreensão virou pavor. Um telefonema para a Câmara informou que Will tinha saído pouco antes e não deixara telefone para contato. Tentei o seu bip, mas estava desligado.

Liguei para Elaine, que, por acaso, estava em Londres, e ela me disse logo:

— Quer que eu vá até aí?

Amizade era doce, mas não substituía Will. Eu agradeci a ela e disse:

— Pode ligar para o meu pai? Diga a ele que estou indo para o hospital.

A partir de então, não me lembro de detalhes, só do quadro geral, por cuja falta de clareza eu sou grata. A parteira disse que foi porque aconteceu rápido demais, o que não é comum para o primeiro filho. Uma lembrança me ficou: eu pairando sobre uma figura que se debatia e que, chocada, reconheci como sendo eu mesma. A sala parecia envolta em sombras e iluminada apenas por uma luz fraca. A parteira entrava e saía dessa penumbra. Às vezes, ela falava comigo. Às vezes, eu respondia.

Logo mudei de idéia quanto a querer estar sozinha. Eu queria alguém para segurar minha mão e me tirar dessa pessoa estranha, sem corpo, que estava na mesa de parto. Eu ansiava pelo toque de alguém que me amasse, e chorava sentindo dores e a ausência de Will.

— Veja quem está aqui. — A parteira materializou-se ao lado da cama e, com o olhar desvairado, eu me aprumei, esperando ver Will.

— Ei — disse Meg — Seu pai ligou.

Ela estava embrulhada numa suéter preta grande demais para ela, e, apesar do calor no quarto, ela tremia. Seu hálito cheirava a uísque.

Lutei contra o impulso de virar o rosto.

— Will não vem?

— Está vindo — ela disse. Pegou minha mão e eu soube que ela, provavelmente, mentia. O seu toque frio foi como uma queimadura, e eu desejei que ela estivesse em qualquer outro lugar, menos ali.

Então as coisas começaram a acontecer. Meg ficou ao lado da cama, secava o meu rosto e me informava que eu estava indo bem. E foi ela a primeira pessoa a ver Chloe.

Chloe nasceu faltando vinte e cinco minutos para a meia-noite, sem a ajuda de drogas.

— Que boa menina — disse a parteira. — Que corajosa, *boa* menina. É uma sorte para o Bebê se a Mamãe faz tudo sozinha.

Ela colocou Chloe sobre o meu estômago, um caramujo, ainda pálida e muda. Até aquele momento, eu tinha me preocupado com os heróicos e peculiares progressos físicos do meu corpo. Agora, houve um momento de quietude, de expectativa. Olhei para baixo. "Que extraordinário", foi o pensamento que me passou pela cabeça. "É nisto que resulta uma invasão de nove meses do corpo e uma batalha indigna numa mesa de parto."

Chloe virou o rosto para mim e apertou os olhos. Sua mão esticou-se no ar, como se ela estivesse tentando se agarrar à vida. Aquela mãozinha deu uma laçada, com um fio de seda invisível e inquebrável, mirou o meu coração e, com um movimento rápido daqueles dedos cor-de-rosa, prendeu-o para sempre.

— Ela é perfeita — Meg se debruçou para examiná-la e, na sua voz, havia uma nota de desejo. — Acho que eu deveria ser a madrinha, não acha?

Ela saiu quando Will entrou de repente no quarto, pouco depois.

— Eu sinto muito, sinto muito mesmo. — Sem saber se podia tocar em mim ou não, ele rondava a cama. — Nunca mais farei isso. Nunca mais vou deixar de conferir.

— Sua filha está lá, Will.

Ele se arriscou e passou o braço ao redor dos meus ombros e me beijou. Estava muito, muito desapontado, furioso com ele mesmo.

— Foi uma sessão fora de hora. Regulamentos sobre trabalho infantil nas fábricas inglesas e do Oriente. Não culpo você por estar zangada.

— Zangada, não... vazia.

— Eu desliguei o bip, esqueci e fui comer alguma coisa rápida no Brassi's. Eu não participei, não é mesmo?

Sua culpa era quase cômica, mas era triste também. Por que ele *tinha* perdido aquele momento especial e perfeito, em que Chloe veio ao mundo.

O efeito secundário da exaustão, do desconforto e dos hormônios consumidos estava esgotando as minhas energias.

— Vá ver a sua linda filha. Depois, por favor, liga para o papai... e para minha mãe. Eu prometi que ligaria.

— Você me perdoa?

Claro que sim. Chloe estava ali, bem e segura e, neste caso, não havia nada para perdoar.

Pearl Veriker encontrou a casa em Stanwinton. Ela nos mandou os detalhes. "Esta serve", escreveu, em uma caligrafia determinada. O *serve* estava sublinhado bem forte.

Ficava a poucos quilômetros da cidade, no meio de uma alameda e tinha, de um lado e do outro, dois campos. Era uma casa desconexa, de tijolos ásperos vermelhos no estilo gótico vitoriano tardio, com dois anexos grudados na cozinha.

Will ficou encantado. Ele observou as proporções dos quartos e a vista para os campos. O andar de baixo precisava de uma boa reforma, mas ele ficou excitado com o desafio.

— Posso construir prateleiras — ele disse. — E colocar pisos. Gosto de projetos do tipo faça-você-mesmo.

A sua energia e o seu entusiasmo eram contagiantes, e foi um alívio saber que poderíamos pagar pela casa e fazer planos. Eu fiquei no lugar onde ele calculou que deveríamos colocar a cozinha e olhei para o viveiro de gralhas, no aglomerado de faias, do outro lado da janela gótica ridícula. Formas negras iam e vinham dos galhos. Eu disse a mim mesma que o campo era um lugar muito melhor para se criar um bebê e me senti surpreendentemente contente.

Nós nos mudamos quando Chloe estava com quatro semanas de idade. Ainda dolorida e exausta, confusa com as rotinas de amamentação e de troca de fraldas, eu estava temerosa em deixar a segurança do nosso pequenino apartamento, mas Will insistiu que eu me sentiria melhor, depois de estarmos acomodados.

— Eu não me sinto capaz de fazer nada — confessei e até a minha voz soava diferente. Atribuí isto à rouquidão causada pelos meus gritos, mas eu quase acreditava que o motivo era eu estar passando por uma profunda mudança.

— Isso é muito normal — ele disse.

— Como você sabe?

— Os livros dizem.

Consegui dar um leve sorriso:

— Se os *livros* dizem.

Os campos estavam eriçados com o mato crescido quando o nosso carro, carregado com a mudança, abriu caminho entre eles, e as folhas das faias balançavam, agitadas pela brisa. Do banco de trás do carro, onde eu estava sentada com Chloe, olhei os campos lá fora e senti um alvorecer de simpatia, até de afeto, por eles. Podiam ser simples e utilitários, mas seriam presenças companheiras.

Mannochie nos esperava na porta de entrada.

— Bem-vindos — ele disse, ajudando-me a sair do carro.

Na seqüência, Chloe começou a choramingar e eu não conseguia acalmá-la.

— Posso? — perguntou Mannochie, e a pegou no colo. E sabe de uma coisa? Chloe parou de chorar.

— Não sabia que você tinha jeito com bebês, Mannochie.

— Anos beijando-os. — Mannochie a embalava, de um modo do qual ela parecia gostar. — Ela é linda.

— Não é mesmo? — Will surgiu com a primeira mala.

Eu os deixei nisso e atravessei a soleira da porta. Os homens estiveram trabalhando firme na casa. A balaustrada recém-envernizada grudou na minha mão quando subi a escada, e o carpete virgem estava um pouco escorregadio. Nosso quarto cheirava a tinta e eu puxei a janela com força para abri-la, debrucei-me no peitoril e fiz um levantamento da paisagem sobre a qual eu teria de aprender.

Minhas costas doíam e minha mente estava embotada e porosa. Haveria algo gravemente errado acontecendo comigo? Eu me sentia sem vitalidade e assustadíssima com a perspectiva de ter de resolver os mínimos detalhes dentro de casa. Eu temia que eu, a eficiente e ocupada Fanny, não fosse capaz de agüentar.

Eu tinha perdido alguma coisa. A minha casa na árvore e a liberdade que experimentara lá em cima, nos seus galhos, pertenciam a um outro país, muito longínquo — tão distante quanto aquele onde eu vivera quando, ansiosa para começar, eu havia tomado as rédeas dos negócios do meu pai e embarcado naquela vida. Sem dúvida, eu envelheceria e nunca mais voltaria lá.

Fechei os olhos. Em algum lugar, um bebê chorava e o ressentimento palpitou. Aos poucos, eu começava a compreender que uma mãe recente não podia ficar sozinha, ou somente por apenas alguns minutos de cada vez, e isso me assustava também.

Mannochie subiu a escada tentando não fazer barulho:

— Chloe está chorando.

— Eu sei — não me mexi.

Ele tentou de novo:

— Parece que ela está com fome.

Abri os olhos. Eu deveria fechar a janela e descer, mas eu queria ficar ali e observar as gralhas rodopiando num céu cinza-chumbo.

Mannochie tocou no meu braço:

— Já foi ao médico fazer um check-up, Fanny?

— Leia-se: Você vai agüentar? — eu resmunguei.

Mannochie pareceu surpreso:

— Claro que vai.

— *Fanny!* — Will surgiu, com Chloe num berreiro, e a estendeu para mim. Depois ficou me olhando, curioso.

— Você está bem?

— Ótima — eu disse.

Enquanto os homens traziam as malas para dentro de casa e preparavam o chá, sentei-me e amamentei Chloe. Encantada com ela, fascinada por ela, irritada com ela, eu observava a atarefada boquinha de botão e as veiazinhas nas suas pálpebras quase transparentes.

— Você é uma sirigaita gulosa — eu lhe informei.

Chloe não deu atenção. Depois que ela terminou, a cabeça caiu para trás e ela adormeceu. Aos poucos, o conflito de sentimentos dentro de mim se acalmou.

Will apareceu com uma xícara de chá, e ficou nos observando com carinho. Sua presença era tranqüilizante e, de repente, eu me senti quase em paz e feliz.

— Aqui — ele disse e me acomodou em seu ombro, pegando Chloe no colo. — Fique sentada um pouco. Não tem pressa. Eu amo vocês muito — acrescentou.

Capítulo 11

— OK, PRONTO — GRITOU o fotógrafo do *Stanwinton Echo*.

A câmera disparou.

— De novo — ele comandou.

Eu tentava esconder a minha barriga, ainda volumosa, atrás de Will.

— Sorria e olhe para a esquerda.

A experiência não era tão ruim quanto eu tinha temido. De fato era divertido ser o foco das atenções e, em qualquer outro momento, eu talvez até gostasse.

— O bebê pode vir agora, por favor?

A única coisa na qual Will e eu tínhamos concordado totalmente fora em não nos desviarmos do princípio de manter Chloe longe dos fotógrafos e da publicidade. No entanto, ali estávamos nós, com Chloe com um mês apenas, na prefeitura, para uma entrevista coletiva. Era, concordamos, uma emergência insignificante.

Um MP mais antigo tinha ficado doente, e Will fora convocado pela imprensa para uma mesa-redonda, transmitida pela televisão, sobre transportes. No entusiasmo do momento, ele se atrapalhara com uma frase, que soou como se ele estivesse adotando a opinião contrária, para concordar com a política do partido. Com relação ao partido, era uma mancha escura, grande, contra ele.

Depois do programa, ele dirigiu o carro até Stanwinton e, durante a noite, vomitou muito. Eu segurei a sua cabeça, limpei tudo e preparei um chá para ele.

Ele bebeu, agradecido, e murmurou: "Faço isso às vezes, quando as coisas não dão certo. Bobagem, não é mesmo?"

A sua confissão me tocou profundamente, e eu passei a madrugada ao seu lado, enquanto tentávamos encontrar o melhor plano para diminuir o estrago.

Os jornais da manhã comentaram o programa e escolheram Will para uma menção especial. "Fluência e uma mente independente", escreveu um crítico (das classes sociais mais altas). "Um Príncipe Encantado fala o que pensa", escreveu outro (das classes mais baixas). Mannochie ligou e eles concordaram que um pouco de publicidade local bem focalizada funcionaria muito bem para escorar a sua imagem no eleitorado.

Um dos repórteres, agora, perguntou:

— Como vocês se sentem, sendo o casal mais glamuroso do Parlamento?

Uma moça de calças de couro levantou o dedo:

— A senhora está amamentando o seu bebê, Sra. Savage?

Mannochie interveio:

— Se quer fazer uma pergunta a Will, sobre política, o momento é este.

A moça fez uma careta: *Política? Cai na real!*

Relaxado e sorrindo, Will deixou que os fotógrafos tirassem quantas fotos quisessem e respondeu a todas as perguntas. Em seguida, percebi uma expressão nos seus olhos, que não era paciente nem submissa. Era uma expressão particular que só eu era capaz de interpretar — um indicador do verdadeiro Will, aquele que só se mostrava a mim — e isso fez os meus sentidos estremecerem.

Mannochie tinha combinado que eu daria uma entrevista e eu me retirei com Chloe, que estava se comportando muito bem, para uma sala menor, com a moça de calças de couro, que se chamava Lucy.

Ela armou um gravador à nossa frente.

— Como vê o papel de esposa de político atualmente?

— Está evoluindo... — respondi. Numa súbita tranqüilidade, a minha animação desapareceu, meus ossos pareciam queimar de fadiga e as minhas noites interrompidas pesavam sobre os meus olhos.

— Não a companheira tradicional, então?

— As esposas não são mais como costumavam ser.

— Você votaria diferente do seu marido?

— Se achasse certo.

Ela parecia mais do que solidária:

— Visto que os casamentos com políticos são, por motivos óbvios, arriscados, acha que pode conciliar o seu com a maternidade e com uma carreira?

Eu me ressenti com a implicação de que Will e eu estávamos condenados.

— Não estou preparada para responder a esta pergunta — falei. — Como deve ter notado, meu bebê ainda é muito novinho.

A partir deste momento, a entrevista claudicou.

Dois dias depois, o artigo foi publicado. A manchete dizia: "CÉTICA E INDEPENDENTE, A ESPOSA DE MP MODERNA VOTA CONTRA O MARIDO." O texto dizia: "Fanny Savage é uma mulher da nova geração — moderna, com uma carreira e idéias próprias. Se achasse que era o certo, ela votaria na oposição."

Pearl Veriker ligou quando eu ainda estava na cama amamentando Chloe, e leu o artigo pelo telefone.

— Não foi prudente, Fanny. Uma traição, até.

Com uma sensação de enjôo, percebi que o livro de regulamentos de Pearl era mais complicado do que eu pensava.

— Pearl, tenho direito a ter as minhas próprias opiniões, e isto não é traição.

Mas, como no caso das meias-calças, estava parecendo não haver espaço para negociação. No final, passei o telefone para Will e o ouvi tentando acalmar Pearl.

Esta confusão *foi* culpa minha. Eu sabia, e Will sabia. Ele afundou, de novo, no travesseiro.

— Falamos tanto sobre isso — ele disse.

Esfreguei as mãos nos olhos.

— Ela me tocou numa ferida.

Will virou-se para sair da cama, arrancou fora a camiseta com a qual dormira e a largou no chão.

— Conversamos sobre isso, também.

— Posso dizer que você cometeu o primeiro engano.

— E paguei por ele duas vezes.

Eu esfreguei o nariz na bochecha de Chloe. Ela cheirava a leite e loção de bebê, coisas inocentes, inócuas, comuns, honestas. Visualizei a minha culpabilidade, alongando-se como uma trilha diáfana de vapor pelo céu infindável. Eu tinha arruinado Will? Deixado nele uma marca — *duvidoso* — como Caim?

— Sinto muito. Esqueci como é difícil não dizer o que se pensa.

Will abriu, com violência, a gaveta de camisas.

— Não ficou bem explicado para você? Jamais, jamais diga o que você pensa.

Fez-se um longo, estranho silêncio, enquanto um absorvia as implicações do que o outro havia dito.

— Will, você não acha meio esquisito que, para parecermos honestos e transparentes, nós tenhamos de fingir?

Will escolheu uma camisa azul e examinou o colarinho.

— Eu sei. — Ele me olhava, perplexo, e mais do que um pouco consternado. — Eu *sei*.

Meu pai ficou horrorizado quando telefonei, quase incoerente de exaustão e estresse, e relatei o meu lapso.

— Isto é chocante, Francesca. Como essa mulher ousa falar com você assim? Vou até aí hoje à tarde e vou trazer você de volta comigo para Ember House e você vai ficar aqui, por uns tempos. Sem discussão.

Liguei para Will e lhe disse que ia para casa com meu pai.

— Só por umas duas semanas.

— O que você quer dizer com "ir para casa"? — Ele estava ofendido. — Pensei que "casa" fosse ficar comigo.

— Desculpe. Maneira de dizer. — Mas o clima da nossa conversa ficou pesado e, não pela primeira vez, desejei não termos de discutir planos, questões e seu desenrolar por telefone. — Você se importa? Vai ser bom para Chloe e para mim.

— Notei que você já se adiantou. — Mas, no final, ele disse — Claro, você precisa ir. Claro, você está precisando de ajuda.

Eu desliguei o telefone. Uma camada de poeira depositava-se sobre uma das feias caixas do aquecedor, mas eu estava cansada demais para ir buscar o espanador. Em vez disso, soprei. A poeira se levantou e pousou de novo.

— Vá embora — ordenei. — Faça as malas e se mande daqui.

Cruzei a porta de Ember House e senti afrouxarem-se a tensão e a fadiga dos últimos meses.

— Mandei vir leite — disse meu pai — para ajudar na amamentação e estoquei um monte de comida.

Consegui dar um sorriso.

— Acho que não é assim que as coisas funcionam.

— Bem, deveriam. — Ele espiou. — E isso significa três boas refeições por dia, e nada dessa bobagem de emagrecer.

Ele tirou Chloe de mim.

— Veja, ela já é uma beldade.

— E inteligente, pai. Ela tem todos nós à sua disposição.

Ele se sentou com ela nos joelhos e a ergueu no ar.

— Eu não vou cometer os mesmos erros que cometi com você.

— Você não cometeu nenhum erro — contrapus. — Você é o melhor pai do mundo. Um bom pai.

Meu pai examinava, delicadamente, o formato da cabeça da neta.

— Houve momentos em que senti vontade de empacotar tudo e despachar você para a sua mãe. Mas, é claro, não fiz isso.

Eu me ocupava com uma pilha de fraldas de Chloe.

— Eu atrapalhava? — De repente, eu estava quase chorando.

— Francesca, você não entendeu. Depois que você chegou, eu simplesmente não podia mais viver sem você. Simples assim. Se tivesse pena da sua mãe, o que não tenho, seria porque ela não teve você. — Ele acariciou a bochecha gorducha de Chloe.

— Você vai ver. Se você tem filhos, então você cuida deles. Sem discussão.

Eu observei a interação entre avô e neta. Sem necessidade de descobrir nada, eu já sabia. Sequei os olhos, furtivamente, e continuei arrumando as coisas de Chloe, num quarto que parecia carregado de amor, do tipo descomplicado e incondicional pelo qual eu ansiava.

Chloe abriu a boca e começou a chorar. Meus seios pingavam. Rápido como um raio, meu pai entregou-a, de novo, para mim.

Lar... eu deveria dizer Ember House... era sólido, pacífico, surrado e, acima de tudo, familiar. Ele me permitia ficar sonolenta e arredia. Ele me conhecia e eu o conhecia. Sem surpresas. Nenhum ajuste necessário. Mas o melhor de tudo foi a chegada de Benedetta, que veio de Fiertino a chamado do meu pai, que lhe pediu para esquecer o passado.

— *Santa Patata*, você está pálida — ela disse. — Precisa comer fígado. Vou preparar para você.

Naturalmente, ela assumiu o controle, e foi como se os anos intermediários tivessem sido varridos para longe. Ela dava ordens em primeiro plano, e se agitava nos bastidores — lavando as roupinhas de Chloe, certificando-se de que eu dormia à tarde, saindo de perto com Chloe quando ela ficava agitada à noite, e garantindo que eu tivesse um tempo com Will quando ele vinha nos ver, nos finais de semana. "Você é a minha *bambina*, Fanny, e eu cuido da *bambina da minha bambina.*"

Eles eram espertos, meu pai e Benedetta. E generosos. Apesar do seu passado, eles se uniram, para me dar o espaço e a paz para eu me concentrar em Chloe. Eu aprendi que um tipo de choro significava fome, outro era porque ela estava desconfortável e entediada. Com os conselhos de Benedetta, conduzidos no seu inglês arremedado e no meu italiano, que podia melhorar um pouco, comecei a compreender as necessidades de Chloe — quando alimentá-la, quando colocá-la para dormir, quando ela precisava de um carinho a mais. Instruída por Benedetta, comecei a flexionar os músculos necessários para carregar, com leveza e graça, o peso da mudança e da maternidade.

Um dia antes de eu ir para casa, o tempo estava frio e tempestuoso e eu saí para o jardim.

O cheiro nunca mudava: terra úmida, um bafo acre, penetrante de humo sob as árvores, o perfume mais doce das moitas crescendo perto. Deixei uma trilha de pegadas na relva molhada ao me aproximar da faia.

Parei debaixo dela e forcei a vista, para olhar através do toldo de folhas e da luz fracionada. A casa na árvore ainda parecia intacta, e eu passei as palmas das mãos nos quadris. *Vamos, Fanny*. Sorrindo, coloquei uma das mãos no primeiro galho e comecei a subir. Fácil. Em seguida, fui escalando até a plataforma encravada no galho mais grosso. Isto foi menos fácil.

Lá em cima, equilibrada nas tábuas, sentia-me rainha de tudo que eu vistoriava. A brisa derrubava as gotas de chuva das folhas e eu sequei uma gota do meu pulso com uma lambida. O gosto era limpo e fresco. Lá em cima, eu me sentia leve, sem responsabilidades, sem os terrores que vieram embrulhados com um bebê recém-nascido. Eu me sentia em paz. Não exatamente como costumava ser, mas bom o suficiente. Descansei as costas num galho e senti a brisa em meu rosto. Logo seria hora de descer, limpar o musgo e o limo do jeans e voltar a casa, para amamentar Chloe.

Aos poucos, meus sentimentos confusos se iluminaram, elevarem-se e se foram com o vento.

Naquela noite, para me animar, meu pai deu uma festinha. Eu me espremi dentro de uma saia preta justa, arrepiando-me com a almofada de gordura ainda grudada na minha barriga, e fiquei na fila de recepção, num par de sapatos de saltos altos que inclinavam a minha pélvis para frente e atormentavam os meus dedos dos pés. Era como nos velhos tempos.

Os convidados eram gente do vinho e eu os conhecia, todos, incluindo Raoul, que veio para uma breve visita. No início, houve um leve constrangimento, mas ele não demorou muito.

— E o nariz? — ele perguntou, ao me beijar. Como era sabido que a gravidez afetava o olfato, foi a primeira pergunta que ele fez.

— Não sei — respondi, séria. — Vou ter que ver.

Raoul tinha a pele morena, um rosto sensível, interessante, e gostava de se vestir bem. Hoje, por algum motivo, tinha um arranhão na bochecha, que lhe dava um ar ousado de pirata.

— O que aconteceu?

— Eu estava capinando umas ervas rasteiras, em casa, e me arranhei. Mas ainda não lhe dei os parabéns — ele falou. — Espero que vá nos visitar quando o bebê crescer. Minha família adoraria vê-la.

— Eu gostaria muito, também.

Na França, a paixão pelo bom vinho fazia parte da psique nacional — é o que faz os franceses se sentirem franceses, fora a sua língua. Por isso os Villeneuve consideravam sua obrigação viver no chateau mais refinado que eu já tinha visto.

Ele me olhou bem:

— Você parece um pouco cansada, Fanny. Sei que é difícil voltar ao normal depois que o bebê nasce.

— Um pouco.

A sua solidariedade era doce, mas tocante demais. Contive as lágrimas traiçoeiras e desviei o olhar para o tapete, que eu havia ajudado Caro a escolher, tantos anos atrás. Era azul, com desenhos de flores-de-lis douradas.

Ele me socorreu, dizendo casualmente:

— Meu pai está para se aposentar, e eu vou assumir.

Perfeito, pensei. A vida de Raoul agora estava arrumada, como uma mesa de jantar imaculadamente posta. Com dinheiro, uma posição garantida. Fazendo o que ele gostava. Faca, garfo, colher... e taça de vinho.

— Qual é a graça? — ele quis saber.

Eu lhe contei e ele disse que achava que a parte interessante da vida seria quando alguém tivesse passado do *hors d'oeuvres* e estivesse no meio da entrada.

— Precisamos discutir sobre isso, quando chegarmos lá — eu disse.

Antes de eu ir para casa, meu pai e eu tivemos uma conversa séria sobre negócios.

— Fanny, acho que você deveria pensar em parar um pouco, até Chloe estar encaminhada. Não há pressa para você voltar. Eu dou um jeito, por enquanto.

Eu não sabia se estava magoada ou aliviada.

— Talvez você tenha razão — eu disse.

Meu pai olhou para mim, pensativo.

— Acho que, no momento, você deve se concentrar em Chloe.

Ele estava certo, mas eu lutava para ser grata e razoável. Era como se todas as minhas suposições não questionadas estivessem sendo atacadas e abertas à negociação, sem minha permissão.

— Por falar nisso — acrescentou meu pai. — Raoul me disse que vai se casar com Thérèse. Bem apropriado.

Thérèse, eu sabia, era de uma conhecida família de vinhateiros e, também, muito rica. A união seria adequada, uma fusão brilhante de interesses de negócios. Ele sorriu:

— Então, deu tudo certo, não é mesmo?

Capítulo 12

EU QUERIA IR PARA CASA. Sentia falta de Will e, agora que me sentia mais forte, precisava estar no meu próprio domínio. Essa idéia estava ficando mais clara e mais urgente: a noção de puxar as cortinas, acender o fogo e agasalhar minha filha, num quarto alegre, decorado com o Petter Rabbit de Beatrix Potter.

— Agora, cuide-se — disse meu pai, com um abraço apertado.

— Agora, *você* se cuida — beijei o seu rosto, tão familiar sob os meus lábios.

Com as suas instruções sobre arrumar alguém para me ajudar soando nos meus ouvidos, entrei no carro e fui embora.

A sebe de louros continuava com a mesma cor desanimada e as gralhas mergulhavam sobre as faias. Nada tinha mudado ali. Levei Chloe para a cozinha e a enfiei no seu pula-pula. "Minha menininha", eu lhe disse e a sua boca se abriu num sorriso tão lindo, que não resisti e a peguei, de novo, no colo. Ela cheirava a bebê e era tão pequena e confiante, que eu daria a vida para protegê-la.

Elaine chegou com seus filhos na hora do almoço, vindo de Londres. No caminho, tinha comprado uma quiche, que almoçamos, raspando fora a massa, porque era gordurosa, e concordando que, assim, não engordava tanto.

Chloe balançava na sua cadeira, ao nosso lado, e os filhos de Elaine corriam, de um lado para o outro, no jardim. A própria Elaine parecia encher a cozinha com a sua energia e bater de pratos e talheres. Ela pôs seus olhos no velho fogão amassado e nas caixas de papelão ainda repletas de louças.

— Poderia ficar agradável aqui, se você se esforçasse.

Sentei-me, de novo, na cadeira:

— Me dá um tempo.

Will se aproximou de mansinho de Chloe e de mim, na hora em que eu estava lhe dando o banho da noite. Passou os braços pela minha cintura:

— Alô, Sra. Savage. Por favor, não vá embora de novo.

Eu me virei para beijá-lo.

— Tinha planejado estar toda bonita, de cabelos brilhando e de batom para você.

Ele afastou os cabelos úmidos do meu pescoço e pressionou a boca na pele exposta, e eu sufoquei um grito:

— Cuidado, vou deixar Chloe cair.

Mais tarde, sentamo-nos para jantar e Will trouxe uma garrafa de vinho.

— Quero que você aprove a minha escolha. Estive fazendo o meu dever de casa.

— É mesmo? — eu me sentia extraordinariamente satisfeita e excitada. Ergui a minha taça e cheirei. Rico e quente.

Tanino e amoras pretas. — Perfeito, Will. Nota oito. Não, nove...

— Não é *tão* bom. — seus olhos dançavam sobre a borda da taça. — Nenhuma palavra sobre política esta noite. Promessa. — ele deu mais um gole. — Então, antes de tudo, você me ama?

Estávamos no meio da nossa galinha assada, quando Chloe acordou, com um pouco de cólica. Quando finalmente desci a escada, Will estava ao telefone, mergulhado em uma conversa com um colega, a respeito de um iminente artigo sobre legislação de imposto de renda. Fiquei espetando, com o garfo, a galinha congelada e escutando uma conversa unilateral sobre quem no partido iria se rebelar, quem não iria, e as conseqüências.

Will falava à vontade, rapidamente, absorto e atento. A preguiçosa intimidade do nosso jantar — a troca do diálogo, o prazer que um sentia em companhia do outro — não existia mais. Quando ele convenceu o colega de que um centavo a mais no imposto de renda era vital para financiar um programa social, eu estava na segunda porção de salada de frutas.

Will bocejou.

— Cama, eu acho.

A esta altura da noite, eu não precisava de persuasão. Deitamos abraçados um ao outro e, quase de imediato, Will adormeceu.

Não parecia ter se passado um segundo, quando Chloe exigiu a sua mamada da noite. Ela era irascível e feroz, e quando, finalmente, eu me afastei do berço, mal ousando respirar, estava congelada e tremendo de exaustão.

Will tinha acendido a luz e estava sentado, apoiado nos travesseiros. Olhou para mim e disse:

— Fanny, tive uma idéia, que venho ruminando. Pretendia falar sobre isso no jantar. — Então, deixou cair a sua bomba. —

Venho tentando pensar no que é melhor para todos. Para nós, para Chloe e Sacha. E Meg. Ela tem de sair do apartamento onde está, porque a área está passando por uma renovação, e está procurando um outro lugar para morar. Sei que é pedir muito, demais, mas acho que faz sentido...

— Você tem razão — eu disse, conforme as implicações da sua idéia eram assimiladas. — Está pedindo demais.

Ele pegou a minha mão fria e beijou os dedos, um por um.

— Ouça. Resolvi tudo. Poderíamos transformar a copa numa cozinha para Meg e lhe dar os aposentos que ficam em cima para servirem de quarto e sala de estar. Há bastante espaço nesta casa e, de qualquer maneira, valeria a pena fazer essas alterações. Eu posso fazer algumas coisas.

Eu já tinha ouvido isto antes.

— Will, você sabe que não vai... De qualquer modo, não se trata disso.

Fez-se um longo silêncio

Will o quebrou primeiro.

— As famílias deveriam se ajudar mutuamente, não deveriam, Fanny? Meg está triste, precisa de um lar. Achei que, assim, a gente poderia ficar de olho nela.

Eu deixei a minha mão descansar na dele.

— Will, eu não quero *ninguém* morando conosco. Basta estar com você e Chloe.

— Eu sei, também acho, mas... — uma sobrancelha questionadora se ergueu — Você gosta de Meg, não gosta? Ela diz que consegue falar com você.

Meg tinha me contado a história do seu casamento rompido, da sua luta com a garrafa e da sua angústia quando tiraram Sacha do seu lado para morar com o pai porque ela bebia. Meg tinha se afastado de tudo que era importante para ela — seu ex-marido ("um santo cuja paciência se esgotara") e o filho (a quem só era permitido vê-la, nos finais de semana). Eu tinha ficado muito triste por ela e me sentido totalmente impotente.

— Claro, eu gosto de Meg. — falei, rapidamente. — Gosto de muitas pessoas. *Amo* muitas pessoas, mas não quero morar com elas.

Will me puxou para mais perto.

— Escute, Fanny. É uma chance de praticarmos o que pregamos. Mas não somente por amor a uma causa, por amor a minha *irmã*...

— Mas, Will, trata-se de um casamento, não de... caridade.

Percebi que ele lutava com a herança de uma velha e difícil história.

— Fanny, quando eu realmente precisei dela, ela ficou do meu lado — ele disse, simplesmente. — Não me parece justo lhe dar as costas agora... — ele se animou. — Também, não temos dinheiro para pagar muita gente para ajudar, e você precisa de ajuda. Meg pode fazer a parte dela. Você vai poder se encontrar comigo em Londres sem se preocupar. — Fez-se uma pausa. — E... você terá de comparecer às funções no eleitorado.

— Não — eu disse. — Não, não é uma boa idéia.

Ele baixou o olhar para as nossas mãos dadas e fez um último apelo.

— Ela está perdendo o apartamento e está desempregada no momento; não vai agüentar. Eu lhe devo muito. De um modo ou de outro, a vida dela ficou muito ruim, e não posso deixar de achar que tive uma boa parte de culpa nisso.

Eu recolhi as minhas mãos pois, como sempre, o seu toque me perturbava, e eu precisava pensar.

— Will, isso não é verdade. Claro, Meg cuidou de você e isto foi maravilhoso. Mas não é culpa sua se... ela não cuidou dela mesma.

Ele procurou as palavras para me convencer.

— Na teoria é isso, mas, na prática, sinto que, se ela não tivesse cuidado de mim, as coisas teriam sido diferentes. Tento explicar, ou racionalizar... mas a verdade é... não posso. Portanto, aí está...

Pouco depois, Will adormeceu, mas eu fiquei acordada, tentando compreender as contradições. Eu deveria ajudar os outros à custa de mim mesma? Eu não tinha ilusões sobre o fato de que concordar com o pedido de Will teria o seu preço. Mas uma coisa que nos unia era o desejo de ajudar — o que, em parte, alimentava a nossa intimidade, a nossa união — e eu ansiava, acima de tudo, manter esta intimidade imaculada e rica, com nossos prazeres privados.

Levei muito tempo para conseguir dormir.

Quando acordei, Will estava ao lado da cama, com Chloe atravessada em seu ombro.

— Ela está com fome — ele disse — Não sabia o que fazer com ela.

Tudo tinha mudado. O quarto girava e meu coração batia em protesto. Cada nervo do meu corpo gritava de exaustão. Lá em baixo, uma cesta de roupa para lavar exigia atenção. Não havia muito o que comer na geladeira, e a poeira ainda formava uma crosta, no aquecedor. Afastei os cabelos dos olhos, e me sentei ereta.

— Dá ela para mim.

Will colocou Chloe nos meus braços e eu a pus para mamar.

— Você venceu — eu disse a Will. — Meg pode vir morar aqui. Mas apenas por uns meses, até tudo se acertar. Só até eu estar de pé novamente e ela se sentindo melhor.

Os pedreiros foram chamados, e eu fui, com Chloe, ver minha mãe em Montana. Planejávamos ficar um mês. Meu pai não gostou da idéia.

— Para que esse trabalho? — ele indagou, com um raro lampejo de amargura. — Você pode ficar em Ember House, se a confusão for assim tão grande.

— Sally precisa conhecer a neta.

— Não há nada que a impeça de pegar um avião.

Eu não via Sally havia três anos, e demorei alguns instantes para reconhecê-la — podia ser qualquer uma das mulheres de meia-idade vestidas com um conjunto de moleton ou um jeans largo e suéter de pêlo de carneiro, andando de um lado para o outro no saguão do aeroporto. Triste ou engraçado? Minha mãe estava em algum ponto, naquela multidão, e eu não sabia ao certo quem ela era.

Finalmente, eu a vi, em uma jaqueta de camurça marrom, com os cabelos — frisados e longos demais — arrumados em torno de um rosto pálido e sardento, sem traço de maquiagem. Braços cruzados, ela se apoiava na balaustrada e parecia assustada. O grande e troncudo Art estava ao seu lado, examinando o quadro das chegadas. O jeans baggy e a camisa xadrez eram ilusórios; ele ganhava bem. Uma propriedade em Montana não era a mesma coisa que uma propriedade em Londres, mas havia muitas delas e mais espaço.

— Oi — gritou Sally, numa voz em que não havia mais nenhum traço das suas origens inglesas. Ela me beijou de leve no rosto, constrangida, e se virou para Chloe:

— *Alô!*

Eu soltei Chloe e Art sacudiu a minha mão.

— Estamos gostando muito disso — ele falou. — Sally tem estado nervosíssima, nestes últimos dias. Não sabia o que fazer com ela.

Com o canto do olho, vi minha mãe encolher de leve os ombros.

Sally e eu sentamos no banco de trás do carro, com Chloe entre nós duas, enquanto Art dirigia com o máximo de cuidado, atravessando a cidade. Ele não falava muito, mas o seu silêncio era de tranqüilidade. Sally não falava muito também.

— Não mudou muito, desde a última vez em que você esteve aqui. Mais casas, o que é uma pena.

Paradiseville recebera este nome, no auge da febre do ouro, quando se pensava que um veio atravessava o sopé da montanha até o sul, e um aglomerado de barracos de madeira e folha de flandres brotou à beira do rio. Dali, a cidade cresceu.

Art deu uma risadinha satisfeita.

— Para mim está bom. Bons negócios, não há dúvida.

— A gente pode fazer um comentário — Sally disse rispidamente.

Eu tinha esquecido que a paisagem de Montana era um espetáculo na escala de uma grande ópera ou de um épico de cinema em tela grande. A natureza era prodigiosa ali. Era como entrar numa gigantesca onda dourada na qual foram salpicados tons de vermelho e ocre. Cavalos pastavam contra um fundo de montanhas, onde as sombras pousavam púrpuras e negras.

Mostrei a Chloe tudo isto, mas ela não prestou atenção.

Para ser sincera, eu me lembrava melhor da casa do que de minha mãe. Construída com ripas de madeira pintadas de branco, era toda cercada por uma varanda, com uma cadeira de balanço no alpendre.

Sally deslizou para fora do carro.

— Não sabia do que você ia precisar, por isso perguntei a Ma Frober, na estrada, e ela me emprestou algumas coisas suas. Ela teve seis filhos. — Sally sorriu, um pouco ansiosa. — Espero que esteja tudo OK.

Estava ótimo, exceto que Chloe sentiu a mudança de fuso horário e se recusou a dormir pela maior parte da primeira noite. O seu choro ressoava pela casa pequena e, enquanto eu lutava, desesperada, para tranquilizá-la, a luz se acendeu mais de uma vez no quarto de Sally e Art.

Depois do café-da-manhã, sentei-me na cadeira de balanço com Chloe. Sally afofou uma almofada bordada com um cavalo preto e se enfiou ao meu lado. Ela espiava a neta:

— Eu tinha esquecido como é terrível. — Ela enrolou as mangas da camisa, revelando os antebraços sardentos. — Eu não era boa nisso — confessou. — Não tinha quem me aconselhasse ou desse sugestões úteis.

— Ainda não sei se tenho jeito, também.

— Acho que uma pessoa é dotada apenas de um talento. O meu é para cavalos. Sempre achei que, se você sabe lidar com cavalos, vai saber lidar com crianças. Mas não funciona assim.

Chloe começou a se remexer e Sally balançou a cadeira, o que pareceu acalmá-la. Ficamos ali, sentadas, conversando sobre nada importante, até o sol vir deslizando e bater em nós. Então nos retiramos para a cozinha. Com um pé no carrinho de bebê emprestado, tomei café amargo e ninei Chloe enquanto Sally preparava um assado com cenouras para mais tarde.

Eu tentava não olhar fixo para minha mãe, mas não conseguia. Tantas coisas nela — o desenho da boca, a testa alta — me faziam lembrar de mim mesma. Eu poderia me aproximar mais e tentar cruzar as barreiras do tempo e da história? Era impossível. Tudo que tínhamos em comum era um conjunto de genes, e isso não era o bastante.

Agora que eu tinha Chloe, minha perspectiva sobre minha mãe tinha mudado. Eu sabia o que era segurar uma pessoinha contra o meu corpo, e eu experimentava o que significava para ela depender totalmente de mim. *Como você pôde me abandonar?*, era a pergunta que tremia nos meus lábios. Mas eu não a fiz. Um silêncio entre mãe e filha deve ser uma expressão do peso confortável de uma história mútua. *Minha mãe me bateu quando tirei dinheiro do seu bolso. Minha mãe me obrigou a usar um vestido com casinha de abelha de seda rosa coral. Minha mãe me prometeu cem libras se eu não fumasse.* Mas não havia nada entre mim e Sally, exceto um vácuo. Não um vácuo hostil (não nos conhecíamos o bastante para isso), mas um espaço não preenchido.

Sally fatiou uma cenoura:

— Como está seu pai?

Eu sabia que ela havia se revestido de coragem para fazer essa pergunta.

— Bem. Manda lembranças. Ele quer um relatório completo — acrescentei. — Acho que ele nunca esqueceu você.

Ela descansou a faca e limpou as mãos no avental.

— Sim. Esqueceu, sim. Ele sabia perfeitamente que nós... não combinávamos um com o outro. Ele queria uma coisa, eu queria outra. No final, eu fiz a escolha por ele.

— Você faz isto parecer tão simples.

Sally acendeu o fogão e pousou a frigideira em cima, com força.

— Foi. Se duas pessoas não podem viver juntas, uma delas tem de ir embora. Eu tinha conhecido Art, então eu fui. Foi melhor que você ficasse na Inglaterra com Alfredo.

Eu me debrucei e verifiquei se a tira que segurava Chloe estava firme.

— Eu costumava procurar você na rua. Inventava histórias a seu respeito e imaginava que você entraria, voando, no meu quarto, à noite. Eu tentava ficar acordada, para o caso de você entrar.

Sally se acalmou.

— É muita coisa em cima de uma pessoa. — Ela derrubou a carne na panela, e o baque e o chiado da fritura tomaram conta da cozinha. — Eu gostaria de poder dizer que cuidei de você, mas não foi assim que aconteceu. Nem todas as mulheres conseguem fazer o que se espera delas, e eu não vejo por que deva me sentir culpada, Fanny. Você tinha Alfredo, que amava você.

— Sem dúvida — falei.

— Me passa a caçarola?

Eu a levei até ela. O telefone tocou e Sally atendeu. Eu arrumei cubos de carne e cenoura, com uma colher, na caçarola, acrescentei um pouco de molho, e coloquei-a no forno.

No dia seguinte, acordei cedo e me espreguicei na velha cama do quarto de hóspedes sob um edredom de patchwork, observando o sol deslizar, como manteiga derretida, pela parede. Lá fora, os pássaros cantavam nas árvores, e uma brisa brincava entre os galhos. Este era um lugar mais selvagem, mais amplo do que minha casa, com um horizonte maior. Sally havia abandonado meu pai por Art, um triângulo amoroso simples, mas eu calculava, quente e sonolenta na cama, que tinha tido a ver mais com o vento nas árvores e um horizonte distante do que com qualquer outra coisa.

— Vem ver os cavalos — Sally me disse, depois do café-da-manhã, e tomou a dianteira até o cercado atrás da casa. Ali estavam sete dos seus favoritos, de crina emaranhada e olhos grandes, andando em círculos e, ao som da sua voz, eles vieram até nós, competindo por atenção. Embevecida e confiante, Sally falou com um deles de cada vez.

— Aqui, Vince. Aqui, Melly...

Insegura com os cavalos, Chloe contorcia-se nos meus braços e eu desejava estar tão confiante ao cuidar dela, quanto Sally demonstrava estar com seus animais.

Sally pegou Chloe no colo.

— Vamos. Faça amizade com eles.

Eu toquei nos pêlos quentes, perfumados e nas narinas macias. Chloe piscou os olhos e Sally guiou a sua mãozinha em direção a um flanco fumegante.

— Cavalo bonito, Chloe — ela disse. — Quando você tiver idade suficiente, precisa vir me visitar e eu vou ensinar você a montar.

Senti um gosto amargo na boca. Chocada, percebi que sentia inveja da minha própria filha. Eu me entretinha com a crina de Melly e lutava para me controlar.

O momento passou.

O pescoço de Melly era enrugado de músculos. Passei a mão nele, apreciando o toque do cavalo úmido.

— Como estará Will?

— Que tipo de homem ele é? — Sally desviou o focinho de Melly, gentilmente, da órbita de Chloe. — Ele gostaria de estar aqui?

— Acho que sim. Mas estava muito ocupado para vir desta vez.

Sally me devolveu Chloe e pulou a cerca. Seus cavalos rodopiaram a sua volta e ela prendeu uma guia ao cabresto de Melly, agarrou um punhado de crina dourada e montou. Parecia mais velha à luz do dia, embora os músculos da coxa sob as calças de brim fossem firmes e fortes.

— Art não se apressa. Essa é a diferença. — Ela virou Melly, depois saiu trotando com a égua, até o fim do cercado e de volta. — Só testando. Tivemos problemas com o seu jarrete. Mas ela está ótima.

Ao longe, o carro de Art vinha descendo a pista até nós. Ele baixou a janela, derramando música country pelo cercado.

— Pensei em fazer um desvio — ele disse. — Dar um alô para as damas.

Ele seguiu em frente.

— Ora, isso é o que eu chamo de passar no teste — Sally disse com carinho. — Ele faz isso quase todos os dias. — Ela escorregou do lombo de Melly e se debruçou na cerca de estacas, onde os cavalos se aproximaram dela mais uma vez.

Eu senti baixar uma tristeza, até raiva, por meu pai não ter passado no teste de Sally.

— Você deve ficar cansada de cuidar dos cavalos.

Sally franziu os olhos para olhar o sol, o que enfatizou um leque de rugas, ao redor dos seus olhos.

— A gente se cansa de tudo. A questão é: o que cansa menos? Meus cavalos são fáceis e descomplicados. Eles querem ser alimentados, escovados e exercitados, e podem, em troca, amar um pouco uma pessoa. Mas não muito. Não é da sua natureza. Eu sei disso. E porque sei, está bem.

Ela caiu com leveza ao meu lado.

— Quer saber por que seu pai e eu não nos entendemos? Ele queria ir muito longe, rápido demais. *Isso* me cansou. Eu não queria a casa grande, as recepções e o esnobismo do vinho. E não queria sacrificar tudo para ganhar dinheiro.

— Ele não ficou *assim* tão rico. Não se pode dizer que a Battista Fine Wines seja uma mina de ouro.

— Eu nunca deveria ter me casado com ele — disse Sally. — Eu não sabia que uma pessoa podia mudar tanto com a idade.

No nosso último dia com eles, Art cuidou de Chloe, e Sally me levou para cavalgar com Melly. Ela foi na frente, no grande e arrogante Quincy, e o instigava ao longo de uma trilha ladeada de árvores que estavam com as folhas se colorindo em todos os tons de amarelo e laranja. A terra estava úmida e os insetos enxameavam em nuvens. Ao longe, a crista da montanha erguia-se desigual e inquieta em contraste com o campo domesticado, cordial ao redor da cidade. Sally apontou para elas:

— Lá em cima ficam as ruínas de umas duas concessões de mineração, se você olhar. Pobres diabos. Nunca encontraram nada.

A cauda de Quincy se agitava, encostando nas rédeas de Melly e no ângulo do meu pé. Cada movimento me lembrava de que eu não estava com Chloe. Eu sabia que ela estava perfeitamente bem, que estava segura, mas a cada farfalhar da vegetação rasteira ou arrepio de galhos, eu me pegava tentado escutar a respiração da minha filha. A cada baque dos cascos dos cavalos, eu me esforçava para ouvir o som da sua fome, do seu prazer ou do seu sofrimento.

Depois do jantar, ajudei Sally a fazer pão-de-mel para o piquenique do Pony Club.

— Nós vamos para as montanhas, cantamos um pouco, comemos muito. É simples.

Chloe estava dormindo no quartinho e Art assistia televisão na sala ao lado, rodeado de papéis e latas de cerveja.

Sally mergulhou uma colher no melado.

— Desde que vocês chegaram, as minhas tarefas domésticas estão de pernas para o ar. Mas quem se importa? Eu estou gostando, Fanny. Está sendo bom.

O melado tinha de ser passado com cuidado para uma tigela.

— Mãe... nós somos amigas?

— Sim. — Ela corou forte. — Eu gostaria... Mas esse é o meu negócio. — Ela deixou cair a colher e cruzou os braços sobre o estômago.

— Pensei que você não se arrependesse de nada.

— Não me arrependo e me arrependo. Isso é natural. — ela verteu a massa do pão de mel numa assadeira. — Mas tenho de dizer que é muito generoso da sua parte... Oh, mas que diabo, Fanny? O que eu fiz foi para o melhor.

— Ei — eu passei o braço sobre os seus ombros. — Não quis dizer...

Ela ergueu os olhos para mim.

— Eu preferi cuidar de mim, porque entendi que tinha apenas uma vida e que era melhor vivê-la — Ela baixou a voz. — De certo modo, Art foi acidental — ela deu uma risadinha. —

Uma coincidência, talvez, porque ele apareceu na hora certa. Mas isso é um segredo nosso.

Eu me debrucei por cima dela e passei os dedos ao redor da tigela.

— Ele é bom, Sally.

— Ele é um homem — ela falou rapidamente. — Cada um de nós é diferente, e ele combinou comigo.

Eu lambi os dedos.

— Você foi embora.

Sally me ofereceu a tigela.

— Liberdade. Como eu digo, sou melhor com cavalos. E foi com isso que fiquei. Você precisa de coisas, sabe, para se desligar da confusão e da desordem, e da rotina de comer, dormir e ser educada em casa. Não se espera dos homens que eles pensem nisso o tempo todo. Por que eu deveria?

Quando eu estava deitando na cama de ferro pela última vez, Will ligou. Enrolei um xale sobre os ombros e desci até a cozinha para atender.

— Estou ansioso para ver você — ele disse.

Não nos falávamos havia três dias e eu sentia intensamente a sua falta.

— Estou com saudades — eu disse. — Muito, terrivelmente.

— Me viro a noite toda na cama e não encontro você — Will falou.

Por um ou dois segundos, ficamos neste diálogo agradável, necessário.

— Conte-me o que está acontecendo — implorei.

Ele tinha várias fofocas para contar.

— Escute só isto. O PM gostou do discurso que escrevi para ele e usou umas duas frases. "Firmeza"... você sabe, esse tipo de coisa. Não muito revolucionário, mas parece que funcionou.

Eu lhe contei sobre o passeio a cavalo pelos bosques e sobre os esqueletos dos prédios de mineração.

— Eles ficavam ali durante o inverno, congelando e morrendo.

— Eles queriam uma vida melhor.

— Se você vier comigo da próxima vez, podemos subir as montanhas a cavalo.

— Sim. — ele falou. — Vou gostar disso.

Capítulo 13

AO CHEGAR EM CASA, no aeroporto de Londres, reconheci Will, antes que ele me visse com Chloe. Ele estava absorto em uma conversa com uma garota loura, de rabo-de-cavalo e calças justas de couro.

Ele sorria e falava, gesticulando como quando tentava convencer um ouvinte sobre a sua maneira de pensar. Este era o Will no seu estilo mais persuasivo, e a menina ouvia atenta.

Apesar do peso de Chloe e do carrinho com as malas, eu quase corri até ele.

— Will?

Ele se virou.

— Oi, querida. Oi, minha boneca.

A menina sumiu.

— Quem era? — perguntei.

— Não tenho idéia. — Will abraçava Chloe. — Ela disse que me reconheceu da televisão e que admirava o que nós estávamos tentando fazer, então eu estava apenas explicando a ela como iria funcionar.

Eu grudei nele.

— Estou tão contente de ver *você*! Os últimos dias demoraram tanto a passar.

— Para mim, também.

Will me devolveu Chloe, pegou as malas e nos dirigimos para o carro.

— É bom, não é mesmo? — ele comentou, prendendo Chloe no assento. — Meu rosto *está* ficando conhecido.

Por todo o caminho para casa, eu não parei de olhar para ele, ávida para me reacostumar com o tamanho, a forma, o jeito dele.

— Sentiu mesmo a minha falta? — perguntei.

Ele virou a cabeça para me olhar e, por um momento, pensei ter visto uma sombra em seus olhos, uma cautela que eu não podia identificar.

— Senti mais do que você pode imaginar.

Coloquei minha mão em sua coxa e a deixei ali, descansando.

De volta a Stanwinton, a agenda de couro marrom estava na mesa do hall. Metidos entre as suas páginas estavam listas datilografadas e convites... o chá do clube de boliche, o bazar de caridade dos pais solteiros, o Ladies' Guild Ball...

— Mannochie esteve ocupado, estou vendo... — eu disse.

Meg veio correndo nos receber.

— Bem-vinda ao lar, Fanny. Exausta? Como está Chloe? Tem café e sanduíches na cozinha. Vem ver o que foi feito.

Eu examinei um fogão que precisava muito ser trocado na minha cozinha e o mostrei a Chloe, que achou extremamente excitante quando fechei a porta fazendo barulho. Na parte da casa que ficou para Meg, a sua minúscula cozinha cintilava de peças e equipamentos novos, e havia toalhas cor-de-rosa combinando penduradas sobre o toalheiro aquecido do seu banheiro. Toquei numa delas. Parecia cara e exclusiva, e a cor combinava com a do roupão de banho pendurado na porta. Olhei pela janela aberta. As gralhas grasnavam nas árvores, a cortina perto da minha mão flutuava ligeiramente com a brisa e meu olho interior registrou esta vinheta tranqüila, extremamente doméstica, e a depositou junto a outras imagens e ecos armazenados em minha mente.

Meg hesitava atrás de mim.

— Fanny, ainda não lhe agradeci direito, por concordar que eu viesse morar aqui.

Eu me virei para olhar para ela.

— Não precisa me agradecer. Fico feliz por podermos fazer alguma coisa.

— Não, mas eu preciso agradecer — ela falou. — Eu gostei muito. Eu preciso de um lugar seguro para poder... vencer... bem, você sabe o que eu tenho que vencer. Sozinha, eu acho que não sou capaz. Prometo que vou ajudar em tudo que for possível, para compensar. Pretendo arrumar um emprego assim que puder. — Ela sorriu com uma certa tristeza. — Vou tentar me sustentar.

Eu havia desmamado Chloe nos Estados Unidos, um processo que implicou algumas dificuldades na cadeira de balanço. Eu me acomodei na poltrona do seu quarto e estava lhe dando uma mamadeira de boa-noite. Will entrou. Chloe largou o bico e virou a cabeça na direção dele.

— Viu? — ele estava feliz da vida. — Ela me conhece.

— Claro que ela conhece você.

— Vocês ficaram longe tanto tempo que a pobrezinha deve ter pensando que não tinha pai. Me dá aqui, deixa eu experimentar. — Ele colocou Chloe sobre os joelhos e lhe deu a mamadeira. Ela se agitou um pouco, depois se acalmou. Aninhando-a melhor contra o peito, ele continuou — Agora que vendemos o apartamento, o que acha de alugarmos uma casa em Brunton Street?

Com o nascimento de Chloe, precisávamos de um lugar maior em Londres como um ponto de apoio, e antes de partir para os Estados Unidos eu havia anunciado o apartamento de Will para venda. Em dez dias, o negócio estava feito.

— Brunton Street? Não é muito escuro, sombrio e caro?

— Mas fica perto de Westminster. Aprendi algumas coisas ultimamente, Fanny, e tenho feito algumas sondagens. Temos de receber as pessoas e fazer contatos, mostrar mais os nossos rostos. Conversar com ministros. Acho que você vai gostar de tudo isso. Existem pessoas interessantes... — ele olhou para mim. — Fui ver uma casa com Meg e ela acha que seria perfeita.

Joguei o macacão de Chloe na cesta de roupas sujas.

— Ela acha, acha mesmo?

— Pensei que você não se importaria. — Ele me espiava. — Mas você se importa, não é?

Não sei porque esta pequena deslealdade doía tanto, mas eu me importava. Eu realmente me importava. Procurei refúgio no sarcasmo.

— Seria muito sugerir que eu vá até lá e dê uma olhada, também?

Chloe tinha terminado a mamadeira e Will se levantou, colocou-a para arrotar e deitou-a no berço. Dei corda no móbile musical e ficamos juntos observando-a pegar no sono.

— Will... — sussurrei. — você *tem* certeza de que podemos deixar Chloe com Meg? Não estaremos colocando as duas em risco? O que aconteceria se Meg tomasse um pileque e eu não estivesse aqui?

— Muito pouco provável — Will retrucou, talvez rápido demais. — Não tem havido problema nenhum nos fins de semana em que ela fica com Sacha. Precisamos testá-la. Eu sei que ela jamais deixaria acontecer nada nem mesmo com um fio de cabelo de Chloe.

— Espero que esteja certo.

Ele passou o braço pela minha cintura.

— Meg caminharia sobre as águas, por Chloe.

Meg apareceu no quarto na manhã seguinte trazendo o café-da-manhã numa bandeja.

— Achei que devia estar exausta — ela colocou a bandeja no meu colo. — Já dei de comer a Chloe e Will está brincando de esconde-esconde com ela na cozinha. Não sei quem está se divertindo mais.

Meg caprichara com a bandeja. A geléia estava num pratinho e havia leite quente para misturar no café. Eu agradeci, apreciei o meu café-da-manhã e me senti extremamente culpada por desejar que ela não tivesse feito isso.

Discutimos a casa em Brunton Street na segunda-feira enquanto eu levava Will de carro para Westminster, e concordamos em tomar uma decisão naquela noite. Eu o deixei no Parlamento e fui até o apartamento para começar a embalar as coisas e limpar tudo.

Estava uma bagunça, mas isso não era surpresa. Lavei os pratos, reguei as plantas murchas, joguei fora os jornais de um mês e passei aspirador na sala de estar.

Para me divertir, telefonei para Elaine.

— Que bom falar com você — ela disse — Vamos nos encontrar, assim que possível. Quero saber de tudo.

Ficamos fofocando por uns bons vinte minutos e Elaine descreveu os preparativos para o aniversário de Sophie que estava se aproximando.

— São os saquinhos de lembranças que estão me dando dor de cabeça — ela disse. — Estou tentando superar Carol. Dizem que tinha bilhetes aéreos nos dela. Eu só tenho barrinhas de cereais. Vou sobreviver a esta vergonha? Estou prejudicando a minha filha pelo resto de sua vida?

Ainda rindo, liguei para Meg para saber como estava Chloe.

— Está ótima — ela disse. — Acabou de deitar para um cochilo.

Discutimos sobre o final de semana quando Sacha viria para ficar com ela.

— É devolvê-lo que me assusta — confessou Meg. — Mas, bem, eu mereço isso.

— Meg, não fale assim.

— Vamos, Fanny. O que você acha que aconteceu? Sem marido. Sem filho. Sem emprego até agora. Se é que vou ter um dia. Dependendo de um irmão e da sua bondosa esposa. Dificilmente governando o mundo. E tudo por culpa minha.

Voltei para a faxina do apartamento. Nos Estados Unidos, eu tinha decidido não deixar a minha cabeça ociosa e escutei um programa sobre assuntos atuais que mais tarde discutiria com Will. Este firme objetivo ficou sujeito a um grande desvio quando me vi no espelho e decidi que precisava, realmente *precisava*, de roupas novas. A mulher exterior. Esta era a deixa para o debate mais demorado comigo mesma sobre as virtudes da qualidade sobre a quantidade, e para a votação pela última. A Fanny à vontade, vibrante, bem informada, atualizada, exigia muitas roupas.

Will ligou.

— Só para conferir — ele disse —... se você estava aí.

Apertei a pá de lixo contra o peito.

— Estou aqui.

— Bom.

— Saudades de mim?

— Saudades de você.

O próximo item na minha lista era o quarto. Liguei o rádio num programa de música que estava tocando a "Quinta de Beethoven", arranquei os lençóis da cama e fiz uma trouxa. Minhas pernas fraquejaram e eu me sentei no colchão.

No chão estava uma camisola simples de seda branca, e ela não me pertencia.

Quando Will chegou no início da noite, eu estava esperando com uma refeição pronta e uma garrafa de vinho aberta. O apartamento estava imaculado e a máquina de lavar chacoalhando ao fundo.

Deixei que ele me beijasse no rosto.

Ele estava excitado e queria me contar tudo sobre o projeto de lei que estavam tentando fazer passar no Parlamento.

— Não é perfeito, Fanny, mas é um grande passo adiante e estamos com pressa de terminar.

Era assim que eu havia estado. Com pressa de me casar com Will.

Ele serviu uma taça de vinho.

— Melhor ainda, fala-se de uma vaga no gabinete de Whip, e o meu nome foi citado. — Ele bateu com a mão na mesa. — Estou morrendo de fome. Vamos comer?

Eu o olhei de frente, por cima dos talheres e da louça.

— Will, quem você trouxe aqui?

Ele ficou surpreso.

— Por quê?

— Porque encontrei roupas íntimas na nossa cama.

Will ficou branco como cal.

— Do que você está falando?

— Você me diz.

Eu queria que ele negasse, veementemente, convincentemente, para que eu pudesse me permitir acreditar nele? Ou eu preferia que ele me olhasse firme nos olhos e dissesse: fui infiel?

Eu não sabia a resposta. Todas vinham carregadas de dor e desconfiança.

— Quem é ela?

Will disse, por fim:

— Deve ter sido Liz.

— Há outra possibilidade?

— Ela é uma pesquisadora e eu disse que ela poderia vir para cá depois de trabalhar até tarde, uma noite.

— Não mente.

Ele desviou o olhar.

— Tudo bem. Sem mentiras. Sem mais mentiras.

— Quando?

— Você quer os detalhes?

Eu olhei para o chão, que tinha sido varrido, tão alegremente, naquela manhã.

— Talvez não.

Will tapou os olhos com a mão.

— O que foi que eu fiz?

Os sons no apartamento — o surdo gorgolejar de uma tubulação de água, a máquina de lavar — eram muito altos.

— Na *nossa* cama?

— Sinto muito.

— Sobre a nossa cama, o que vocês fizeram nela?

Will recuou.

— Eu mereço isso.

Ouviu-se um estalido. O boiler desligou e, com ele, senti que alguma coisa desligava em mim... a confiança, total e inquestionável, que eu tinha depositado em Will.

Eu me sentia tão tola, tão ingênua, tão ignorante.

— Will — sussurrei —. Você se cansou de mim? Não estamos casados há tanto tempo assim.

— Não foi isso, Fanny. Eu não posso explicar. Não tenho desculpa, mas, estranhamente, não teve nada a ver com você.

— Como podemos continuar juntos depois disto?

Ele deixou cair a cabeça entre as mãos.

— Por favor, não diga isso.

— O que eu devo dizer? O que você diria se fosse comigo?

— Não sei — ele falou. — Só sei que ficaria desesperado.

— E então? — eu mudei de posição, na cadeira, com cuidado, porque cada movimento parecia doer. — Talvez fosse diferente se estivéssemos casados há muito tempo.

— Não, não seria — ele murmurou.

— É tudo tão fácil — explodi. — Eu saio com a sua filha e você aproveita a oportunidade... para me trair.

Eu me levantei e fui olhar a cama com os lençóis limpos. As imagens que ela evocou foram demais para mim, então entrei no banheiro, sentei-me na beirada da banheira e tentei organizar os meus pensamentos. Olhei no espelho um rosto acinzentado, desconhecido.

Voltei para perto de Will.

— Estou indo embora — falei. — Vou voltar para casa e lhe direi o que está acontecendo, quando me decidir.

*

Eu não era ignorante, nem inocente. Eu sabia o que era sexo. Eu sabia que lapsos ocorriam e que as pessoas sobreviviam. O mundo foi construído sobre tentações e Liz tinha sido uma delas. Eu a imaginei, agitada pelos corredores da Câmara. Eu a vi telefonando, trabalhando sobre fatos — esperta e organizada, o confeito do bolo.

Talvez esta fosse a explicação. Proximidade — assim como tinha sido minha intensa intimidade com Will quando dividimos aquele apartamento. No espaço minúsculo, nós nos tocávamos constantemente. Se eu ia à cozinha, esbarrava nele. Se ele se sentava na cama para amarrar os sapatos, ele me desalojava. Se cruzávamos um com o outro, nossos ombros se encontravam — doces, inebriantes lembranças dessa proximidade.

Talvez isso também acontecesse em Westminster?

Eu quase me convenci de que, se trabalhasse no mesmo lugar que Will, e visse os homens rondando, eu, também, teria escutado a serpente e comido do fruto proibido.

Mas foi Will que não se manteve fiel.

Talvez se tivéssemos conversado, ele pudesse ter explicado que tinha sido posto de lado pelas intimidades bagunçadas e aconchegantes entre mãe e filha, e pela nossa nova e mortal prioridade: a necessidade de sono.

Talvez dar à luz seja lembrar que a morte existe, e a cutucada seja aguda e chocante demais. Eu era capaz de compreender que uma maçã de polpa macia oferece um momento de doçura e esquecimento. Depois, mais uma vez, talvez algo *tenha* de morrer quando outra coisa nasce. Se é assim, deveríamos ter compartilhado nossos temores, pois eu sentia a sua sombria presença, também.

Capítulo 14

ACORDEI, NA MANHÃ SEGUINTE, no nosso quarto vazio em Stanwinton.

O que eu ia fazer?

Procurar refúgio na maternidade. Refugiar-me no esfrega e lustra do gerenciamento de uma casa. *Isso* era o que faria. Dar a Chloe o seu café-da-manhã. O aquecimento? Iria consertar. A correspondência que chegara de manhã precisava ser selecionada. A vida cotidiana flutuava sobre as rochas e poças escondidas, e costeava os perigosos baixios. Com o risco de me afogar, eu me apegava a isso.

De alguma maneira, a manhã passou. Realizadas estas tarefas, abracei Chloe forte e, imaginando que estávamos brincando, ela balbuciava de prazer e olhava para mim. Refletida naqueles olhos enormes, inocentes, eu vi uma nova versão de mim mesma — alta e forte, aquela em quem ela confiava.

Ela pulava, e batia no meu peito. Então, sem avisar, regurgitou o seu almoço e chorou, chocada. Eu a levei para cima e lhe dei um banho.

Agora, era a rotina do patinho amarelo, da água espirrada, da canção sobre o profundo mar azul e das brincadeiras bobas com a toalha.

A minha dor deve ter filtrado através dela, porque, depois de vestida, Chloe passou de uma feliz senhorita a uma tirana que exigia mais carinhos e se agitava sem parar quando a coloquei no berço. Um gemido impaciente me seguiu até o andar de baixo.

Na cozinha, procurei em volta alguma coisa para fazer e meu olho pousou numa montanha de roupas de bebê. Peguei o ferro de passar.

O calor e o vapor as deixaram submissas. Que bom se fosse assim tão fácil acertar a vida. Que bom se eu pudesse impregnar as camisetinhas e as meias cor-de-rosa com a radiante expectativa de ontem. Que bom se eu pudesse eliminar a camisola da mulher estranha da minha cama como se tiram as rugas de um tecido.

— Oi — Meg apareceu na soleira da porta. Estava corada e bonita, em uma jaqueta de camurça e calças pretas. — Não esperava você ontem à noite.

— Resolvi voltar.

— Escutei você chegar, por isso não fui ver Chloe esta manhã. Posso saber por quê?

Coloquei de volta o ferro no descanso e o desliguei.

— Quero um pouco de paz.

— Fanny! Você tem coragem. — Ela desabotoou a jaqueta e a colocou sobre o encosto de uma cadeira, e eu queria gritar: "*Não a coloque aí*" — Todos nós temos nossos dias ruins, Deus sabe. — Ela se encolheu no sofá. — Minha vez de escutar você.

— Vai embora, Meg — era a primeira vez que eu falava com ela nesse tom.

Para seu crédito, ela não se ofendeu. Franziu os lábios e examinou uma pilha de roupas passadas a ferro.

— Sei como é difícil, quando se tem um bebê. É um tributo a pagar.

Eu não respondi.

Meg não desistiu.

— Você e meu querido irmão brigaram? O sonho de amor foi maculado? — ela apoiou os cotovelos na mesa e descansou o rosto nas mãos. — Você tem a minha solidariedade. Passei por isso. — O seu olhar me seguia, enquanto eu continuava dobrando, arrumando e empilhando tudo, para continuar em movimento, para continuar respirando. — Não vale a pena, sabe, se aborrecer. — Ela deixou o comentário cair no silêncio. — Não faz sentido colocar todos os ovos na mesma cesta. Veja o meu exemplo.

O curioso era que, apesar de tudo, meu coração sofria por Meg tanto quanto por mim mesma. Peguei a cesta da lavanderia com a sua carga de roupas limpas.

— Vou preparar um café para nós, depois preciso continuar.

Meg levantou a cabeça:

— Chloe está chorando. Vou ver o que ela quer. Por falar nisso, enquanto você estava em Londres, arrumei o armário do quarto dela. Estava uma bagunça...

Toda a simpatia por Meg desapareceu, e eu tremia com uma súbita, ardente fúria pela sua interferência. Abri a boca para dizer: “Não é da sua conta”, mas a exaustão impediu.

— Ah, vai pegar Chloe.

Eu estava arrumando as geléias na prateleira, de costas para Meg, quando ela voltou.

— Fanny... — ela disse. — Acho que Chloe está doente. Está muito quente.

Dei uma pirueta e subi os degraus da escada, de dois em dois. Chloe estava deitada de costas. Estava corada e suas bochechas muito vermelhas. Quando a peguei no colo, ela chorou e abaixou a cabeça de uma forma diferente.

— Eu a levo no colo enquanto você dirige até o consultório do médico — Meg falou.

— Eu ligo para Will por você.

Estávamos de pé ao lado do berço numa ala de hospital, olhando para Chloe, tão pequena e doente.

Eu mal podia falar, de tanto que tremia.

— Sei o que está pensando — disse Meg, mais ou menos calma. — Todos os tipos de pensamentos terríveis, mas ela vai ficar bem. O médico disse que querem apenas que ela fique em observação esta noite. Ela pegou uma infecção pulmonar com um vírus estomacal, só isso, e eles têm tudo sob controle.

— Mas aconteceu tão rápido.

— Os bebês são assim. Acredite — sua voz era muito gentil. — Você compreende, Fanny? Você só precisa se controlar.

Eu agarrei o braço dela e me equilibrei:

— Não posso.

— Pode, sim — ela disse, com paciência, e foi ligar para Will, voltando para dizer que ele estava vindo.

As enfermeiras me mostraram onde pegar água e como molhar Chloe com uma esponja. Elas conferiram o seu pulso, fizeram anotações, falaram em termos profissionais. Meg tinha razão, provavelmente não era nada sério, mas eu fiquei acordada a noite toda ao lado do berço, os olhos fixos na minha filhinha, sem ousar desviar o olhar.

Seguindo as instruções, a cada 15 minutos eu mergulhava a esponja na água quente e espremia. Levantava um bracinho, banhava e secava, depois o outro. Depois disso, eu começava com o conjunto de ossinhos minúsculos revestidos de cor-de-rosa que eram os seus pés, depois as perninhas.

Eu me sentava e, de novo, continuava a vigília.

A enfermeira, com os cabelos louros presos em um coque dentro da touca, veio medir a temperatura de Chloe e o termômetro tremeu um pouco quando ela o colocou de volta no estojo. Ela me deu um sorriso grave, e eu não tinha certeza se era de piedade ou para me tranqüilizar.

Bebês não morrem, não é mesmo?, eu queria dizer. *Não agora, hoje em dia, especialmente se forem roliços e fortes como Chloe.*

Ela deve ter percebido o meu pânico.

— Quer uma xícara de chá, Sra. Savage?

Por volta da meia-noite, Will chegou. Estava com a barba crescida e uma aparência horrível. Recusei-me a olhar para ele enquanto contava os detalhes.

— Dizem que os antibióticos vão começar a agir em 24 horas.

Ele se debruçou sobre o berço e tocou no rosto de Chloe.

— Pequenina — ele disse. — Vai ficar melhor, agora. — e se endireitou. — Vou ficar aqui com você.

Eu peguei outra cadeira e nos sentamos, lado a lado, pelo resto da noite, falando um com o outro somente quando era necessário.

De manhã, ficou claro que Chloe estava melhorando, e eu disse a Will para voltar para Londres.

Quatro dias depois, Meg e eu nos olhávamos, bastante desanimadas, sobre a mesa da cozinha. Nenhuma de nós duas tinha dormido muito desde que Chloe voltara do hospital, porque ela ainda exigia um bocado de cuidados.

Meg enrolava uma mexa de cabelo no dedo.

— Podemos relaxar agora.

Eu não tenho tanta certeza, pensei. Não tenho certeza se algum dia voltarei a achar alguma coisa natural.

Olhei para as minhas mãos, tão brancas e magras que eu mal as reconhecia.

— Bebês fazem isto — Meg disse. — É para nos testar.

Consegui dar um leve sorriso.

— Obrigada, Meg, pelo apoio.

Ela pareceu satisfeita.

— Por enquanto.

Sentamos e tomamos café. Lá em cima, pela primeira vez em dias, Chloe dormia um sono tranqüilo — o que, no momento, eu considerava o auge das minhas ambições. O telefone tocou e Meg o atendeu, e eu me sentei e fiquei olhando os campos pela janela da cozinha.

— Will está vindo — Meg desligou o aparelho.

Para surpresa de ambas, eu deixei cair a cabeça entre as mãos e chorei. Meg se aproximou e tocou nos meus ombros.

— Deixe Will comigo. Você se concentra em Chloe.

Isto era demais. Desgrudei o rosto molhado das minhas mãos.

— Meg. Obrigada por tudo que você fez, mas precisa deixar Will e eu sozinhos.

— Fanny... — Meg tinha aquela sua expressão preocupada, e eu nunca sabia se podia confiar ou não. — Eu cuidei dele no passado. Sei como lidar com ele.

— Não. Está tudo bem.

Ela deu de ombros:

— Como você quiser. Mas sugiro que descanse um pouco antes que ele chegue.

Eu estava em um sono profundo quando Will me acordou.

— São seis horas, Fanny.

Fiz um esforço para abrir os olhos.

— Boa menina. — ele colocou uma xícara de chá ao meu lado e sentou-se na beira da cama. — Meg cuidou de tudo lá embaixo, portanto achamos melhor deixar você em paz o máximo possível.

Eu fiquei deitada imóvel.

— Posso falar com você?

— O que há para ser dito?

Ele parecia ligeiramente mais arrumado do que no hospital. De qualquer modo, tinha feito a barba. Ele baixou os olhos para o chão ao falar.

— Fui um idiota. Liz não é nada para mim. Eu não significo nada para ela. Você é a pessoa que eu amo e com quem quero passar a minha vida. Não posso explicar isso melhor, sem parecer falso.

Tentei explicar o que eu sentia, e fiz isso muito mal.

— Will, o que nós tínhamos era privado, não era para ser compartilhado. Deus sabe, você compartilha tudo mais com o mundo. Não vê? Essa era a única coisa que pertencia só a nós dois.

Ele se encurvou sobre as mãos entrelaçadas.

— Eu sei, mas...

— Estou ouvindo Chloe, Will.

— Vou pegá-la.

Ele reapareceu com um bebê pálido, sonolento.

— Aqui — e a colocou no meio da cama, deitando no lugar de sempre.

Chloe deu uma risadinha pálida. Will se ergueu e lhe ofereceu um dedo.

— Pobrezinha. Está melhor agora. — Chloe agarrou o dedo dele e, colocando-o na boca, deu-lhe uma mordida. — Ai...

Ele retirou o dedo.

— Fanny, sei o quanto é horrível, o quanto parece ser horrível, mas, eu te imploro, não dê mais importância do que isso merece.

— Will, como você acha que eu devo entender isso?

— Não sei — ele disse, impotente. — Foi um erro enorme. Vou me arrepender até o final dos meus dias. Eu não parei para pensar, não fiz comparações. Foi questão de momento, e eu aproveitei. Sinto muito. Sinto muito mesmo.

Privada das atenções, Chloe deu um gritinho, parecendo mais com ela mesma. Will a ergueu nos braços e apertou o rosto contra o dela:

— Preciosa.

Chloe agora mordeu o seu nariz e Will gritou.

— Quando ela começou a fazer isso?

— Devem ser os dentinhos nascendo.

Eu respirei fundo.

— Não sei se podemos continuar casados.

Will estendeu a mão para mim e eu me retraí:

— Não toque em mim.

— O que eu posso dizer, Fanny? O que posso fazer?

Olhei para o relógio. Seis e trinta. Virei as pernas para fora da cama.

— Mexa-se, Will, é o jantar do Rotary Club. Não vamos ficar até tarde.

Seu queixo caiu.

— Nós vamos?

— Temos outra opção? — eu abri a porta do armário e arranquei fora o vestido que tinha escolhido. — Não podemos decepcionar o Rotary Club.

— Mas o que nós vamos fazer?

— Não sei, Will. Vamos ao jantar do Rotary Club.

Despi a suéter e a camiseta e transcrevi um lento e provocante círculo na frente do meu marido. Ele engoliu em seco e ficou pálido. Meu corpo ainda estava um pouco flácido, os seios ainda não tinham voltado ao tamanho normal; era o corpo de uma menina... não, não de uma menina, de uma mulher que tinha dado à luz, e eu queria que ele o visse.

Naquela noite, eu resplandeci, ou assim Will me disse, depois. Mas talvez ele estivesse filtrando a visão de uma nova, terrível eu, através de um prisma de culpa.

Estranhamente, junto com a minha indignação, junto com a ferida que ele havia me causado, eu tinha reunido uma peculiar confiança e uma determinação imbatível. Eu queria enfrentar este desafio.

Will observava cada movimento meu enquanto eu colocava o vestido cor-de-rosa de saia rodada e um par de sapatos de saltos altos. Escovei os cabelos até eles estalarem e os deixei caídos sobre os ombros.

Deixamos Chloe com Meg. Eu sentei no banco do motorista, tirei os sapatos e dirigi o carro até a cidade. Parei no estacionamento do hotel e repassei as instruções.

— Pearl vai estar lá. Haverá um leilão de livros e outras coisas. Uma rifa. O de sempre. O dinheiro arrecadado é para a unidade neonatal do hospital. Entendido?

— Fanny. Pare com isto.

— Não — eu disse. Peguei a bolsa e enfiei os pés nos sapatos de salto.

— Se quiser que eu vá embora — ele disse em voz baixa. — Me diga.

— Não sei — falei. — Vou pensar. Vamos entrar.

Usando um vestido verde salpicado de prata, Pearl transpirava uma certa magnificência.

— Seu pai está aqui — ela disse.

Eu olhei em volta. Ele estava com uma loura de preto e pérolas. Quando me viu, ergueu a mão.

Um taça de champanhe indiferente foi introduzida na minha mão — eu podia dizer pela cor e aparência geral.

— Uma boa afluência — disse Pearl, e eu juraria que seus olhos desceram para minhas pernas para ver se eu estava usando meias.

A essa altura, eu conhecia o ritual. Bebemos o champanhe em uma sala de recepção com muitos enfeites dourados. Dali, partimos para o jantar e nos serviram galinha seguida de uma mousse borrachuda de limão. Depois, vieram o café e as balas de hortelã embrulhadas em papel prateado. Comi o que pude. O homem a minha direita revelou-se um professor de semântica da universidade local e discutimos a idéia de ser "bom" e ser "fiel" Ele argumentava que dizer a verdade não era, necessariamente, ser bom.

— Por exemplo — ele disse. — Você está sendo boa se um caçador lhe perguntar para que lado foi a raposa, e você lhe disser?

Eu levei a xícara de café aos lábios e encontrei o olhar perspicaz de Pearl. Depois, quando os convidados se preparavam para ir embora, ela me procurou:

— Está se sentindo bem, Fanny?

— Chloe esteve doente, e passei acordada estas últimas noites.

— Eu queria ter uma conversinha com você e incentivá-la a trabalhar um pouco mais no eleitorado. O Evergreen Club precisa de um pouco mais de atenção...

Eu disse com lábios cerrados:

— Faço o que posso, Pearl, mas estive fora, visitando minha mãe.

Por algum milagre, Mannochie apareceu ao meu lado.

— Se importa, Pearl? Tem alguém que eu gostaria que Fanny conhecesse.

Ele me guiou para uma ante-sala vazia.

— Achei bom ir resgatá-la. Pearl, às vezes, é meio autoritária. Sente-se aqui um minuto e, com um pouco de sorte, ela vai para casa.

Eu afundei, agradecida, numa cadeira esguia dourada.

— Foi gentil da sua parte. Acho que ela pensa que eu não faço o suficiente.

— Nem sempre é fácil — ele disse.

— O que não é? — perguntou meu pai, entrando de penetra nesta conversa tête-à-tête.

— Ser mulher de político — disse Mannochie. — Eu estava assegurando Fanny de que ela está fazendo um bom trabalho.

— Então ela está — disse meu pai.

Mannochie se desculpou, e eu o vi atravessar o saguão.

— Sabe, ainda não sei o seu nome de batismo. Ninguém o chama de outra coisa senão Mannochie.

— É mesmo? — meu pai sentou-se ao meu lado. — Algumas pessoas não gostam dos seus nomes, eu suponho. Como está Chloe?

Quando lhe contei, ele falou:

— Sinto muito. Pobrezinha da Chloe — e me olhou, firme e atento. — E você?

— Estou bem. Não, não estou. Morri de medo.

Seus olhos não deixaram o meu rosto.

— Veja por este lado: bebês ficam doentes às vezes. A natureza precisa melhorar o seu sistema imunológico.

Eu quase engasguei.

— À custa do meu.

Ele mudou de assunto.

— Achei que você gostaria de saber que tenho um novo carregamento chegando de Margaret River. Acho que você vai aprovar. Estou apostando no Semillon e no Sauvignon Blanc. Apareça lá para provar.

— Vou aparecer — prometi e, para meu horror, senti lágrimas brotando dos meus olhos.

Ele examinou o meu rosto.

— Tem alguma coisa errada. Você pode me dizer?

Mas não houve chance para conversar.

— Vocês estão aqui... — interrompeu Will, da soleira da porta. — Procurei você por toda a parte. Pensei que gostaria de saber que liguei para Meg para saber de Chloe. Ela está ótima, e eu quero levar você para casa.

Capítulo 15

No carro, Will me perguntou:

— Você estava falando com seu pai sobre nós?

— Faria alguma diferença se eu estivesse?

— Sim — ele disse em poucas palavras. — Faria.

Eu não gostava de dirigir no escuro e me agarrava ao volante como um torno de bancada a ela.

— Na verdade, estávamos falando de vinho.

— Mas você conversa com ele sobre muitas coisas?

— Ele *é* meu pai.

A estrada fazia uma curva para a direita e era difícil acompanhar a faixa branca. Minhas mãos escorregavam no volante.

— Você fala com Meg, o tempo todo.

Na semi-escuridão, minha voz soava amarga e hostil.

— Sim, falo — ele respondeu. — Mas eu nunca tive um pai. Nem ela.

Finalmente, virei para entrar na nossa alameda e segui entre os campos.

— Esta noite foi uma farsa — eu disse.

— Possivelmente — Will retrucou. — Mas foi a sua escolha.

Estacionei na entrada da casa, puxei o freio com um movimento brusco, desliguei a ignição e o interior do carro ficou imerso na total escuridão.

— Escolha não teve nada a ver com isso.

— Então, agora, o que vamos fazer? — ele perguntou.

— Não sei.

Ele deu um suspiro profundo.

Eu lutava para controlar o meu pânico e, com o pânico, veio a dúvida.

— O que eu não compreendo, Will, é que não tivemos tempo para nos cansar um do outro. — Retirei a chave da ignição. — O que significa que alguma coisa estava faltando. Se estava, você deveria ter me dito.

Esta situação era culpa minha.

Como era seu hábito, Will sentou-se, ereto, no banco do carona.

— Você não deve se culpar, Fanny... — Silêncio. — Não posso querer mais do que nós temos e compartilhamos. — Outro silêncio. — Não sou bom nisso, Fanny. — Ele torceu o corpo para olhar a sebe de louros. — Nada estava errado. Foi um momento em que me foi oferecida a tentação e, em vez de recusar, eu aceitei. Que idiotice foi essa?

— Isso explica, eu suponho.

— Fanny... — ele começou.

Eu o interrompi.

— A cama está feita, no quarto de hóspedes.

Calcei os sapatos, saí do carro e o deixei para Will trancá-lo.

Fiquei deitada sem dormir, o estômago embrulhado, os olhos secos, de luto por um casamento como eu havia imaginado. Estava assustada pela violência dos meus sentimentos e pela forma selvagem com que eu havia sido desviada de curso por um acontecimento tão banal, tão corriqueiro, tão discutido.

E não menos intenso era o meu desejo visceral, primitivo, de magoar Will — de açoitar a sua carne traiçoeira, enfiar uma faca tão fundo no seu coração, como ele havia feito comigo.

Eu me virava e revirava na cama semi-ocupada.

Às quatro horas, levantei-me e fui de mansinho até o quarto de Chloe para ver como ela estava. Fiquei parada na soleira da porta mas não conseguia escutar nada e, com um arrepio de apreensão, coloquei o meu ouvido perto dos seus lábios e escutei a leve respiração do meu bebê adormecido.

No patamar da escada, parei perto da janela gótica. Escuridão. Nada mais. Nesses últimos dias, a minha cintura tinha afinado e eu apertei de novo a faixa do meu roupão tão forte que ela machucou a minha pele.

A porta do quarto de hóspedes estava aberta e eu olhei para dentro. A lâmpada na passagem iluminava suavemente Will, deitado encolhido de lado. Enquanto eu observava, ele resmungou e esticou uma das mãos — exatamente como Chloe. Atraída como por um imã, eu entrei no quarto e me ajoelhei na beira da cama. Este lado de Will, este lado sonolento, vulnerável, sonhador, era íntimo; ele me pertencia, e eu não o dividiria com ninguém.

Ele abriu os olhos.

— Você está me vigiando.

— Você me *traiu*, Will.

— Eu sei. E eu me traí também. Uma dupla catástrofe, Fanny.

— Eu não conheço você nem um pouco — eu falei.

— Mas você se engana. Você me conhece. — ele estendeu uma das mãos. — Vem.

Eu me deitei de mansinho, carne fria ao lado da sua quentura amarrotada. Ele não tentou me tocar, e ficamos deitados lado a lado, como efígies de mármore.

A sua confissão não saiu facilmente.

— Você teve um bebê, e era diferente.

— Fiz o melhor possível. Voltei logo que pude.

— Sim, mas metade da sua mente estava em outro lugar. E a minha também.

— Você quer dizer que sentiu ciúmes.

— Não, não ciúmes exatamente. Um pouco deixado de lado. — Ele se virou para mim. — Um pouco.

Como eu poderia negar isso? As letrinhas miúdas na maternidade tinham sido desprezadas, também, quanto ao que exatamente aconteceria, o que significava que Will não teria mais total posse de mim — como antes.

— Sinto falta de como você era — ele disse e acrescentou, aflito. — Eu me sentia seguro quando você só tinha a mim para pensar.

Isso foi o mais próximo que Will chegou de reconhecer que a sua criação tinha marcado a sua alma.

— Não tenho palavras para dizer o quanto eu amo Chloe — ele falou —, mas é diferente.

Pensei nos quartos da alma, e em como eu havia mudado de um que era familiar para outro, até agora estranho e inexplorado.

— Nós mudamos — falei, pois estava começando a compreender melhor — Não podemos fugir disso.

Devo ter cochilado, pois me assustei quando Will perguntou:

— O pior é não me conhecer ou o que eu fiz?

— Eu acho... eu acho que foi você não ter compreendido o que a palavra nós significa para *mim*. Ou se você compreendeu... isso não impediu você de trazer Liz para casa. Para a *nossa* casa.

— Sinto muito, Fanny. Você acredita em mim? Por favor... *acredite* em mim.

— Tem alguma importância eu acreditar ou não?

— E sinto muito, também, por deixar você tão cínica. O cinismo é a especialidade do político. — Sua mão viajou pelo espaço entre nós dois e veio pousar na minha coxa. — Imaginei que seria diferente, mas não é, e a gente fica preso na rotina de Westminster. Esse é o problema, e sei que me afetou. Foi um choque, Fanny, descobrir como é profundo o cinismo. — A mão na minha coxa foi ficando mais pesada. — Há algum tempo venho querendo lhe dizer isso.

Ele se aproximou mais, cortejando-me com as suas próprias decepções e fragilidades. Eu lutei contra o impulso de me agarrar a ele e chorar até não ter mais lágrimas.

— Preciso saber o que você vai fazer. Não sei se posso viver com a desconfiança de que, cada vez que você sai de casa, vai encontrar outra mulher em Londres.

— Mas você não vai precisar desconfiar.

Devemos ter adormecido, porque acordei com os músculos enrijecidos e ligeiramente enjoada. Chloe estava praticando a sua versão de coro da alvorada e eu saí, tropeçando, da cama e me vesti rapidamente.

Sonolenta e rosada, ela se aninhou em meu peito e eu desci as escadas com ela no colo e a alimentei com banana amassada e cereal.

Doida atrás de uma solução, quase louca de exaustão, eu a prendi com o cinto de segurança e dirigi até Ember House.

— Está com olheiras, emagreceu e o clima entre você e Will está mais do que evidente. Não quer me contar? Você pode, sabe disso. — Meu pai balançava Chloe em seus braços.

— Quero respirar um pouco de ar fresco, papai. Vamos para o jardim?

Atravessamos o gramado até Madame Mop, uma estátua mal feita de uma mulher segurando algo que parecia ser um balde, da qual, apesar disso, meu pai gostava. Eu narrei os fatos nus e crus e coloquei Chloe no chão para ver se ela dava os primeiros passinhos.

— Filho-da-mãe — ele disse, e isso me chocou mais do que qualquer outra coisa, pois meu pai nunca dizia palavrões.

Equilibramos entre nós dois a hesitante Chloe, que dava gritinhos de prazer com a novidade.

— Você vai precisar de coragem, Francesca, e esperteza. Você foi muito magoada e o que Will fez me desagradou. Muito. Mas você não é a primeira... ou a última a viver esta situação.

Escutei a sua voz tão querida, que cuidou de mim durante toda a minha infância.

— No momento, você imagina que é a única coisa. Na verdade, é a única coisa em que você pode pensar. Mas não é. A família é importante, Fanny, muito. — Ele fez uma pausa. — É um choque descobrir que não se pode esperar uma felicidade serena e perfeita para sempre.

— Como vou agüentar saber que isso pode acontecer de novo? — eu disse.

— Pode acontecer. Ou pode não acontecer. Nunca se sabe.

Os joelhos de Chloe dobraram e eu me abaixei para pegá-la no colo. Ela deu gritinhos de prazer e me ofereceu uma mãozinha suja de terra.

Estava tranqüilo no jardim, úmido e frio. Clima inglês. Ali era possível pensar.

Chloe foi raptada para o joelho do avô e os dois ficaram brincando. Ambos estremeciam de risada.

— Você se diverte com isso mais do que ela — eu o acusei com carinho.

Ele beijou a cabecinha loura.

— Você deve manter a família unida, se puder. Eu tentei mas... considero uma mancha em mim ter fracassado. Você deve fazer o que achar melhor, é claro, mas esse é o meu conselho.

Rodeamos o jardim várias vezes e mostramos a Chloe a casa na árvore, a velha gaiola do coelho e a cabana de jardinagem. Então, aí começou a chuviscar e nós entramos.

Meu pai me fez sentar na cozinha e tomar café com leite e comer uma maçã.

— Pense na sua situação e pense no tipo de pessoa que Will é. Você precisa tentar perdoar e, depois de vocês terem se entendido, você precisa parar de trabalhar para mim, porque acho que deve concentrar as suas energias na sua vida com Will. Eu contrato outra pessoa. É fácil. Raoul pode vir por uns tempos, quem sabe... Quem quer que seja, existem muitos. Não me olhe com essa expressão horrorizada — se quiser pode continuar trabalhando, menos, até Chloe crescer. Depois, você volta. Você pode continuar com a pesquisa e o aprendizado. Você tem sorte, ainda pode pensar e estudar em casa. Quando tiver um momento. Algumas mulheres nunca têm nem mesmo isso.

— Não é justo, pai.

— Quem disse que as coisas vão ser justas?

— Por que devo desistir da minha vida?

— *Quid pro quo* — ele falou. — Você faz uma escolha. Também você precisa ser boa consigo mesma. As mulheres, em geral, não são. Pelo menos, não são mais. Elas se flagelam até o túmulo porque acham que devem fazer tudo. Ao se casar com Will, você assumiu um outro emprego. Como vai conciliar as viagens e visitas aos clientes e todas as outras coisas que você tem de fazer? Não poderei confiar em você, e os negócios não podem aceitar isso. Você precisa estar com Will, não afastada dele. Você precisa estar em Londres e voltar nos finais de semana.

Entrei em casa. O vestíbulo cheirava a bacon. A luz passava através da janela e realçava as pintas do carpete. Havia cartas para serem colocadas no correio na mesa do vestíbulo, guarda-chuvas enfiados num vaso azul que eu tinha comprado para bulbos da primavera. O casaco azul-marinho de Will estava pendurado no gancho ao lado do meu. Um rádio tocava na parte da casa que era de Meg.

Tirei o casaco de Chloe e a enganchei no meu quadril. Will saiu da cozinha. Estava de terno e gravata. Evitou os meus olhos.

— Eu deveria saber que você iria procurar correndo o seu pai.

Chloe tentou morder o meu nariz e eu lutei com ela.

— Isso quer dizer o quê?

Ele enfiou as mãos nos bolsos e se encostou na porta.

— Estive pensando desde que você foi embora. Deve ser melhor reconhecer, Fanny, que não vai dar certo. Fui um tolo e você tem todo o direito de terminar tudo e começar de novo. Eu garanto que Chloe e você vão ficar bem.

— É a minha obrigação, eu penso.

O tênue contato da noite passada tinha desaparecido.

Ele se controlou.

— Tudo bem? É isso o que você quer?

— Preciso trocar Chloe. — empurrei-o para passar e, com joelhos que pareciam água, subi as escadas, com Chloe, para o seu quarto.

Coloquei-a no trocador de fraldas, estampado com ursinhos amarelos e, por alguma razão, sinos. Ela estava cansada do passeio.

Limpei-a, sequei-a, passei talco nela e a deitei em seu berço, ligando o móbile musical. A musiquinha soou e os patos embarcaram na sua dança circular, imponente.

As pálpebras de Chloe pesaram. Eu me debrucei sobre o berço e observei as mudanças em seu rosto conforme ela ia adormecendo. Qual era a verdade de todo este transtorno? A verdade era que, agora que Chloe estava aqui, sã e salva, o luxo da escolha tinha desaparecido. Este era o trato. Eu *conhecia* o calafrio da solitária incompletude de uma criança. Eu conhecia de dentro para fora a perplexidade e a corrosão de perguntas sem resposta.

— Não vou deixar o seu pai — prometi ao meu bebê adormecido. — Não posso fazer isso com você.

Nem eu percebi, poderia fazer isso comigo mesma, pois eu amava Will. Eu odiava o que ele tinha feito, mas eu o amava. Eu amava a sua apaixonada dedicação à idéia de um mundo melhor, eu amava as possibilidades que acenavam no nosso futuro. Eu não estava disposta a desistir delas sem lutar.

Andei pelo quarto sem fazer barulho, recolocando tudo em ordem. Dobrei toalhas, conferi as fraldas, atarraxei a tampa da loção para bebês. "Eros em lágrimas era o construtor de cidades..."

A frase introduziu-se na minha mente. Onde eu tinha lido isso? Não importa, eu entendi a mensagem. Era tão importante ajudar a mim mesma quanto era importante ajudar os outros.

Eu choraria às vezes, mas construiria a minha cidade, também. Eu a governaria, e me fortaleceria.

Desci e encontrei Will na cozinha, arqueado sobre os restos do seu café-da-manhã. Quando entrei, ele levantou o olhar, tão cansado e abatido que meu coração se contraiu de pena.

— Fanny?

— Resolvi desistir de trabalhar para o meu pai em tempo integral — eu lhe disse. — Vou só cuidar da papelada e outras coisas. Ele vai contratar outra pessoa.

Atravessei a cozinha até o aparador e peguei a agenda, que transbordava de convites e lembretes. Abri.

— Vamos examinar isto. Temos um mês cheio.

Dias depois, eu estava deitada na banheira. Will escovava os cabelos em frente ao espelho — estava um pouco nervoso com medo de ficar careca, mas com uma cabeleira tão espessa não havia chance disso. Ele mexeu com a cabeça e me pegou olhando.

— O que fez você ficar afinal?

— O fato de não ser o fim. Eu amo você. Eu amo Chloe.

Ele abandonou o desfile de beleza e se agachou ao meu lado. Seqüestrou a esponja e assumiu a tarefa.

— Prometo que nunca, nunca mais farei isso.

Seu braço descansou na borda da banheira. Estava pincelado com cabelos dourados assentados e sedosos contra a sua pele. Por baixo, os músculos eram rígidos, muito diferentes do meu corpo mais macio. Eu estendi o braço e peguei a sua mão. Ele baixou os olhos para mim e eu retribui o seu olhar com mais ousadia do que teria feito no passado.

Este era o acordo, digno do salão de chá dos Membros onde Will tantas vezes se juntava aos seus camaradas. Eu faria o possível. Eu fecharia com pontos as minhas feridas. Eu ficaria e exigiria a sua lealdade. Reclamaria a energia, a sutileza e o compromisso que este casamento merecia. Em troca, eu vestiria as minhas meias, pediria votos nas ruas e dirigiria a casa. Eu sorriria, receberia convidados em casa e o apoiaria.

Mas, no futuro, eu estaria atenta.

Eu me reservaria o direito de imigração interior. Meu pai, certa vez, me dissera que, diante do irrecuperável, ou do intolerável, as pessoas fugiam para dentro de si mesmas. Elas estudavam, sonhavam, aprendiam. Ele disse que tinha certeza de que fora assim que sua mãe e a família dela sobreviveram em Fiertino durante os piores momentos da guerra. A minha situação não era intolerável — eu não sofrera opressão nem abuso — mas o meu espírito estava magoado. Nada tão terrível ali, também. Toda garota... e toda mulher, a mulher na qual eu estava me transformando, exigia uma garantia. Essa era a minha.

Will disse:

— Você acha que pode esquecer? Você acha que podemos deixar isso para trás?

Meus olhos captaram o cartão postal na cadeira ao lado da banheira, que tinha chegado pelo correio naquela manhã. Era de Benedetta e mostrava uma vista da igreja e da *piazza* em colunatas, cheia de flores. O verniz vermelho das minhas unhas dos pés combinava com o escarlate dos gerânios. Um vermelho vivo, otimista.

Depois de um segundo ou dois, respondi:

— Sim.

Como o professor argumentara de forma tão convincente, ser bom e ser verdadeiro não eram, necessariamente, a mesma coisa. Mas esse era o meu segredo.

Capítulo 16

Os ANOS DE MATERNIDADE, política e casamento passaram despercebidos.

Não se falou mais de uma casa em Brunton Street. Em vez disso, compramos um apartamento em um quarteirão de aparência utilitária em Westminster, e para nós bastou.

Mannochie nos ajudou na mudança, reservando um quartinho ao lado do corredor para seu escritório. Eu não disse nenhuma ofensa, mas não tinha certeza se o queria solto na nossa casa e ele sorriu e falou no seu tom seco:

— Não vou incomodar vocês. Se me derem uma chave... Sou domesticado e vou me comportar.

Então, o Mannochie de voz macia, passos silenciosos, ficaria quietinho no seu cesto até ser chamado? Eu estava guardando a louça e ele me ajudou a colocar a caixa sobre a mesa da cozinha.

— Não se cansa de fazer isto, Mannochie? Nunca parou para pensar o que este tipo de vida faz a você? A todos nós?

Ele desembrulhou uma pilha de pires e socou as folhas de jornal em um saco preto.

— Estou muito ocupado para pensar. Pode-se dizer que estou casado com o ofício.

Era assombroso, realmente, como Mannochie estava disposto a subordinar sua vida à nossa. Talvez não pensar muito fosse a resposta, uma arma eficaz. Como o cordeirinho órfão embrulhado na pele de outro que morreu e apresentado a uma nova mãe, Mannochie pegaria o nosso gosto e cheiro. Empurrei uma caixa para baixo da mesa da cozinha.

— Chega. Que tal eu mostrar a você o que pretendo fazer?

A vista era muito bonita sobre os telhados até a Catedral de Westminster e Mannochie me surpreendeu declarando inesperadamente:

— É para isso que serve a nossa política. Para impedir que os pobres sejam segregados em sótãos e porões.

— Sabe, Mannochie, nunca ouvi você falar nada sobre política antes. Em geral, são só táticas e estatísticas.

Ele virou a cabeça para me olhar:

— Sempre existe uma primeira vez.

Para me castigar — só um pouco — ele me fez sentar e discorreu sobre os próximos compromissos.

— Inauguração de gala. Os compromissos usuais de Natal em Stanwinton. Recesso.

— E qual é — perguntei — o papel da esposa em tudo isto?

Ele foi enumerando na ponta dos dedos:

— Um adjunto. Um adjunto perfeito, sorridente e bem-disposto que veste meias. — Quando fiz uma careta, ele acrescentou. — Não é tão ruim, Fanny.

Fiz um sinal de advertência.

— Mais ou menos como um parto, Mannochie. Você lê a respeito, faz cursos, pratica respiração, mas, assim que o trabalho começa, você diz para si mesma: Ei, houve algum engano.

Quando Will chegou em casa, Mannochie e eu estávamos tocaiados confortavelmente na cozinha, bebendo um segundo bule de chá que era tão forte que meu dentes estavam ásperos. Ele me deu um olhar provocativo.

— O quê, não terminaram de desembalar?

Com um pé, empurrei uma caixa cheia de brinquedos de Chloe na sua direção:

— Sirva-se.

— Estou saindo.

— Mannochie levou sua caneca para a pia e a lavou. Deu uma piscadela para mim. *Vê como sou domesticado?*

— Will, preciso falar com você sobre o esquema de tráfego. Pequenos lojistas estão organizando um protesto. Querem que você participe.

Will olhou, com a expressão vazia.

— Sim. Sem dúvida. Vou escutar, mas não tomarei nenhum partido.

— Você não deveria? — eu perguntei, depois que Mannochie saiu.

— Claro que não — Will passou os dedos pelos cabelos, deixando-os de pé. O efeito foi o de um menino de escola confuso. — Você sabe que não devemos opinar em questões locais. É a morte a mil estocadas. Fiquemos com as nacionais.

Nós nos estabelecemos no apartamento e nas nossas rotinas. Will chegava e saía — para a sua arena escolhida de acordos e alianças, ambições e objetivos. Eu notei que se falava menos de idéias e ideais e mais de descrições de personalidades e de quem tinha feito ou dito o quê, e talvez não fosse totalmente por coincidência que a sua carreira prosperasse. Há episódios em qualquer casamento quando alguma coisa se torna límpida como cristal. Eu sabia que Will tinha chegado quando o pegava olhando no espelho e endireitando os ombros.

— Praticando para a liderança do partido? — eu brincava, e ele ficava roxo. Ele detestava quando eu o lembrava disso, o que eu fazia, com freqüência. Mas o que eu não lhe dizia era que eu detestava negá-lo fazendo isso, também.

E eu? Eu patrulhava e gerenciava um mundo diferente, em alguns aspectos tão entrecruzado de alianças e acordos quanto o de Will. Como o seu, o meu mundo me sugava, como a intensa intimidade da cama de casal — quente, macia, sonolenta — mas eu me unia a ele sempre que possível. Eu observava minha filha crescer, mudar e mudar outra vez. Eu a observava ferozmente, com ternura e sempre determinada a garantir a sua segurança. Todas as semanas, eu me sentava e cuidava da papelada para meu pai. Meg morava com a gente. Uma ou duas vezes um homem apareceu em cena, mas a relação não durou. Ocasionalmente, ela arrumava um emprego, mas ele também não durava. E, nos últimos anos, já não bebia tanto. Os meses se passavam, sem acidentes.

Não muito tempo depois de completar 16 anos, Sacha apareceu na nossa porta com duas malas de tecido escocês, e anunciou:

— Quero morar com mamãe.

Não acho que tornarei a ser testemunha da mesma expressão de alegria que vi no rosto de Meg quando ela escutou estas palavras.

Com freqüência, os quartos da casa estavam cheios, *havia* uma atividade e um murmúrio de sons familiares sob as suas calhas. Nosso casamento cresceu e se aprofundou, passou por depressões, floriu, murchou um pouco, voltou a florir, mas nunca ficou estagnado, e éramos felizes.

Antes que eu pudesse recuperar o fôlego, já fazia uma semana que Chloe tinha partido.

Elaine ligou.

— Como se sente?

— Como se tivessem decepado os meus braços. E você?

— Vou apertar o Neil esta noite. Depois eu te conto.

Eu sentia a presença de Chloe em todos os aposentos. Se colocava a roupa para lavar na máquina, lá estava a sua blusa cor-de-rosa preferida. O seu jeans de cintura baixa estava no alto da pilha de roupas limpas, e eu o passei. Recolhi a sua esponja do chão do banheiro. Um exemplar abandonado de *Harry Potter* — "Leitura confortante, mamãe" — estava enfiado entre a sua cama e a parede. Eu o resgatei e o coloquei ao lado da minha própria cama. Eu registrava a sua ausência em meias, em um celular mudo, no silêncio onde tinham existido palavras, e em fios de cabelo agarrados na escova.

— Mãe ela gritou ao telefone, quando ligou de Sidney. — Você nunca me disse que iria ser tão bom.

Desliguei o telefone no hall, onde o havia atendido e me vi, de relance, no espelho sobre a mesa. Como Will, eu fazia questão de ter um bom corte de cabelo, mas tinha sorte de poder utilizar um arsenal de batons corretos para me dar uma cor, mais uma bonita suéter azul. Na lista de verificações, o cabelo ainda estava escuro, a boca ainda carnuda, a pele ainda acetinada... Nada de novo, nada de extraordinário também e, no entanto, com a partida de Chloe, eu sentia que havia mudado. Em que, eu não tinha certeza.

Desta vez, Meg tinha arrumado um emprego de meio expediente em uma livraria e, durante o dia, não nos viámos. Mas à noite, se eu estava em casa, ela me procurava e encontrávamos um certo consolo na companhia uma da outra. O trabalho era enfadonho, ela dizia, mas ela valorizava a insipidez. Em uma livraria você pode fugir da linha de frente da doença, da raiva e das incompatibilidades. Se havia drama demais e coisas desagradáveis em um livro, você poderia sempre deixá-lo de lado. Suas descrições dos compradores de livros eram engraçadas e inteligentes. Ela também dizia que estava surpresa com o fato de que muitos homens saíam de mansinho das seções de romances de ficção que tratavam de relacionamentos e os liam escondidos ao lado dos livros policiais.

Eu preparava jantares leves, nutritivos — risotos, salmão grelhado, frango no molho de soja — e fazia questão de dividi-los com ela.

— Não vai me dar os parabéns, Fanny? — ela disse, numa dessas ocasiões. — Não toco em uma gota de álcool... desde o seu aniversário de casamento. — Ela me deu um daqueles seus olhares travessos. — Sei que você não compreende como é; como poderia? — e espetou um pedaço de peixe com o garfo. — Mas, se este peixe delicioso fosse uísque ou conhaque, eu seria a mulher mais feliz do mundo. A terrível verdade é que o álcool é tão confiável, muito mais confiável do que um marido ou um amor.

Eu me vi rindo.

Depois de termos acabado de comer, fomos para a sala de estar e abrimos as janelas francesas. Uma mariposa entrou voando e tentou morrer estorricada na lâmpada. Eu me levantei e a enxotei para fora.

Uma poeirinha da sua asa tinha deixado uma marca na seda creme do quebra-luz. Eu a limpei, apaguei a luz, e ficamos sentadas na noite escura de verão, observando um morcego investir sobre o jardim. Meg estava muito quieta.

— Vou chorar quando Sacha se for.

— Eu sei.

— Senti tanta falta dele. A lei o tirou de mim, Fanny. Eu ficava olhando você com Chloe e sentia muita inveja.

— Você foi maravilhosa com Chloe. — Eu não podia ver a sua expressão. — Fiquei preocupada quando você veio morar conosco, sem saber se poderia confiar em você para cuidar dela.

— Acha que eu não sei?

Foi Meg que me ajudou com as primeiras refeições de Chloe.

— Raspe um pedacinho de banana com a colher — ela aconselhava.

Foi Meg que me ensinou o truque para prevenir as assaduras causadas pelas fraldas (use ungüento para aftas) e incentivou Chloe a pronunciar as suas primeiras palavras. Nos finais de semana, quando Sacha vinha ficar com ela, Meg fazia questão de desaparecer com ambas as crianças por umas duas horas para que Will e eu tivéssemos algum tempo juntos — e, sim, eu tinha me sentido grata. Mais tarde, era Meg quem, quando eu estava ocupada, repassava as lições de ortografia, os esquemas de atividades, as datas históricas, os problemas de física.

Uma segunda mariposa entrou na sala.

— Por que não fechamos a porta? — disse Meg. — Está esfriando.

Eu fechei, e acendi a lâmpada de novo.

— Que confusão eu faço da minha vida — ela disse do seu jeito irônico, e riu. Depois escondeu o rosto nas mãos.

Fui de carro até Ember House e encontrei meu pai em seu escritório, despachando os negócios do dia. Debrucei-me sobre ele e lhe dei um abraço.

— Chloe ligou de Sidney. Diz que está adorando.

A expedição a Fiertino era a primeira coisa na agenda. Discutimos os horários, aluguel de carro, seguro de saúde e o lugar onde Benedetta tinha combinado que ficaríamos.

— Eu a instruí a escolher com cuidado — disse meu pai. — Tinha de ser o lugar certo para a sua primeira vez lá.

Eu senti uma grande excitação no meu zeloso pai. Ele ria, soltava piadas e assobiava baixinho um trecho de Puccini.

— Olhe, encontrei isto outro dia. Lembra? — Ele tirou, de cima da mesa, uma fotografia.

Eu a peguei.

— Lembro que... Você costumava deixá-la sobre a sua mesa. Durante anos.

A fotografia era de um monumento funerário de pedra, de um casal etrusco deitado em um divã.

— Precisamos visitar o museu etrusco — falei e coloquei a fotografia sobre uma prateleira.

— Boa idéia.

Lá fora, a chuva caía fininha e meu pai fechou a janela.

— Pena que Will não vai.

— Tem muita coisa acontecendo, e este esquema em que está envolvido é arriscado.

— O seu marido — ele disse — é muito astuto. Ele sabe que não pode desanimar e que, se você está na chuva, é pra se molhar. Eu o admiro por isso, e esta é a sua chance de provar que é bom.

— Eu fico muito cansada de certos assuntos — não pude deixar de dizer.

Meu pai alinhou os papéis.

— Ele poderia estar vendendo armas.

Ocorreu-me que meu pai estava com uma expressão muito cansada.

— O médico está prestando atenção a tudo, não está?

— Claro.

— Pressão OK?

— Pára com isso.

Eu ia insistir para ele marcar outra consulta antes de partirmos, quando olhei para o relógio.

— Preciso ir, pai. Estou substituindo Will. Não posso me atrasar.

Dei-lhe um beijo de despedida e saí correndo para a cerimônia de inauguração da colossal obra do esgoto novo, em andamento havia dez anos. Will e eu tínhamos feito piadas sobre as resmas de papelada necessárias para a obra não parar.

Durante a noite, o telefone tocou. Procurei no escuro o interruptor do abajur e olhei o relógio. Duas horas da manhã. Meu primeiro pensamento foi: *Chloe*. O segundo: *Will*. O terceiro: *Sr. Tucker*.

Tirei o fone do gancho.

— Olhe — resmunguei — se é o senhor, Sr. Tucker, eu estou indo...

— Aqui é do hospital, Sra. Savage — uma voz disse. — O seu pai teve um leve ataque cardíaco... está bem no momento, mas achamos que a senhora deveria vir.

Acordei Meg.

— Papai está no hospital. Estou saindo, imediatamente.

Parecendo bastante fraca, ela ficou de pé.

— Espere, vou também.

Como uma louca, dirigi no meio da noite, com Meg tiritando no banco do carona. Por favor, por favor, que não seja nada sério, eu rezava em silêncio, e afundava o pé no acelerador.

Mas chegamos tarde.

A enfermeira do turno da noite materializou-se quando entramos no Centro de Tratamento Intensivo. Calma, esguia e arrumada, ela nos levou para um canto. Tinha havido um segundo ataque forte, ela disse, com um ar de quem tinha ensaiado estas palavras muitas vezes. Quinze minutos antes. Ele nem devia ter percebido.

Meg sufocou um grito e começou a chorar. Eu brinquei com a alça da minha bolsa, escorregadia de suor, embora eu estivesse totalmente gelada. Minha primeira reação foi: Eu deveria ter ido com ele ao médico. A segunda foi: Preciso ligar para Benedetta e cancelar a viagem. Em seguida, pensei... mas não lembro de muita coisa, exceto que estava tentando me agarrar a incoerências.

— Por que ele não esperou até chegarmos aqui? — eu disse estupefata. — Ele não gostaria de ir sem dizer adeus.

A enfermeira passou um braço sobre os meus ombros, conduziu-nos até a sala reservada para a família e nos fez sentar. Foi buscar xícaras de chá para nós, e eu fiquei sentada em uma cadeira de plástico rasgada com os olhos grudados em um cinzeiro transbordando.

Meg tentou se controlar.

— Sinto muito, muito. Mas é melhor quando é rápido, Fanny, não acha?

— Não — eu disse. — Não.

A expressão profissional da enfermeira indicava que Meg tinha razão e, no final, eu concordaria com esta visão.

— Tente tomar um pouco de chá, Sra. Savage.

O chá tinha gosto de couro e tanino. De qualquer maneira, eu tremia tanto que ele entornava no meu colo. Meg tirou a xícara da minha mão e a colocou sobre a mesa.

Eu perguntei à enfermeira:

— Ele disse alguma coisa? A senhora falou com ele? Estava... assustado? Ele soube?

— Ele soube o suficiente para me pedir para lhe dizer que a amava, e que estava pensando na senhora.

— Mas não esperou — eu gritei, em agonia. — Ele não esperou por mim para se despedir.

— Não podia — ela explicou, tranqüilamente. — Mas nós lhe dissemos que a senhora estava vindo. Nós conversamos com ele, mesmo quando estava inconsciente. A audição é a última coisa que se vai, sabe? — Ela colocou a mão no meu braço. — Tenho certeza de que seu pai sabia que a senhora estaria aqui se pudesse. — Ela olhava para mim e para Meg, que soluçava na janela. — Ele não perceberia muita coisa.

— Mas ele estava sozinho... ele não tinha nenhum de nós com ele.

— Não sei se isso melhora alguma coisa, mas eu segurei a mão dele — a enfermeira falou.

Quando chegamos à nossa casa, estava amanhecendo. Liguei para Will no apartamento, mas a secretária eletrônica atendeu.

— Querida, a reunião durou a noite toda — ele explicou, quando, finalmente, o encontrei. — Estou indo agora. Vou só pedir o carro e jogar algumas coisas dentro de uma mala. Eu ligo para Chloe e conto o que aconteceu e, se você concordar, eu a convenço a não voltar correndo para casa. Eu lhe digo que Alfredo não iria querer isso.

Eu liguei para minha mãe.

— Oh — ela falou. Depois disse: — Preciso me sentar. — E após uma pausa: — Pode me contar tudo de novo?

Ouvia-se um retinir de louça ao fundo, e um rádio tocando música, e outras vozes que pertenciam à vida de minha mãe.

— Foi ataque cardíaco.

— Eu não irei ao enterro, Fanny. Acho que não poderia. Mas vou pensar nele.

Ouvindo isso, eu chorava ao telefone.

— Escute — Sally disse. — Você deve lembrar que Alfredo considerava você a melhor coisa que aconteceu na vida dele. Lembre disso.

Foi a primeira coisa realmente maternal que eu consigo me lembrar de Sally me dizendo, e eu a anotei no bloco ao lado do telefone, com a data rabiscada em baixo porque queria me lembrar dela. "*Alfredo... considerava você a melhor coisa que...*"

A morte era uma piadista, mas o seu senso de oportunidade era terrível, ou talvez essa fosse a melhor piada de todas? Não lhe teria feito mal poupar meu pai até depois da viagem a Fiertino. Havia muitos outros indivíduos para colher, e um a menos não faria diferença.

No dia seguinte à morte de meu pai, escrevi a Benedetta.

Ele estava querendo tanto ver você e Fiertino. Embora não tendo "estado" aí no sentido real da palavra, durante anos, era, de muitas maneiras, a coisa mais importante para ele...

Ela respondeu:

Minha querida Fanny,

Seu pai via o mundo pelos seus próprios olhos, é verdade, mas tinha o cuidado de pensar nas outras pessoas, também, e você era mais importante do que Fiertino. Eu sabia que ele estava muito feliz porque você estava estabelecida e se alegrava com Chloe. Por favor, venha me visitar sempre que quiser...

Foi Benedetta que decretou no meu décimo aniversário que não deveria mais haver a hora do banho com meu pai. Isso me intrigou. Talvez dez fosse um número mágico? Talvez fosse um segredo, como minha mãe era um segredo? Mas, se eu tinha perguntas a fazer, eu ainda não aprendera *como* perguntar. No meu décimo aniversário, portanto, totalmente lavada e escovada, e amarrada em um roupão grosso e antiquado com uma corda na cintura, desci a escada acompanhada por Benedetta até a porta do escritório de meu pai.

Ele estava na sua mesa, rodeado de livros sobre vinhos, anotando os negócios do dia. Consciente do "dez" pairando sobre a minha cabeça, fui ficar de pé ao seu lado e, quando ele deu uma pancadinha no joelho, eu fiz que não com a cabeça.

— Esqueci — ele falou, com tristeza. — Você está uma moça agora, e devemos conversar sobre coisas de adultos.

Ele puxou um livro de uma pilha no chão e me mostrou a fotografia de um vinhedo na França.

— Eu conheço a família à qual ele pertence — falou. — Chama-se Villeneuve e somos bons amigos. Um dia, vou empregar um de seus filhos, Raoul, talvez, ou Pierre, para trabalhar aqui e, se você quiser, pode ir até lá, para aprender. Eles conseguiram sobreviver à guerra e montar um novo negócio. — Ele folheou as páginas. — Foi muito estranho, Fanny, que, no ano em que a guerra terminou, as parreiras produziram a melhor, a mais gloriosa safra, de todas.

A guerra de novo. Concordei, polidamente.

Eu estava mais interessada na fotografia emoldurada sobre a mesa do meu pai. Era de um homem e uma mulher entalhados em pedra, deitados juntos sobre um divã enfeitado e envolto em tecido. Ele tinha um rosto quadrado e barba; ela tinha cachos caindo pelas costas, e brincos pendurados nas orelhas. Ele estava com o braço ao redor dela, e ela se recostava nele.

Lembro de perguntar ao meu pai o que aquilo significava. Ele levou um certo tempo para responder.

— Acho que é sobre constância, Francesca.

Eu me virei para olhar para meu pai. Com uma grande ousadia, perguntei:

— É mamãe?

Houve um curto e tenso silêncio. Não, não era, ele respondeu e, se a minha pergunta o magoou, ele não deixou transparecer nem por uma piscadela de olhos. Não, a foto era de um divã funerário etrusco. Do final do século VI a.C.

— Foi quando eu tinha 8 anos? — perguntei, pois o tempo não significava nada.

Meu pai riu.

— Os etruscos eram um povo que, há muito, muito tempo, viveu na região de Fiertino, de onde vêm os Battista. Fizeram tantas coisas que as pessoas estão sempre escavando fragmentos e os mandando para museus. Eu gosto deste, em particular, porque ele e ela jamais... se separarão.

— Isso é bom? — eu quis saber.

— Sim, acho que sim. — Meu pai fez um carinho no meu rosto. — Gostaria de ouvir mais histórias sobre a minha casa?

Eu aceitei.

— A um dia de viagem, saindo de Roma, há um vale chamado Val del Fiertino. Em uma encosta do vale crescem castanheiros e faias. Do outro, trigo, oliveiras e uvas...

Eu já sabia de cor.

Minha cabeça ficou pesada e eu me recostei na cadeira.

— Tente se lembrar de tudo isto — ele falou. — Um dia você e eu iremos lá. Nós iremos para casa. — Ele ajeitou, com delicadeza, uma das minhas tranças. — Isso é uma promessa.

— Por que você foi embora, papai?

— Veio a guerra, muitas coisas foram destruídas e ficou perigoso. Minha mãe me embrulhou em um casaco e sabe o que ela fez? Enfiou uma barra de sabão no meu bolso, me levou embora e viemos para a Inglaterra.

Eu não sabia o que a guerra significava, mas sabia que era ruim e, uma ou duas vezes, depois dessa história, eu acordava à noite, soluçando.

— O que foi, queridinha? — perguntava Benedetta, que corria para me salvar, me levava para o seu quarto e me mostrava a fotografia de uma dama com um manto azul salpicado de estrelas.

Ele era esperto, o meu pai. Ele sabia plantar uma pegada na mente de uma criança. As imagens se esgueiravam dentro da minha e lançavam longas, firmes e fibrosas raízes — exatamente como a parreira.

Capítulo 17

MANNOCHIE VEIO EM SOCORRO. Organizando. Planejando. Cancelando compromissos... e ajudou a acalmar uma aflita e chorosa Chloe ao telefone.

Onde eu queria o funeral? Enterro ou cremação? Que hinos? Que música? Eu tentava pensar. Boas esposas foram treinadas para colocar as coisas em ordem, para fazer os eventos darem certo, acalmar e confortar; e uma boa filha seguia o exemplo.

De qualquer maneira, eu precisava manter Meg estável, pois ela havia aceitado mal a morte de meu pai.

— *Eu o amava, também — ela disse.*

— Se você nos decepcionar agora — eu lhe disse, lábios cerrados e olhar vazio — então... — não terminei a frase, mas não era necessário. Meg compreendeu muito bem.

O dia do funeral veio e foi embora. Meu pai tinha deixado instruções, por escrito, quanto ao que desejava. Com Will do meu lado, eu cantei "Lead Kindly Light", ouvi os sermões e apertei as mãos de muita gente. "Que tragédia", murmurou um. "Sinto muito", outro.

"Sinto muito...?" Uma frase pequenina demais para o que eu sentia.

Depois do funeral, Will voltou correndo para Londres, por uns dois dias. Meg recomeçou a trabalhar e Sacha se juntou à banda.

Meu pai tinha deixado instruções dizendo que queria ser cremado, mas eu deveria enterrar as suas cinzas onde achasse conveniente.

Onde era "conveniente"?

À noite, Meg voltou para casa e largou as compras no chão. Eu estava acomodada diante da mesa da cozinha, tentando — sem conseguir — me concentrar em uma lista de coisas que precisavam ser feitas. Eu me sentia peculiar, distanciada, quase sem peso. Precisava de silêncio e precisava pensar. Meu pai tinha ficado sozinho no hospital. *Essa* era a imagem, agora, em minha mente. Nada de sol, nada de feliz harmonia de cores e perfumes ali. Apenas frieza.

Ela olhou bem para mim.

— Você comeu hoje?

— Não... sim, tomei café-da-manhã.

— Vou preparar um sanduíche para você. — Ela cortou o pão e estendeu o braço, para pegar o pote de manteiga. — Suponho que terá de vender Ember House.

— Não quero vender.

Ela colocou um sanduíche de pepino na minha frente.

— Come.

Enchi a boca e comecei a mastigar. A textura úmida e mole do pepino me deixou ligeiramente enjoada.

— Vai conseguir manter as coisas funcionando?

— Não sei. Terei de falar com os advogados e com o banco.

— O que Will pensa?

— Não é ele quem decide — falei, mais bruscamente do que pretendia.

— Faça como quiser, querida. — Ela colocou as xícaras e os pires de volta no armário. — Por falar nisso, já que você estava tão ocupada, comprei as meias para Will.

— Que meias?

— Ele falou que estava precisando de algumas. Eu as coloquei sobre a sua cama. Achei que isso ajudaria.

Eu fiquei olhando para ela.

— Não precisava se incomodar — eu mal conseguia articular as palavras.

— Não — ela sorriu animada. — Mas eu me incomodei.

Recolhi os pratos em silêncio.

— Estou vendo que fiz mal. Comprar meias é um pecado. — Meg disse e acrescentou, com tristeza — Fanny, sabia que as suas costas podem ser muito censuradoras?

— Podem? — eu me virei, com um prato na mão, e Meg se retraiu. — Por piedade, não vê que você tem Will, mais do que deveria? Isso não *basta*?

Ela estendeu a mão:

— Não tive a intenção...

— Ah, sim, teve, Meg. — Então me ouvi dizer: — Qualquer coisa, para manter a impressão digital do seu polegar nele. — E imaginei que tipo de pessoa eu estaria me tornando.

Meg deu um suspiro.

— Errado, Fanny, muito errado. É porque me faz sentir útil. Me faz sentir que tenho um lugar.

O prato escorregou das minhas mãos. O som, quando ele se espatifou no chão de ladrilho, retiniu pela cozinha. Eu me agachei para recolher os cacos... o mesmo fez Meg. Nossos rostos estavam tão próximos e nossos dedos quase se tocaram quando estendemos as mãos para pegar o mesmo pedaço de porcelana quebrada.

— Você está aborrecida — ela disse.

— Pelo amor de Deus, me deixa em paz — sussurrei.

Meg ficou de pé. Houve uma pausa terrível, constrangedora.

— Acho que preciso de um drinque — ela disse. — Quer um?

— Não há bebida em casa.

— Ah, não?

Eu olhei para ela.

— Eu não quero um drinque. E nem você.

De novo, a medonha suspensão de sons.

— Não se preocupe. Eu lhe disse, está tudo sob controle. Eu agüento um só, de vez em quando. Fico feliz assim...

A ponta afiada do prato quebrado espetou a minha carne.

— Meg. Pare. Pense. Você está indo tão bem...

— Exatamente. — Meg foi buscar a sua garrafa de uísque contrabandeado — o seu amante, irmão, amigo, filho — e eu não fiz nada para impedi-la.

Eu me agachei no chão da cozinha e chorei.

Quando a tempestade amainou, peguei a pá de lixo com a vassourinha e varri a sujeira. Ergui a sacola de compras de Meg até a mesa e olhei dentro dela. Havia um livro, um manual de auto-ajuda escrito por um autor americano que eu não conhecia. Eu o folheei e uma frase me chamou a atenção. "Sinta medo, mas faça assim mesmo."

Fechei o livro, coloquei-o de novo na sacola e me forcei a subir até o quarto de Meg. Ela estava sentada na cama, olhando para uma fotografia de Sacha. Segurava um copo cheio.

Ela não ofereceu nenhuma resistência quando o tirei da sua mão.

— Onde andou escondendo isto, Meg? Quanto já bebeu?

Eram sempre tão crassas, essas perguntas. Ela olhou para mim:

— Só um gole. Eu tinha uma garrafa no guarda-roupa. Minha rede de segurança.

Coloquei o copo sobre a mesinha de cabeceira e me sentei ao lado dela.

— Não beba mais. Eu vou ajudar você, prometo.

— Por quê? — ela estremeceu, sem esperanças. — De qualquer modo, não é assim. É maior do que gente dizendo que quer ajudar.

— Alfredo sempre dizia que, mesmo rindo, devemos levar a vida a sério, pois é a única que temos.

— Hum — disse Meg, e as lágrimas escorriam pelo seu rosto.

— Ele estava certo — falei, sentindo a minha perda estender-se, friamente, para o futuro. Dei um soluço. — Alfredo estava certo.

A mão de Meg se aproximou da minha.

— Oh, Fanny — ela disse —, e eu estava pensando que era tudo apenas uma enorme e horrível piada.

Will refez a sua agenda ministerial e nós fomos de carro até Ember House. Quando chegou a hora, eu não conseguia entrar em casa.

Will passou o braço sobre os meus ombros.

— Vem, vamos dar uma volta.

A grama estava úmida da chuva recente e tudo tinha o ar semi-alagado do jardim de verão inglês. Eu parei, para sustentar um ramo de clematite ao lado do muro, e tomei um banho de água. Will me secou.

A chuva não demorou a cair de verdade e ele disse:

— Não podemos adiar mais isso — e me conduziu para dentro de casa. — Me dê a sua mão, Fanny — disse e apertou-a rapidamente.

Mesmo no curto período desde a morte do meu pai, a casa parecia diferente. Menos familiar, menos confortadora.

Will fez café e eu preparei os sanduíches. Will comeu o seu esfomeado, mas eu só belisquei o meu. Estava pensando na casa e em como eu não suportava me desfazer dela.

— Will, o que você acha de morar aqui?

Ele me olhou, surpreso.

— Morar aqui? Não tinha pensado nisso. — e serviu-se de um sanduíche de ovo. — Fanny, você fala sério?

Eu sabia que era uma loucura e totalmente fora de lógica, mas sussurrei:

— É o meu lar.

Will largou o sanduíche. Tarde demais, eu percebi a implicação das minhas palavras.

— Mas não é o meu — ele falou. — E eu pensava que a nossa casa era o nosso lar.

— Não quero vender Ember House.

Ele me segurou pelos ombros e olhou no meu rosto. Parecia confuso com o que via, o que me irritou. Era tão intrigante eu chorar pelo meu pai?

— Se quer que eu pense a respeito, é claro que vou pensar. Apenas não é o que tínhamos planejado.

— Ah, o *plano*. — Eu me desvencilhei dele e, desorientada de tristeza, joguei as canecas de café dentro da pia.

— Fanny, o que *é* isso?

Olhei pela janela e mordi o nó dos dedos.

— Não consigo esquecer que papai não me teve ao seu lado ao morrer. Isso me persegue e não posso me perdoar.

Will ficou por trás de mim e me abraçou.

— Calma, Fanny, calma.

O seu celular tocou no hall. Insistente e mal-educado. Instintivamente, ele ficou tenso e deixou cair os braços, mas eu falei, entre os dentes:

— Você *não* vai atender, Will. Desta vez, pelo menos.

Ele aprumou a cabeça, enquanto o telefone continuava a tocar, mas ficou onde estava. Mesmo assim, eu sabia que o havia perdido.

— Pode ter sido Robert — ele disse, tranqüilamente. — O acordo é que, se eu apoiar o governo na National Health Bill, então o meu nome estará, definitivamente, na lista para o Ministério da Fazenda.

— Mas, como ministro, você *tem* de apoiar o governo. Não importa o que você pense.

— Existe apoio e *apoio* — ele disse.

Uma ou duas vezes, Elaine e eu tínhamos discutido o poder. O que era isso? Qual a forma em que ele se apresentava? Como uma esposa se encaixava nele? *Muito sedutor*, concordamos. O poder envolve a pessoa tão firmemente quanto um nó. Muito sedutores eram os cortesãos, a adulação, os carros com motorista e a cessão de ideais em troca da mercadoria chamada poder. Ideais são muito mais incômodos do que ficar sentado quentinho e protegido no banco de trás de uma limusine.

E poder era aquilo em que Will estava realmente interessado. Isso, agora, estava claro.

— Não suporto pensar mais nestas coisas — eu disse e fugi para o escritório do meu pai.

A sua caneta-tinteiro ainda estava na escrivaninha, onde ele a havia colocado pela última vez. A luz vermelha piscava na secretária eletrônica. Estendi o braço e a desliguei. Escolhi um livro da pilha ao lado da janela, *Uma digressão sobre os melhores vinhos de Bordeaux*, e o coloquei de volta no lugar, sem ler.

Agarrei a bainha da cortina. Anos atrás, eu tinha entendido errado. Tristeza não era uma lâmina cortando a carne. Não, tristeza era monótona e pesada; ela deixava as pernas e os braços moles e a cabeça doendo. A tristeza gostava de brincar com as suas vítimas, pois eu podia jurar que ouvia o meu pai no escritório.

"Depois de 1963", ele estava dizendo, "e estamos falando de Bordeaux, é claro, com sua safra de chuva e vinhedos podres e inúteis, veio 1964, muito desvalorizado por causa do ano anterior. A natureza, tendo tomado com uma das mãos, agora nos dava uvas fartas, redondas e elegantes com a outra..."

Um ligeiro movimento me alertou sobre a presença de Will.

— Fanny, querida, é melhor examinarmos os papéis.

Eu escutei uma voz dizendo — e ela soava estranha e distante:

— Will, são tão poucas as pessoas com quem se é unido, célula por célula, compreensão por compreensão. Pouquíssimas para se perder ou trair — e percebi que era a minha voz.

Juntamos todos os papéis e os levamos para casa. Entre eles, havia um arquivo em que estava escrito "Francesca".

Eu o abri quando estava sozinha no quarto de dormir. Não tinha certeza do que ia encontrar — instruções legais ou financeiras — mas não estava preparada para o pequeno tesouro que ele continha. Ali estava o desenho de uma casa feito por uma criança, com um caminho que levava até a porta da frente, um homem e uma mulher, tendo, entre eles, uma criança com um laço de fita nos cabelos.

Era um dos meus desenhos de quando estava no jardim da infância.

Havia um artigo com o título: "Efeitos demonstrativos da atitude isolacionista americana durante a década de 1930, dando dois exemplos". A nota tinha sido "C". E um poema, escrito à mão em um papel caro. "A sua ausência arranha a minha pele/ Que rompe em rubis escarlates/Até que um rio vermelho escorre para o mar da minha dor."

Pressionei os dedos contra a face, vermelha de vergonha. O poema, uma relíquia de um romance fracassado — tudo bem, *o* romance fracassado, com Raoul — era indizivelmente ruim, mas meu pai não só o encontrara, em algum lugar, como preferira guardá-lo.

Havia também um fotografia de casamento minha e de Will, um convite para o jantar do Chevalier du Tastevin que, um dia, eu havia ambicionado mais do que tudo, e um cacho de cabelos de bebê grudado no verso da fotografia de batizado de Chloe.

Com todo o carinho, eu os arrumei em ordem — esses pequenos e reveladores fragmentos do nosso passado tão cuidadosamente guardados pelo meu pai, meu atento e amado pai. Ao recolocá-los de volta no arquivo, notei mais um papel dobrado. Era um esboço grosseiro feito a lápis, amador e impaciente. Mas o assunto era bastante óbvio: uma casa planejada em torno de um pátio central, com uma varanda em uma das extremidades.

Por baixo do desenho, estavam as palavras: "Il Fattoria. Val del Fiertino."

Encontrei Will assistindo ao noticiário pela televisão, e me sentei ao seu lado.

— Will, tomei uma decisão. Vou levar as cinzas de meu pai para Fiertino. Sei que é lá que ele gostaria de estar, que ele precisa estar... e vou marcar o próximo vôo porque *eu* preciso fazer isso o mais breve possível.

O locutor, sem se abalar com o meu pronunciamento, continuou, calmamente, a relatar os acontecimentos do dia.

— Sem mim?

— Sem você.

— E...

— E nada. Eu gostaria de ir embora. Simples assim.

— Claro que você precisa, Fanny — ele não olhou para mim. — Se é o que você quer.

Capítulo 18

NA SEGUNDA-FEIRA, de manhã cedo, eu estava quase pronta.

Estava me despedindo de Will. Um encanador martelava para tirar um cano que estava vazando no nosso banheiro. O material de limpeza de Maleeka estava espalhado pelo corredor. O rádio da cozinha tocava a todo volume. O carro de Will estava na frente de casa e o motorista tinha deixado o motor ligado. Will tinha perdido a carteira e subia as escadas para procurar. Em resumo, tudo estava perfeitamente normal — exceto que no dia seguinte eu seria levada ao aeroporto para pegar um avião, e o perfume de uma inusitada liberdade nas minhas narinas era quase insuportável.

Will desceu com estardalhaço as escadas.

— Achei. O seu vôo sai a que horas, você disse?

Enfiei uma cópia da minha programação na sua maleta. A boca do meu marido estava cerrada, mas não de raiva. Era algo mais profundo. Ele estava tenso com a minha partida. Eu o beijei com carinho, mas com uma sensação palpável de alívio, que sei que ele percebeu. Ele retribuiu o meu beijo, quase superficialmente.

— Cuidado.

— Faça o seu melhor. — passei os dedos sobre a boca cerrada.

Ele fechou a maleta com um estalido.

— Sabe do que mais? Estou começando a me perguntar, às vezes, se isso tudo vale mesmo a pena.

— Vai — falei, com pressa — Você vai se atrasar.

Eu o observei caminhar com dificuldade até o carro, jogar a maleta no banco de trás e entrar.

Eles saíram acelerados e, quase imediatamente, o telefone tocou, o que tinha feito, sem parar, com amigos e conhecidos ligando para me consolar. Desta vez era Raoul.

— Sinto muito, Fanny, não ter podido ir ao funeral, mas você sabe por quê.

— Você estava na Austrália. Foi tudo bem?

— Tenho um bom negócio em vista sobre o qual vou contar a você, em uma hora melhor.

— Como está a família?

— Maior e muito mais cara. Thérèse diz que se sente com cem anos, mas não parece. — O seu riso era cheio de energia e transmitia uma profunda admiração. — Minha esposa é uma mulher linda.

— Se eu fosse boazinha com ela, acha que ela me contaria o segredo disso?

— Viver comigo, claro. Vamos para Roma por uns dois anos. Eu lhe contei? — Como os Rothschild de antigamente, os Villeneuve com freqüência despachavam os membros da família por todo o mundo dos vinhos para consolidar contatos de negócios.

— Maravilha.

Ele pigarreou.

— Não preciso perguntar se você sente falta do seu pai. Quero lhe dizer que eu vou sentir muita. Por todos os motivos. Ele era um bom amigo e eu apreciava... ainda mais porque ele era da velha geração. Não se tem tantos amigos como ele, e sou agradecido pelo trabalho que ele teve comigo. — e acrescentou — E com você, Fanny.

Houve um silêncio de surpresa. O modo como ele disse a última frase rompeu o nosso código não escrito, pois havia ternura ali. Eu disse, rápido:

— Na verdade, amanhã vou levar as cinzas dele para Fiertino. Acho que é lá que ele gostaria de estar.

Para meu espanto, Raoul não apoiou o plano — e, no esquema das coisas, apenas Raoul, pela sua amizade com meu pai, tinha o direito de questionar a minha decisão.

— Tem certeza? Alfredo era um grande romântico, em muitos aspectos, Fanny, mas a vida dele era em Stanwinton. Talvez... você esteja certa. Vai dar a você um tempo, e um momento para investigar os vinhos. Eu gostaria de ver você pensando nos super toscanos. — ele fez uma pausa. — Eu gostaria de conversar sobre negócios com você. Liga para mim quando se sentir melhor?

Eu prometi que ligaria.

O encanador me chamou, e eu subi para encontrar o pior, que não era tanto, mas ele cobrou regiamente por isso. Fiz-lhe um cheque e o acompanhei até a porta de saída.

— Se quer ser uma amiga de verdade — eu disse a Elaine, que tinha vindo na véspera me consolar pela morte do meu pai — ajude-me a limpar o quarto de Chloe. Não pude enfrentar isso depois que ela se foi.

Elaine ainda estava lutando com seus próprios problemas com Neil.

— Estamos acenando bandeiras um para outro, de trincheiras opostas — ela relatou. — Ele não quer que eu vá embora. Ele me disse que eu sou a sua rocha e eu lhe disse que, mesmo não tendo fundamentos suficientemente bons, a sua falta de originalidade já seria motivo para a maioria das mulheres ajuizadas fazerem as suas malas...

— E? — indaguei.

— Não cheguei lá, ainda — ela disse.

Ainda assim, Elaine tinha tempo para mim e compreendeu perfeitamente quando lhe expliquei que, com a morte de meu pai, eu me sentia como se tivesse sido mandada para a linha de frente de uma batalha, desarmada.

— Muito natural — ela disse. — Significa que estamos por nossa conta. Em todos os sentidos do termo.

Depois do almoço subimos a escada. Como uma pilha de roupas descartadas impedia o acesso, precisei forçar a porta do quarto de Chloe, para abri-la. Elaine avaliou a bagunça.

— Já vi isto antes — ela disse. — Provavelmente, radioativo. Maleeka não pode fazer isso?

— Pode. Mas ela levaria pelo menos um ano para sair daqui.

Elaine pegou uma das Barbies que tinha migrado para o setor das Barbies em uma prateleira repleta de objetos infantis dos quais Chloe se recusava a se desfazer. Esta tinha longos cabelos louros, seios empinados, cintura de vespa e nada por cima. Elaine manipulou uma das pernas para cima da cabeça.

— Já consegui fazer mais ou menos isso, um dia — ela disse pensativa.

Eu ri:

— Chloe depositava grandes esperanças nas Barbies, mas elas a decepcionaram. Ela nunca se conformou com o fato de que as pernas das bonecas não dobravam nas posições de balé.

Elaine examinou a boneca com ar sério.

Ela se encostou na janela e olhou para o gramado ensolarado lá fora e seus arredores onde um ou outro delfínio oportunista erguia as suas plumas.

— Estou com quase 47 anos — ela murmurou — e continuo me perguntando "o que tem mais?" Isto é... eu, como sou agora, a vida é *só* isso?

Eu estava procurando o meu passaporte na cômoda do hall e encontrei um maço de outros, sem validade. Eu adorava os velhos passaportes de Chloe. Eles registravam a sua jornada, desde a menininha atrevida de tranças até a adolescente, que preferia se mostrar de mau-humor para a câmera. O modelo atualizado, é claro, estava com ela na Austrália.

Acariciei as fotos de Chloe e senti a gramatura daqueles anos sob os meus dedos, suaves e sentimentais memórias que, como peças de mosaico, reúnem-se em fotografias tão queridas. Chloe cantando em seu berço. Chloe vencendo a corrida do ovo na colher. Meu pai segurando uma taça de vinho contra a luz e perguntando: "O que você acha, Francesca?" Will deitado com a cabeça no meu colo, sonolento e em paz. Sacha depositando suas malas xadrez no hall e perguntando: "Posso vir morar aqui?"

A voz de Meg interrompeu o meu sonho.

— Fanny, alguma chance de eu ir também?

Respirei fundo e continuei de costas para ela.

— Se não se importa, Meg, acho que não.

— Adoraria ver o lugar sobre o qual todos nós escutamos falar durante tanto tempo. Eu não iria incomodar.

Enfiei o meu passaporte no bolso e me virei:

— Não — eu disse, categoricamente. — Preciso fazer isso sozinha.

— Bem, então está claro — Ela puxou um dos dedos até a junta estalar. Seus olhos se estreitaram e escureceram.

Para meu espanto, Will apareceu no aeroporto.

— Acho que não nos despedimos direito.

Fraca e aliviada por ter chegado até ali, eu me encostei nele.

— Deve ser a primeira vez.

— Fugi da escola e a secretária não achou graça.

Ele passava uma sensação de calor, firmeza e, apesar de tudo, confiabilidade. A incerteza tinha desaparecido e ele estava sob controle. Ali estava a personificação de um político bem-sucedido que tinha vindo se despedir da esposa no aeroporto; o terno bem cortado simbolizava a fusão entre a sua energia e as suas realizações. Era Will no seu estilo mais atraente e eu nunca deixava de reagir.

— Vai devagar com o imposto sobre os carros, certo? Não perca a paciência e não cometa erros — eu disse, acrescentando, — se é o que você quer. Se é algo em que você ainda acredita.

— Eu quero. — Seu olhar fixo na livraria atrás de mim. — Por que você *está* indo, Fanny? Sinceramente.

— Meu pai... Preciso respirar um pouco. Quero ir embora.

Ele franziu a cara.

— Ah, bem, então — ele disse.

Um grupo formado por uma família empurrando dois carrinhos cheios com malas até em cima passou rápido por nós. Demos um passo atrás e o celular dele tocou.

Ele enfiou a mão no bolso para pegar.

— Desculpe por isso... — e o atendeu.

Eu recolhi minha bagagem de mão. Dentro, embrulhada em plástico bolha e em uma das suéteres do meu pai, estava a urna contendo suas cinzas.

— Tchau — fiz com os lábios, e me dirigi ao portão de embarque.

Ele desligou o telefone e me pegou pelo braço.

— Fanny, não vá sem mim. Espere até eu poder ir com você.

— Não — eu disse, em pânico, com a possibilidade de ser convencida a ficar, e culpada por não querer fazê-lo. — Por favor... deixe-me ir.

Eu me soltei dele com um gesto brusco e fui embora de um modo que nitidamente o chocou.

Eu estava muito cansada para ler no avião e durante a primeira fatia da viagem cochilei e acordei com um sobressalto de um sonho onde a grama úmida e a lama cinza grudavam nos meus sapatos. Eu atravessava com dificuldade um rio de folhas mortas, lutando para respirar conforme o nível subia acima da minha cabeça. Um pouco mais tarde, eu me vi amortalhada em uma névoa branca do rio e o frio escorria fundo nos meus ossos. Neste sonho, eu chorava querendo o sol.

A costa do Mediterrâneo, intensamente colorida e orlada por um mar azul forte, surgiu e eu respirei, profundamente aliviada. A comissária de bordo colocou uma bandeja de comida na minha frente.

— Bom apetite — ela disse.

Eu inspecionei uma massa informe de plástico, um pãozinho preso a uma carne fria duvidosa, bebi o suco de laranja e me vi pensando em Caro. Suas últimas palavras para mim — o seu presente de casamento, que tinha sido tão rude e prejudicial naquele momento — fazia mais sentido, com a experiência. As unhas arranhando a superfície, estremecendo com o ruído, Caro tinha tentado limpar do quadro-negro as imagens do meu pai, para começar de novo.

Eu poderia ter explicado a Will o que eu sentia. Eu poderia ter dito: "Quando me casei com você e fui carregada pelas emoções tempestuosas do início de uma paixão, de uma união por amor, era irrelevante quem era de um sexo ou de outro. Era um encontro de almas e mentes. Mas, depois do casamento realizado, dos deveres designados, importava muito a que sexo eu pertencia."

Havia mais: quando ele levou Liz para a nossa cama, Will me ensinou que ser uma esposa é diferente de ser uma mulher.

Olhei para o relógio. A essa hora, Stanwinton estaria agitada, com o trânsito da tarde rodopiando em movimentos complicados em torno do sistema giratório, composto, em grande parte, por crianças nos ônibus escolares. As tardes eram uma janela para uma consulta ao dentista, para uma aula de música extra e para derramar emoliente nas desavenças ocorridas nos campos de batalha da escola, servindo suco de fruta e fritando heróicas quantidades de tirinhas de peixe... Mais tarde, haveria o dever de casa para supervisionar, roupas para separar e refeição adulta para preparar. E eu estaria ocupada com Meg ou Will.

Olhei pela janela do avião, lá embaixo, o verde e o marrom da península italiana. Eu queria um descanso dessa parte da minha vida.

Quando o avião começou a descer, pronunciei um mudo agradecimento ao meu pai.

— Fanny... *Fanny!*

Benedetta, que tinha insistido em pegar um trem de Fiertino para se encontrar comigo, abriu uma clareira através do aglomerado de pessoas que esperavam no salão de desembarque. Ela me agarrou em um abraço rechonchudo, cheirando a alho.

— Deixe-me olhar para você — ela exigiu e olhou muito, depois beliscou minhas bochechas e me beijou novamente. Seu inglês tinha piorado. Meu italiano também não era perfeito, mas enquanto eu dirigia o carro alugado, conseguimos falar sobre a sua artrite, o filho que morava em Milão, mas não ligava para a mãe com a freqüência que ela gostaria, e exclamar com o horror das encostas de Fiertino, que sempre foram livres e abertas, mas, agora, tinham sido escavadas pelos moradores da cidade para construção de casas de veraneio.

— Nunca se sabe, hoje em dia, em quem você vai esbarrar — ela disse.

Saímos de Roma, atravessando oleandros empoeirados e campos de tomates e de abobrinhas produzidos em massa. Ansiosa com o tráfego com o qual não estava familiarizada, eu me esforçava para absorver os fatos mais importantes. A Casa Rosa, onde eu iria ficar, tinha sido comprada por um casal *inglese*, que, sem conseguir arranjar dinheiro suficiente para a reforma, voltara para a Inglaterra. Agora, ela estava abandonada, exceto por um inquilino ou dois. Não que a corretora conhecesse o seu ofício.

— *Santa Patata*, ela nasceu sem cérebro.

Por fim, Benedetta me instruiu para sair da estrada principal e entrar em um vale que ia na direção norte-sul, e seguimos de carro entre vinhedos e campos de trigo — pequenos, imaculados e nitidamente bem cuidados.

As oliveiras tremeluziam, prateadas, no calor. A estrada ziguezagueava preguiçosa pelo vale e desaparecia sobre as encostas e no horizonte. Os topos das montanhas eram de um tom castanho empoeirado — *crete sensesi*, como meu pai as descrevia. "Cor de couro velho que tem prestado bons serviços." O rio descia do lado mais íngreme do vale, depois virava em uma faixa retorcida de pedras lisas, ardentes.

— Vai devagar, Fanny, estamos quase chegando.

Meu estômago se contraiu. Como seria? O que eu acharia de Fiertino, depois de todos aqueles anos de conversa? Como os peregrinos na igreja de Stanwinton, eu vinha marchando para uma visão do Paraíso, e agora ele estava à vista.

E... sim, lá estavam a igreja e a *piazza*, debruada por plátanos cobertos de poeira, e a teia de aranha das ruas estreitas irradiando do centro da cidade.

E... não. A Fiertino que meu pai descrevera não tinha muito tráfego, não tinha anúncios vistosos, nem casas modernas atarracadas comprimindo-se contras as vilas cor de sépia, mais antigas.

Conforme passávamos pela igreja, contornando a *piazza*, Benedetta não parava de falar. Os construtores tinham enganado os *inglese* — qualquer um poderia ter-lhes avisado. As paredes que eles construíram racharam, e as plantas e a horta morreram, durante um verão abrasador. Seu maior desprezo estava reservado para o pecado de não terem pedido ajuda, antes de "correrem de volta para casa".

Afastada da estrada, descendo por uma trilha, a Casa Rosa ficava, mais ou menos, a um quarto de milha da cidade. Eu estava tão ocupada desviando dos buracos que perdi a primeira visão que se tem dela. Isto eu lamentei, pois teria visto, cinco minutos antes, o que fiquei sabendo assim que desci do carro e entrei pela porta da frente.

Pintada em um tom de laranja rosado, que havia desbotado, formando faixas, a Casa Rosa era uma construção de fachada lisa e de dois andares. Nada grandioso, nada especial — mas ela me emocionou. Ela dizia: *Eu deveria ser sua.*

Tudo bem, pensei. Pelo menos, isso está claro. É um pouco inconveniente, visto que vivo em outro lugar, mas está bem claro.

A casa tinha longas janelas cerradas no primeiro piso e outras menores no andar de cima. As telhas estavam desbotadas tão sutilmente quanto o estuque, e os dois se combinavam no abandono. Havia feios buracos na cantaria, cicatrizes reveladoras de umidade, telhas faltando e uma planta crescendo na alvenaria, ao lado da chaminé. Mesmo o olhar mais bondoso não poderia ignorar a aparência crua, inacabada, o ar de desespero e indigência.

Benedetta estremeceu.

— É preciso *la passione* para melhorar isso.

A porta da frente precisou de persuasão para ceder.

— *Allora*, força — Benedetta colocou todo o seu peso em cima dela.

A nossa chegada ao vestíbulo foi a deixa para um farfalhar de insetos e o levantar de uma boa quantidade de poeira. Benedetta parecia horrorizada e tomou isso como uma afronta pessoal.

— É pior do que eu pensava. Vou ajudar você a limpar.

— Não, não vai — e passei o braço sobre os seus ombros.

A cozinha estava em condição assustadora, mas o fogão desmantelado era usável e a água saía das torneiras encrostadas de sujeira. Uma mesa de madeira tinha sido liberalmente salpicada, com a cera de uma seqüência de velas, espetadas no gargalo de uma grande garrafa de Chianti, de pé, no centro.

No andar de cima, havia três quartos de dormir e um banheiro, que consistia em pouco mais do que uma bacia e um bueiro aberto no chão. Mas a janela era longa e elegante, do tipo que parecia perfeita, com uma cortina branca de voile. Os dois quartos menores tinham camas, mas estavam cheios de malas vazias e caixas de papelão. O quarto principal dava para o vale.

Olhei avidamente para o céu escaldante, para a linha de colinas como seios arredondados derretendo-se do verde e marrom para o púrpura, para a faixa cinza-esverdeada de oliveiras e, a oeste, para os vinhedos, que desfilavam em linhas paralelas imaculadas pela encosta.

Subi com as minhas malas e coloquei a minha bagagem de mão cuidadosamente sobre a cama.

— Benedetta, vou precisar da sua ajuda — eu disse, retirando a urna com as cinzas de meu pai. — Tenho de encontrar o lugar certo.

— Ah... — ela tocou na tampa. — Alfredo. Sim, temos que pensar. É importante. — Seus dedos demoraram-se um ou dois segundos mais. — Talvez o padre... mas acho que Alfredo preferiria ficar lá fora, na encosta.

— Talvez — eu disse. — Mas precisamos fazer as coisas direito.

Benedetta riu, uma boa gargalhada.

— Ah, Fanny, mas acho que você vai fazer.

Capítulo 19

— Coitada — disse Meg.

Eu havia ligado para dizer que já tinha chegado e dar alguns detalhes sobre o estado da casa. Não adiantava explicar a Meg que o estado da casa era o motivo. O semi-abandono e a sugestão de redenção combinavam com o meu estado de espírito. Não adiantava contar a Meg que a Casa Rosa era o cenário externo perfeito para a curiosa paisagem interior em que me encontrava.

De qualquer modo, não há nada como fugir. Nenhum ponto para esta esposa. *Não* uma leal colaboradora. Mas eu não me importava. Eu me virava de um lado para o outro em uma cama estranha, e no entanto estava perfeita e gloriosamente feliz. Mais tarde, uma luz forte, não-inglesa, vinda da janela não-fechada me acordou logo depois do alvorecer e eu pronunciei em voz alta na fria atmosfera:

— *Sim?*

— Chloe ligou — Meg me informou, finalmente. — Ela esqueceu que você desertou. Conversamos e ela está bem. Sacha conversou muito com ela, também. Na verdade, Sacha está pensando em passar uns tempos com ela.

Como não mordi a isca, Meg deu uma alfinetada como só ela sabia fazer.

— Sabe, Fanny, não *precisava* ter escondido as garrafas de vinho que sobraram do seu almoço com Elaine. Só mostra que você não confia nem um pouco em mim.

Um Eros aos prantos poderia ter-me estimulado a construir uma cidade, mas tratando-se de Meg, desconfio que eu jamais teria ido além do buraco para as fundações. Olhei para cima. Pela soleira da porta, entrando na sala de estar, luz e sol formavam uma poça no chão, e eu pensei: estou aqui e ela está lá.

— Divirta-se, Fanny — ela disse, uma recomendação feita para que me sentisse pior.

Mantive o olhar fixo no sol e na luz.

O telefone estava enfiado em um nicho ao lado da porta de entrada, rodeado de uma platéia de insetos mortos. Joguei-os no chão e liguei para Will. A nossa conversa começou tensa e difícil. Will estava magoado com o modo como eu havia me livrado dele e eu sentia muito — mas não tanto a ponto de mentir.

— Estou *adorando* aqui — eu lhe disse, mas não acrescentei: Gostaria que você estivesse aqui.

— Era disso que eu tinha medo — ele parecia distraído e atipicamente desanimado. — Fanny, fui convidado para falar na televisão sobre planos futuros. Estou indeciso. O que você acha?

— Alguma novidade acontecendo?

— As coisas estão andando. O lobby do carro está saindo do controle. Portanto, o caso é que eu me dano se for, e me dano se não for.

Refletimos sobre o assunto por um ou dois segundos.

— A situação mudou. Tenho uma estranha sensação de que desta vez não vai... dar certo.

Meu corpo irradiava calor, até as pontas das minhas unhas pintadas, e a tristeza de Will era incapaz de me emocionar. Eu estava quase louca com a novidade de não participar. Eu deveria lhe dizer a verdade, "Will estou fora", e confessar uma grande, incômoda aversão pelos vai-e-vens, a hipocrisia e os estratagemas, a camisa-de-força da política em que Will havia se metido?

— Com sinceridade — Will implorou. — O que você acha que devo fazer?

Usei a velha tática:

— O que aconteceu com o homem que dizia que um projeto precisava ser disputado porque isso quereria dizer que ele tinha passado por um teste?

— Talvez eu esteja cansado. Talvez eu não queira mais saber disso.

Eu não era idiota. As dúvidas e os temores de Will podiam ser sinistros, mas ele não havia desistido. Ele ainda estava lá, firme.

— Não vá ao programa — eu disse. — Você vai estar refém da sorte.

— Você acha melhor?

— Acho — falei, com a consciência pesada porque não me interessava o que ele faria.

As paredes externas da casa eram de pedra grossa. Chutei longe as sandálias e, deixando uma trilha de pegadas úmidas no *cotto*, entrei de mansinho na sala de estar, que cheirava levemente a cinza e sândalo. A janela tinha uma vista semelhante à do meu quarto, estendendo-se pelo vale até as montanhas, adiante.

Um par de velhas poltronas ficava de um lado e do outro da lareira e eu imaginei que os ingleses tinham-se sentado ali para meditar sobre os seus planos — *Vamos derrubar uma parede aqui, refazer o reboco ali; podemos pagar por um aquecimento central?*

Cinzas e pontas de cigarro estavam empilhadas na lareira e sobre a mesa havia um vidro de geléia cheio de flores secas. Toquei uma delas, e pétalas secas flutuaram até ao chão.

A cozinha não estava em melhores condições. A parede branca estava manchada e, em alguns lugares, esfregada até a mão de cal original. O teto estava engordurado, e as vigas, escurecidas. Um maço de ervas secas continuava pendurado em um prego torto. Puxei uma cadeira e me sentei, depois me recostei com os braços cruzados e fiz um levantamento da situação.

Se esta cozinha fosse minha, eu gostaria muito dela. (Era eu mesma, pensando isto?) Eu a deixaria cintilando em tons de creme, amarelos e brancos. Eu esfregaria e alvejaria a mesa, colocaria pratos de porcelana azul e branca em um armário e penduraria buquês de ervas frescas.

Em troca, nas noites frias, ela me convidaria a preparar o risoto de cogumelos de Benedetta, arrematado à perfeição com queijo parmesão e manteiga. Nas noites de calor, quando o sol caísse enviesado do céu e o ar estivesse estimulante com o aroma de ervas e frutas cítricas, ela me sugeriria, quem sabe, um frango grelhado com limão. Eu conhecia um lugar, também, onde a redinha com contas de Sra. Scott receberia os elogios merecidos, sobre uma jarra de limonada feita na hora.

Se a Casa Rosa fosse minha casa, eu arrumaria as camas com lençóis de linho e deixaria o chão brilhando com cera de abelha, como as mulheres da família devem ter feito em épocas de prosperidade. Eu plantaria espinafre, acelga e feijões no terreno atrás da casa e colocaria livros na prateleira ao lado do fogo.

Saí para a *loggia*. Coberta com uma trepadeira, ela ficava protegida do sol e eu me sentei em uma cadeira. Ali, eu ficava de costas para Fiertino e, fora a cortina de concreto formada pelas oliveiras na dobra do vale, tinha uma visão de campos abertos, desimpedidos.

O suor se acumulava na base da minha espinha. Uma formiga passeava sobre o meu pé. O calor fazia tremeluzir estrada, casas, campos e árvores. Eu o sentia aquecer meus ossos, minhas veias, minha alma. Ergui um dedo, dei uma pancadinha no braço da cadeira e disse a mim mesma que esse era o único movimento que eu precisava fazer.

O bangalô de Benedetta ficava espremido, junto de mais outros dez, na encosta, por cima da ponte, na parte sul da cidade. Não havia jardim, apenas um canteiro retangular com uma fileira de tomates amarrados em estacas, duas oliveiras e um tanque plástico de óleo verde-escuro. Ela me disse que as casas ficavam no local onde funcionava a velha escola, que, como grande parte do vale, tinha sido destruída pela artilharia pesada quando os aliados empurraram os alemães para o norte.

Fui apresentada à *signora* Berto, irmã de seu falecido marido, uma mulher grande, poucos anos mais velha, com dentes falsos e cabelos pintados de negro. O irmão de Benedetta, Silvio, também marcou presença; ele se sentou e ficou me olhando firme, resoluto, mas era impossível aceitar isso como uma ofensa.

O sotaque da *signora* Berto era difícil e, no início, eu lutei para acompanhar o que ela dizia.

— A sua avó era muito bonita. Corajosa também. Ela trabalhava nos campos, mesmo quando havia tiroteio, para trazer a colheita quando não tinha mais ninguém para fazer isso.

Corei de orgulho.

— Minha avó fazia isso? Meu pai nunca me contou.

— Ele era só um menino. Crianças não sabiam de tudo. Nós tínhamos o cuidado de esconder algumas coisas delas.

Minha avó. Rolei as palavras sobre a língua. Desviando-se das minas, conduzindo bois, abaixando-se para se proteger quando o bombardeio era pesado. Guardar a família, eu sussurrei para a sombra de meu pai — o que significava preservar a memória como tudo mais.

A cozinha de Benedetta era minúscula e apinhada de quadros religiosos, revistas de igreja, jornais e tomates empilhados em travessas. Grandes, vermelhos e gordos. Uma mesa revestida de fórmica ocupava a maior parte do espaço, mas nós nos esprememos a sua volta e comemos o famoso *spaghetti com verdura de Benedetta* e vitela frita na manteiga com sálvia.

O vale estava mudando, eles me contaram. Por exemplo, as oliveiras eram um grande negócio agora, e todos corriam para pedir subsídios. Outro exemplo era que os ingleses tinham invadido, apoderam-se de celeiros e casas, como se não houvesse amanhã.

— Não importa — disse Silvio, que estava trabalhando em várias reformas. — Os ingleses ficam com os problemas e pagam as contas. Nós temos os empregos.

Eu lhes disse que pretendia caminhar pelas montanhas de manhã cedo, e a *signora* Berto ficou assustada.

— Vá bem agasalhada — ela falou. — Pode pegar um resfriado.

A temperatura naquela cozinha minúscula devia ser de uns 26 graus, no mínimo. Eu tentei ver a expressão de Benedetta, mas ela concordou com a cunhada.

— Pode pegar emprestado o meu xale. — Ela bateu de leve no meu braço. — Amanhã eu te mostrarei.

Ela cumpriu a palavra. Falando sem parar, ela me guiou com muita prática por entre a igreja com seus afrescos do século XV, a *piazza* com sua colunata de pedra entalhada e sua fonte, e a pedra com correntes onde as caravanas de mercadores costumavam parar e prender seus cavalos. Benedetta apresentou-me à *signora* que dirigia a sua loja preferida, que vendia rosários e cartões de oração, e ao mini-supermercado, sortido com azeite de oliva local, tubos de *pesto* com alho, tomates secos e caixas de chocolates Baci fora da validade, e às delicatesses, que vendiam corações de alcachofra em garrafas e mortadelas do tamanho de um prato de sobremesa.

Depois, seguimos de carro pelo vale debaixo de um sol quente, luminoso.

— Aqui — ela falou por fim, enquanto eu guiava o carro por uma avenida de carvalhos. — Ali está a *fattoria* onde os Battista moravam.

O calor açoitou a minha pele quando saí do carro. *"A* fattoria *era antiga, muito antiga"*, meu pai tinha me dito, *"e os tijolos tinham a cor mais suave que você possa imaginar. Eu tinha um jardim com uma estátua e um labirinto de buxo. Eu achava o lugar mais bonito do mundo."*

— Não compreendo, Benedetta — falei, tentando entender um prédio de concreto, desproporcional, mesquinho. Cortinas de renda encardidas pendiam das janelas; não havia jardim, e os anexos eram do mesmo material pré-fabricado.

Ela evitou o meu olhar.

— Seu pai não falou que a casa velha foi destruída pela guerra?

— Não, não falou.

— *Santa Patata* — ela disse constrangida. — Que besteira a dele.

— Acho que ele preferia lembrar dela como ela era.

O sol avermelhava a minha pele enquanto eu caminhava ao redor da casa, considerando a diferença entre o que eu tinha imaginado e a realidade.

— Não deveríamos ter vindo... — Benedetta disse.

De certa forma, talvez ela estivesse certa. Mas, por outro lado, eu precisava descobrir o que era verdade, e o que não era. Refazendo os meus passos, meu olho foi atraído por vestígios de um arco de pedra que havia sido incorporado à parede de concreto — um gracioso eco do que se perdera.

Mostrei-o a Benedetta, que se abanou com violência.

— As bombas — falou. — Muito ruim.

Entramos no carro e voltamos para Fiertino. Um pouco depois, perguntei a Benedetta:

— Acha que seria possível eu continuar na Casa Rosa? Posso alugá-la por um mês?

Benedetta abriu um largo sorriso.

— Vamos telefonar agora mesmo.

Tentei explicar a Will que tinha me apaixonado pela Casa Rosa e mostrar — delicadamente — que umas férias seriam boas, talvez para nós dois.

— Você deve ter razão — ele concordou —, mas... Fanny... existe alguma coisa que eu não esteja sabendo, alguma coisa sobre a qual devamos conversar?

— Sinto muito. Sei que vai ser um grande inconveniente.

— Não estou entendendo bem.

— Tente.

— Por que agora? Você pode voltar a qualquer hora.

Senti como se estivéssemos em extremidades opostas de uma grande sala, esforçando-nos para nos fazermos ouvir, mas eu não iria sair do lugar.

— O que essa casa tem de tão maravilhoso?

— Vou levar fotografias para lhe mostrar.

— Conferi com Mannochie. Tem umas coisas de que você realmente deveria participar.

— Mannochie não desiste? Peça a Meg para me substituir. Ela vai gostar.

Ele pareceu duvidar.

— Não é o ideal.

— É a primeira vez, Will.

Fez-se um silêncio desconfortável.

— Fanny, estou perdendo você?

Então, aí eu me senti culpada, e a culpa, em geral, conseguia me fazer perder a paciência.

— Will — sibilei ao telefone — Eu cuidei de Chloe, dirigi a sua casa e... agüentei Meg. Passei sorrindo por intermináveis funções de caridade, milhares de jantares, chás, reuniões e malditas entrevistas que não acabavam mais. Desisti de um emprego que adorava, sem falar do meu tempo, dos meus finais de semana e grande parte da minha vida. Tudo que estou pedindo são algumas semanas de folga. Meu pai morreu e eu quero pensar nele. Eu preciso pensar nele. Estou cansada e triste. Estou sentindo falta da nossa filha.

Escutei o estalido de um isqueiro.

— Não sabia que você se sentia assim.

— Bem, agora sabe.

Quando eu tinha 14 anos, o dentista retirou o aparelho dos meus dentes. Durante anos, era o que parecia, minha boca suportara o peso do metal e todos os dias as bordas afiadas criavam uma úlcera em uma outra área da gengiva. Sorrir tinha sido doloroso e nunca, por um minuto, eu me esquecia de que estava feia e esquisita. Assim que me vi livre dessa tortura, foi como experimentar uma leveza milagrosa na minha boca.

Desliguei o telefone, para reviver essa milagrosa sensação de estar sendo transportada pelo ar de pura liberdade.

Claro que eu estava triste, mas a tristeza estava tomando novos rumos — e sentir tristeza fazia parte de estar intensamente viva. Eu sentava nas escadas da Casa Rosa, apoiava o queixo nas mãos e pensava. Quantas vezes temos tempo de vasculhar nossos eus secretos e trazê-los à luz? De examinar e dizer, com encantado reconhecimento: "Então, é assim que eu sou? Isto é o que eu poderia ser? Isto é para onde eu vou?."

Eu ficava muito tempo na escada, respirando o ar da casa, respirando em paz, tranqüila... eu.

Eu havia trazido os meus livros sobre vinhos e embarquei em um programa de estudos. Imergi na história local. Li sobre as guerras púnicas, e sobre os bosques de castanheiros que haviam fornecido a madeira para os galeões romanos. Sobre os papas de passagem, as guerras civis, e o caminho dos peregrinos — a *via franciscana* — que ligava Fiertino a toda a Europa.

No frio do início da manhã, eu caminhava pelas montanhas até saber que Benedetta estaria esperando para me servir o café. À noite, eu passeava pela estrada ainda pulsando com o calor do dia, com as cigarras cantando estridentes e comia no Angelo's, na *piazza*.

Depois, explorava a cidade, mergulhando na rede barulhenta de ruas e casas onde passado e presente confundiam-se lado a lado. Na igreja, vitrais modernos assentavam-se desconfortavelmente na cantaria do século XV e eu ia procurar os afrescos da parede norte, que eram famosos e motivo de discussões entre os historiadores da arte.

Mas, se eu esperava o cintilante e gentil Cristo de Bellini, ou a Divindade solidamente tranqüilizadora de Massaccio, eu não poderia estar mais enganada. As pinturas retratavam o humano pecador à mercê de paixões violentas. Um caldeirão cozinhava um homem rico e sua esposa. Um anjo implacável espetava com uma lança um homem em óbvio estado de luxúria. Mulheres nuas, gritando, aglomeravam-se em segundo plano. Corpos de crianças e bebês espalhavam-se sobre a terra. Um segundo anjo descia, com a espada na mão, sobre um padre fujão. Por trás das cenas de punição, esta paisagem de terror, um deserto inexorável estendia-se até o infinito.

Um cartaz na parede informava ao leitor que os afrescos, pintados na época em que uma praga assolava a região, "retratam o desgosto de Deus com o eterno estado de pecador do homem".

Saí para a luz do sol, sem pressa de voltar.

Gulosa por cada nuance, por cada detalhe, eu absorvia as formas e sensações daquela paisagem. Eram estranhas para mim e, no entanto, bastava apenas um truque de luz, o vislumbre de um prédio com o canto dos meus olhos, ou um fragmento de canção, e uma persiana em minha mente se fechava... e eu estava na cama em Ember House, escorregando cada vez mais fundo no sono que caía sobre mim, ao som da voz de meu pai.

Antigamente, Benedetta me contou, as mulheres batiam a roupa que lavavam na pedra chata ao lado da ponte. No dia de Santo Antônio, os homens levavam feno à igreja e pediam à estátua do santo que suas plantações produzissem, e que a rosa toscana perpétua, *le rose d'ogni mese*, florisse livre por toda a parte.

— Não é assim agora — ela falou. — Obviamente.

No átrio da igreja, rodeadas de ciprestes, jaziam gerações da família Battista, a minha família. Elas tinham nomes como Giovanni, Maria Theresa, Carolina, Bruno e eu os anotei no meu caderno.

A semana passou.

Uma manhã, eu me sentei para descansar na encosta sobre a Casa Rosa. O sol me deixava sonolenta. Fechei os olhos e escutei meu pai. *Era uma vez uma família que morava em uma grande casa de fazenda.*

Abri os olhos. Pela primeira vez, notei uma fileira de postes, que marchavam através de fazendas, abriam-se em leque pelo vale, depois continuavam ao longe. A névoa do calor tremeluzia sobre a casa, dando-lhe uma característica trêmula, insubstancial. Eu temia que, se estendesse a mão para tocá-la, ela desaparecesse.

Ia ser mais um dia escaldante.

Esfreguei um raminho de tomilho entre os dedos e cheirei. Vi um carro passando, lentamente, pela estrada e parando em frente à Casa Rosa.

Capítulo 20

QUANDO DEI À LUZ Chloe, Elaine me deu as suas roupinhas de bebê antigas. *Uma boa quantidade, para dar o pontapé inicial*, ela falou. Estavam um pouco usadas e duras das constantes lavagens. A bainha de um vestidinho precisava ser consertada, faltava um botão em um macacão. Mas eu adorei esse testemunho de suas vidas anteriores. Ao dá-las, Elaine havia me aceito no trem de peregrinos doméstico. Com o tempo, eu as passei adiante de novo.

Ocorreu-me, na época, que, de um modo ou de outro, o passado tem um jeito de manter o ritmo. Ou, melhor, ele conserva os seus ganchos bem cravados no presente.

Raoul, apresentando-se na porta da minha casa, vinha, definitivamente, do passado. Ele não deu muitas explicações, dizendo apenas que ele e Thérèse estavam em Roma, procurando casa. Thérèse voltara à França e ele tinha ficado.

— Portanto, aqui estou eu, Fanny.

Ele havia mudado muito pouco com o passar dos anos, exceto por ter ficado — naturalmente — mais seguro; ele cabia, como dizem os franceses, na sua pele. Mais sofisticado, mais experiente. Ele sempre se vestira bem e cuidara da aparência, mas nunca em detrimento das coisas importantes.

— Estou tão contente em ver você — eu o beijei no rosto.

— Vou levar você para almoçar — ele disse. — Vamos comer em um hotel que pertence a um amigo meu.

Fomos de carro até Montepulciano. Raoul falava com conhecimento sobre o vinho, a sua história e, o que é mais importante, o seu futuro. O hotel era uma casa modesta enfiada na aldeia de Chianciano.

— Não se engane com os guardanapos de papel — disse Raoul, enquanto nos faziam entrar em uma sala cheia de gente comendo. — Este lugar é uma lenda local.

Ficamos agradavelmente excitados com o cardápio, mas não houve dúvida quanto à escolha do vinho. Pedimos um Prosecco com a salada de rúcula e votamos por um Brunello de Montalcino cor de rubi, de 1993, para acompanhar a nossa torta de cebolas. Era complexo e quase impecável.

— O fruto de um perfeccionista — eu disse, depois do primeiro gole.

— Mas é claro — Raoul falou. — Ele ousa em tudo, espera até o último momento do amadurecimento antes de colher.

Com os narizes nas nossas taças de vinho, fizemos uma pausa. Eu aspirava verão e frutas, sol e névoa — uma troca preguiçosa, cheia de volúpia — e procurava as palavras para descrevê-lo com precisão.

Havia uma preocupação familiar no olhar de Raoul.

— Você não perdeu o seu gosto pelo negócio.

Balancei a cabeça e sorri:

— Sou a filha de meu pai.

— É impossível prever o que os elementos e o homem podem fazer juntos. Às vezes... o pior. Às vezes, mágica.

Eu apoiei a taça na mesa.

— Não acho que busquemos sempre a mágica.

Ele franziu, muito de leve, a testa.

— Acho que é a mudança que queremos... diversidade. Um jeito diferente de olhar para as coisas. — Eu me peguei contando-lhe a respeito de Meg e de alguns dos momentos mais difíceis em Stanwinton. O sol e o vinho estavam soltando a minha língua e isso não era desagradável. — Certa vez ela me disse que tinha raiva de mim porque eu sabia quando parar...

— Sorte sua. Saber quando parar é um dos segredos da sobrevivência, Fanny. E saber quando não parar. Por falar nisso, conte-me sobre a Battista's Fine Wines. O que pretende fazer?

— Ainda não conversei com Will. O assistente de papai está cuidando de tudo, por enquanto, mas quando eu voltar... — olhei para Raoul do outro lado da mesa. — Não posso abandonar o seu negócio.

— Você está se sentindo melhor? — ele perguntou, com cuidado.

Levei um segundo ou dois para responder.

— Você tinha razão em certo sentido, Raoul: não há tanta coisa de meu pai em Fiertino quanto eu tinha imaginado. Eu o tinha inteiro em casa. Contudo, acho que há muito de mim mesma. Estou começando a me sentir muito mais feliz e em paz.

— Nem todos podem dizer isso quando viajam para o exterior. A maioria descobre insetos na cama, azia e uma dose extra de mau-humor. Sabe, Fanny, pensei muitas vezes...

— O quê?

— Seu pai... — ele se debruçou na minha direção. — Desculpe se estou me metendo onde não devo, mas ele queria, realmente, voltar a Fiertino? Afinal de contas, ele poderia ter feito isso tantas vezes. — Raoul encolheu os ombros. — Ele tinha idéias tão firmes... e os lugares mudam. Eles não ficam parados, e seu pai era um homem inteligente, ele sabia. Não era uma atitude realista voltar e esperar que as coisas continuassem as mesmas.

— Talvez — eu disse. — Talvez você tenha razão. — Mudei de assunto. — Como está a sua família?

Raoul entendeu.

— Ficando mais velha, mas não há nada de extraordinário nisso.

— E Thérèse?

Ele fez uma careta:

— Ela não imagina que eu tenha vindo ver você. Não é uma posição boa, mas é isso. Eu não pretendia vir, de fato mas... bem, como está vendo, estou aqui.

Ele dava a impressão de ter cruzado uma espécie de rubicão mental. Baixei os olhos para a minha taça.

— Não deve mentir por minha causa.

— Isso é tão inglês.

— E o que significa ser inglês?

— Nunca esquecer as boas maneiras.

Comecei a rir.

— Eu sempre fui muito bem-comportada?

— Isso mesmo. Não reconhecendo que há mais coisas a serem ditas. E nós tivemos um bom tempo para pensar.

O sangue me subiu ao rosto e, vendo isso, Raoul pegou a minha mão.

— Não vou me aproveitar da situação, Fanny. Nós nos conhecemos bem demais para isso.

Agora eu tremia — surpresa por estar recebendo uma cantada, e achando delicioso.

Deixei que a minha mão continuasse descansando na sua.

— Tenho sido fiel a Will.

— Desconfiei que seria assim. E eu a Thérèse. — Ele serviu a última taça de Brunello — Alguns de meus amigos consideram os seus... episódios.. mais ou menos como degustar vinhos. Você prova, saboreia, mas não leva a garrafa para casa. — ele empurrou uma taça na minha direção. — Não é o meu estilo.

O garçom retirou os nossos pratos e os substituiu por ricota fresca, uma tigela de cerejas e um prato de minúsculos bolinhos de amêndoas destinados a quebrar as mais resistentes defesas.

— Sempre tive vergonha do modo como... como lidei mal com as coisas quando...

Escolhi um bolo e dei uma mordida nele.

— Não fui muito gentil com você.

O prato tinha uma borda em um tom de azul desbotado e branco — exatamente o que eu teria escolhido para a cozinha da Casa Rosa.

— Eu era apenas uma menina — disse, tentando colocar esta parte do meu passado em seu devido lugar. — Eu não compreendi. Eu era curiosa e, na hora, fiquei ofendida, porque não compreendi. Espero que tenha me perdoado.

— Eu sei. Claro que sei.

Tracei o desenho em azul e branco com o meu dedo.

— Raoul, o que você considera mais vital ao julgar — levantei os olhos e sorri — um vinho?

— Você me diz.

Eu fiquei matutando.

— Você precisa de independência. Você precisa de coragem, é claro, para avaliar a garrafa e não a proveniência ou o pedigree. Talvez seja isto: você só precisa ousar.

— Experiência ajuda, eu lhe garanto.

Engoli o último pedaço de bolo de amêndoas e olhei de novo em seus olhos.

Vi Liz só uma vez, em uma festa infantil que aconteceu na Câmara. Eu estava limpando o rosto de Chloe, estampado de chocolate, com um guardanapo de papel, quando olhei para cima e lá estava ela. Eu soube que era ela porque alguém chamou o seu nome.

Ela não percebeu a minha presença, o que me deixou em vantagem e me permitiu restabelecer o equilíbrio e me recuperar da surpresa. Pois Liz não tinha nada de especial em termos de beleza. Estava vestida com uma saia de veludo cotelê verde e uma suéter preta, com os cabelos puxados para trás em um rabo-de-cavalo. Tinha, no entanto, um corpo excelente, com quadris arredondados que deviam atrair os homens. Ela falava com duas outras esposas e apertava contra o peito um maço de anotações.

— Você está me machucando, mamãe. — Chloe se contorceu para se livrar de mim e, na mesma hora, caiu.

Eu me debrucei para tranquilizá-la. Chloe se enroscou em mim e eu a levantei, apoiando-a no quadril. Nesse momento, Liz se virou e me viu. Ficou pálida e, em questão de segundos, saía da sala.

Chloe implorou por um beijo e eu lhe dei, com mais amor do que posso descrever.

Não tenho idéia do que Liz entendeu daquele encontro, mas posso imaginar, um pouco, o que ela sentiu. Ela *jamais* adivinharia a minha reação. Eu não a odiava, nem a desprezava por escolher Will (afinal de contas, eu o havia escolhido, do mesmo modo). Essas emoções eram redundantes. Não, o que me intrigava era perceber que Liz tinha sido instrumental para aproximar Will e eu mais ainda. Ela me mostrou que, de uma vez por todas, eu havia deixado a sociedade das moças solteiras, à qual ela pertencia. A curva dos meus quadris não era mais um convite para os outros homens, pois agora uma criança sentava-se nela. Um novo conjunto de modelos tinha substituído o antigo. Ao contrário de Liz, se eu deixasse uma sala, não era mais um gesto isolado. Tudo, *tudo* que eu fizesse estava relacionado a Will e Chloe.

Raoul tinha negócios em Pienza, então me levou de volta para a Casa Rosa e combinamos de nos encontrar no dia seguinte.

Sentei-me, para anotar as minhas observações sobre os vinhos. "O Brunello..." A minha caneta parou, no meio da frase.

Se eu não tivesse dispensado Raoul tantos anos antes, como teria sido a minha vida? Se eu não tivesse ficado tão miseravelmente confusa e constrangida, aterrorizada, com aquele episódio na casa da árvore, então... talvez eu tivesse sido Thérèse, bem penteada e imaculada, abrigada e protegida pela sofisticada estrutura da existência Villeneuve?

— Por que não ligou? — Will perguntou abruptamente quando telefonou.

Este era o momento de dizer: *Adivinhe quem apareceu. Raoul. Por acaso, estava na área.*

— Estive muito ocupada.

— Fazendo o quê?

— Caminhando, sonhando. Você sabe...

— Fanny, você não me avisou... o que eu quero dizer é que parece que eu acordei e descobri que vivi todo esse tempo com uma pessoa que eu não conhecia.

— Will, pelos meus cálculos, eu passei aproximadamente cinco mil, setecentos e quarenta e cinco dias da minha vida trabalhando para você. Baseando-me na hipótese de um compromisso por dia do nosso casamento, menos duzentos e sessenta e seis para parto e feriados.

— Tanto assim? — ele disse. — O tempo não voa quando a gente está se divertindo?

Explodi numa gargalhada.

— Assim está melhor — ele falou.

Benedetta parecia cansada e desanimada no café-da-manhã. Eu estaria sendo um peso? Ela não quis aceitar isso.

— Não, não, Fanny. É o meu filho em Milão. Estou preocupada porque ele gasta demais. Não economiza. Eu lhe digo que venha para casa. Eu lhe digo que ele precisa de sua mama — ela estendeu as mãos abertas. — Ele concorda que deve vir para casa, para sua mama. Mas como fazer isso?

Eu me sentei à mesa, bebi café e comi pão com geléia de abricó. O sol brilhava através da janela e inundava uma madona na parede e o conjunto de panelas bem usadas nas prateleiras.

Benedetta, como a *fattoria* foi destruída?

Ela cruzou as mãos sobre a mesa.

— Você não quer saber.

— Conte-me.

Ela ficou de pé.

— Preciso cuidar dos tomates.

Eu a segui até o jardinzinho. Eram nove horas, mas o sol já era uma furadeira elétrica. Benedetta cuidou das treliças de tomates e podou os galhos guia.

— Lucilla...

— Lucilla?

— Lucilla era irmã da sua avó — ela explicou.

— Ah — eu disse. — Papai mencionou o seu nome uma vez, mas não explicou quando lhe perguntei quem ela era.

— Talvez não pudesse. Foi... é difícil. — Ela remexeu em um pé de tomates, que tinha um traço de cochonilha. — Aos 14 anos, Lucilla casou-se com um fascista e foi morar em Roma. Eu ainda era pequena, mas sei que as pessoas não gostaram disso... Os fascistas obrigavam as pessoas a se alistarem como voluntárias para lutar, e mandavam vir gente de Roma para executar a ordem. Espancavam os homens se eles se recusassem e os colocavam na prisão. Lucilla veio um dia com o marido, e nós, crianças, fomos proibidas de chegar perto dela. Eu me lembro de correr pela estrada com meu irmão, e ver Lucilla de pé do lado de fora da *fattoria*, chorando e chorando. No final, o marido a colocou de volta no carro e foram embora.

Ela colheu dois tomates gorduchos e me deu um.

— Prova.

Tinha gosto de sol e especiaria.

— Nunca mais voltaram?

— Voltaram. Lá pelo final. Sua avó já tinha ido com seu pai para a Inglaterra. Os alemães estavam explodindo as estradas para dificultar a passagem dos aliados, e armavam emboscadas por toda a parte. Muitas casas foram danificadas. Lucilla e o marido voltaram; acho que ela não sabia mais o que fazer. Desta vez, ela dirigia o carro. Ele estava sentado no banco de trás, muito pálido, muito gordo, abraçado a uma garrafa de conhaque. Ela o ajudou a descer, levou-o para dentro da *fattoria* para implorar ajuda à sua avó. Não sabia que ela já havia partido. — Benedetta abanava o pescoço onde o suor brilhava nas dobras. — À noite, nós nos reuníamos em uma casa segura, mas nunca duas vezes seguidas no mesmo lugar.

Meu pai tinha me contado algumas dessas histórias. Tinha descrito como as mulheres empilhavam provisões dentro dos carrinhos de bebê e as levavam para casas seguras. Como elas escondiam presunto, queijo, frangos e azeite. Como todos acabaram se acostumando a segredos. Transportando-os. Armazenando-os. Usando-os como moeda de sobrevivência.

— Ninguém queria dizer a Lucilla onde era a casa segura.

Benedetta ergueu a tigela com seus tomates colhidos. Parecia aflita e agitada, e eu me apressei a lhe dizer que não precisava continuar se não quisesse.

Ela me ignorou.

— No final, não foram os alemães... os guerrilheiros desceram das montanhas e exigiram que lhes disséssemos onde estava o marido de Lucilla. Todos ficaram calados porque, não importava que pecado ela tivesse cometido, Lucilla ainda era uma de nós.

— E?

O rosto de Benedetta brilhava de suor.

— A *fattoria*. Não foram as bombas — ela disse, os olhos arregalados com a angústia da confissão. — Fui eu. Eu ouvi o chefe dos guerrilheiros perguntar: "Onde está este homem?" E corri para ele: "Eu sei, eu sei", eu gritei, "*na fattoria*".

De volta à cozinha, Benedetta parou em frente ao quadro da madona e fez o sinal-da-cruz.

— Aprendi que se deve sempre dizer a verdade. Quando vimos, a *fattoria* estava em chamas... e eles já deveriam estar... — A pausa pareceu de uma hora. — Lucilla foi uma boa esposa, fiel até a morte.

Subi a pé até o cemitério na encosta do lado de fora da cidade. As lápides e sarcófagos eram uma mistura extravagante de mármores coloridos, pedras brancas e flores de plástico. Levei um tempo para localizar o túmulo de Lucilla. Não estava enterrada junto aos outros Battista. Tinha sido colocada na borda extrema do cemitério, no canto norte. Sua lápide era pobre, a sua inscrição concisa: LUCILLA BATTISTA. NASCIDA EM 1919. FALECIDA EM 1944. Nenhuma menção ao seu nome de casada, ou ao seu gordo e pálido marido, e nenhum sinal do local do seu último descanso.

Peguei o carro e dirigi até Tarquinia no calor do dia e comprei um bilhete e um livro guia para o *palazzo* do século XV, onde estavam guardados os artefatos etruscos. Lá dentro, andei de um lado para o outro pela galeria. O *palazzo* estava bem conservado. Ouvia-se um cravo tocando em todas as salas. Os pisos de mármore transpiravam frescura e as salas eram sombreadas por cortinas de seda verde. Eu admirei um par de cavalos alados de terracota, um lindo espelho de bronze sustentado por Afrodite, e uma estátua de Hércules domando os cavalos de Diomedes.

Ao ver, reconheci logo.

Por trás da última vitrine, iluminado com perícia, estava o entalhe funerário de um túmulo etrusco. Era composto de um divã, sobre o qual havia sido jogado um pano enfeitado com borlas. Estendidas sobre ele estavam duas figuras: um homem e uma mulher. Ela era jovem, seus olhos enormes tinham sido pintados um dia, e o traço de um sorriso pairava enigmaticamente em seus lábios de pedra. Ele tinha uma barba cacheada e o braço ao redor dos ombros dela. Ele sorria, também. A inscrição dizia: CASAL DE CÔNJUGES, SÉCULO V A.C.

Mas eu já sabia disto, pela fotografia do meu pai.

Consultei o meu guia. "Os etruscos habitaram e cultivaram a *opulenta arva Etruriae*, os campos férteis onde plantavam trigo e uvas. Pensa-se que, no final, a abundância foi a causa da sua decadência."

Estendi a mão e toquei no peitoril de mármore sob a janela.

"As mulheres etruscas", continuava o guia, "gozavam de liberdade para sair, participar de banquetes e beber vinho. Os etruscos honravam suas esposas e procuravam a sua companhia".

Levantei a cabeça do texto. A última frase já estava impressa na minha mente. "E eles não as dividiam com outros homens."

Capítulo 21

— NÃO FAÇA ISTO, Jake — disse Elaine.

O filho de 7 anos franziu o lábio inferior e continuou ignorando a pilha de papel que eu havia providenciado e rabiscando toda a minha toalha de mesa de plástico com sua caneta hidrocor.

— Não consigo entender o que deu nele hoje — disse a mãe, arrancando a caneta da mão do menino.

Apanhado de surpresa, Jake abriu a boca e caiu no berreiro. Elaine mandou que ele parasse — rápido — senão ficaria sem biscoito de chocolate na hora do chá. Jake jogou-se no chão, rolando de um lado para o outro e berrava tão alto que até Sophie, que tinha preferido se retrair do convívio com os adultos para um esplêndido isolamento, foi obrigada a olhar.

Elaine deu um ligeiro tapa no traseiro de Jake.

— Pára com isto. *Já.*

Jake entendeu o gesto como o sinal para iniciar uma batalha campal. Cinco minutos depois os berros e rolamentos pararam porque ele estava — temporariamente — exausto. Elaine levantou-o do chão e enganchou-o no joelho.

— Desculpe. Desculpe pela toalha de mesa.

Eu examinei os danos.

— Citando o meu querido pai: "Veja por este lado, é lavável."

Uma gritaria agora se ouvia vinda do jardim. Chloe, com 6 anos de idade, estava sendo perseguida por Gordon, o irmão mais velho de Jake. Enquanto Sophie, a mais velha de Elaine, que tinha chegado ao auge da adolescência, continuava encurvada sobre uma pilha de revistas e aumentava o volume do seu toca-fitas. Sophie não gostava de conversas. Ao chegar, colocou logo os fones de ouvido e se refugiou neles.

Jake choramingou e Elaine lhe deu um sermão em voz baixa.

— Você não deve fazer isso com a toalha de mesa de Fanny.

O seu lábio inferior tremia.

— Vai brincar com Chloe, Jake. — Elaine o empurrou para fora do seu joelho, e Jake não esperou mais instruções. Partiu como um foguete.

Eu servi Elaine de mais café.

— Você está fazendo um trabalho magnífico, menina.

Ela aninhou a xícara entre as mãos.

— Todos os dias, meus filhos me lembram de que os seres humanos são, basicamente, animais não civilizados, enraivecidos, e que é uma sorte para eles e para o mundo que pessoas como você e eu aceitem o cargo de domadores de leões. Pergunte a si mesma, Fanny, como as coisas funcionariam sem a gente?

Eu olhei pela janela. Jake, agora, estava correndo pelo gramado atrás de Chloe, seguido de perto por Gordon, que brandia uma espada de plástico e gritava.

Isto foi acompanhado pelo som de um corpo batendo contra algo sólido — possivelmente a cabana do jardim — seguido de um grito.

— Você ou eu? — perguntei a Elaine.

— Eu — ela correu para a porta dos fundos e podia agora ser ouvida ralhando com Gordon por ter intencionalmente obstruído a passagem do irmão.

Eu me virei para Sophie:

— Está lendo alguma coisa interessante?

Ela marcou com o dedo o lugar onde estava em um artigo com o título: Como Fazer os Garotos Pararem e Prestarem Atenção.

— Sim — ela respondeu.

— Quer me ajudar a preparar o almoço?

Ela fechou a revista com um ar de "como os adultos são chatos".

— O que você quer que eu faça?

— Pode abrir a lata de atum enquanto eu preparo a salada para o almoço?

Retirei dois ovos cozidos de uma tigela de água fria e os quebrei. Não eram tão frescos como deveriam, pois as cascas teimavam em não sair e pequenos fragmentos grudaram nos meus dedos.

Sophie tinha aberto metade da lata e parou.

— Tia Fanny, este atum foi apanhado em redes apropriadas para golfinhos?

— Não sei, Sophie. Não verifiquei isso.

Ela largou o abridor de latas.

— Você se importa se eu não tocar nele, então? É contra os meus princípios.

Fiquei curiosa.

— Você é sempre assim tão cuidadosa com o tipo de comida que come?

Ela sacudiu os ombros:

— Somos tão cruéis com os animais e os adultos não se importam.

Seu rostinho estava irado.

— Já falou com seu pai sobre isso?

Ela sacudiu os ombros novamente:

— Que pai?

Por um momento pensei que ela iria chorar.

Relatei esta conversa a Elaine cujo rosto ficou sombrio.

— Esse homem... — supus que ela falasse de Neil — não veio para casa no último final de semana. Disse que tinha reuniões. — Ela fez uma pausa. — Não sei o que ele pensa. Acho que é melhor não perguntar. — Ela suspirou. — Eu não a avisei? Estamos sozinhas, Fanny.

Depois de dar almoço às crianças — Sophie fez questão de deixar o atum de lado em seu prato — mandamos as crianças para o jardim, e Elaine e eu nos sentamos no banco e conversamos. Ao longe, as gralhas rodopiavam pelas árvores.

— Pelo menos é tranqüilo aqui — ela falou. — Você tem sorte.

Eu apontei para os campos ao norte onde os construtores já estavam marcando as fundações para a construção de novas casas.

— Não por muito tempo.

Depois de um chá mais tarde, Elaine reuniu as crianças e colocou-as dentro do carro.

Ao subir para o assento do motorista, ela disse:

— Eu ainda amo o cara, tudo bem, mas para ser sincera, é uma confusão quando ele *volta* para casa. Todas as rotinas saem dos eixos. Mesmo assim... — ela olhou para Sophie. — Preciso arranjar umas palavras para falar das responsabilidades dele com relação à filha.

Despedi-me dela e apanhei uma Chloe cansada e nitidamente arranhada. Dei-lhe um banho e li para ela um bom pedaço de *Uma casa na campina*. Tínhamos chegado à parte em que Laura e seus pais se despedem dos parentes e do lar, e assumem o grande risco de viajar para o oeste e começar uma vida melhor.

Os olhos de Chloe encheram-se de lágrimas ao pensar nos gatos e cachorros que iriam ficar para trás. Eu lhe garanti que quando a família encontrasse uma nova casa, teria muitos outros gatos e cachorros.

Brincamos de adivinhar os nomes destes gatos e cachorros.

— Se houve um cachorro Papai — ela disse —, eu o chamaria de Will.

— Claro que chamaria, querida — eu falei. — É o melhor nome para um cachorro Papai.

Desci a escada e fui para o jardim. Era hora do porquinho-da-índia de Chloe — presente de aniversário — ir para a cama, também. Cocoa pensava diferente e saiu correndo até que eu a encurralei. Eu a peguei, e ela ficou quietinha. Eu acariciei o seu narizinho peludo e conversei com ela. Seus olhos brilhantes me olharam como inimiga e como amiga ao mesmo tempo.

De volta a cozinha, esfreguei com raiva a toalha de mesa.

— Diabos — eu disse.

Abri a torneira da pia e lavei os detritos do dia, antes de atacar a sala de estar onde Chloe, Gordon e Jake tinham travado a batalha dos Klingtons, que talvez não tivesse sido tão ruim se não estivessem com os pés sujos de lama. Eu me ajoelhei e recolhi os torrões de barro, que se esfarelaram na minha mão.

Verifiquei as horas no relógio sobre a lareira. Will tinha prometido estar em casa a esta hora.

Liguei o rádio, para escutar as notícias e saber se havia alguma crise, ou debate de emergência. Mas a bateria estava fraca, e eu tinha esquecido de comprar outra. O rádio estalava. "Diabos, diabos, você também", eu gritei para ele.

Terminei de escovar a lama, afofei as almofadas, fechei as cortinas. Eram as minhas tarefas normais e um verdadeiro exílio da turbulência e da confusão do dia.

Conferi as horas no meu relógio.

Resolvi tomar um banho. Subi a escada, parando no patamar, para olhar pela janela. Em breve novas casas surgiriam naquela que tinha sido uma vista confiável, embora monótona, de terras plantadas.

Will chegou em casa depois do horário prometido. Escutei o carro entrando pelo portão e um sentimento duro, feio, instalou-se no meu peito. Era tarde demais. Eu tinha jantado em frente à televisão e raspado o prato dele para dentro da lixeira. A notícia principal mostrava o primeiro-ministro entrando no endereço da Downing Street, rodeado por um séquito que incluía duas moças bonitas.

Senti frio e enjôo.

Ele entrou na sala, trazendo para a casa tranqüila os ecos revigorantes de um lugar mais agitado, mais importante.

— Alô — eu disse.

— Querida. — Ele me deu um beijo sonoro. — Como está?

Ele se jogou em cima de uma cadeira e, imediatamente, estava de pé de novo.

— Preciso fazer exercício. Fico sentado durante muito tempo. Este tem sido um trabalho demorado... emendas sem fim e futilidades... você pensaria que um projeto de lei, que tenta proteger as crianças passaria tranqüilamente, mas não: há sempre alguém para fazer objeções.

Ele continuou falando, depois parou:

— Você está muito calada. Tem alguma coisa errada?

Eu disse, furiosa:

— Recebi uma última notificação pelo correio, esta manhã, para pagar a conta do telefone. Eu a entreguei a você, e você ia pagá-la.

— Só isso? Desculpe, querida, prometo que amanhã eu a pagarei.

— Quantas outras contas não foram pagas?

Ele olhou espantado:

— Nenhuma, que eu saiba.

— Aposto. Aposto que tem uma pilha crescendo por aí, com a qual você não pode se *incomodar* porque está ocupado demais com coisas importantes, como governar o mundo.

— Me diga — ele falou — se a encontrar.

Empurrei café e sanduíche de queijo para baixo do seu nariz, e ele engoliu tudo. Eu andava de um lado para o outro na cozinha, fazendo as últimas tarefas do dia. Ele falava com as minhas costas.

— Tem muita coisa acontecendo, no momento... e o pobre Ted sofreu um ataque cardíaco, eu te contei?

— Não, não contou. Sinto muito.

— Pelo que parece, ele vai se recuperar, mas terá de tomar cuidado.

Eu não respondi.

Will tentou de novo:

— Robert está todo excitado com a ordem do Tesouro de aumentar o imposto sobre valor agregado. Ele diz que vai penalizar os idosos e os pobres. Ele está certo, é claro, mas os mandarins não ouvem...

Sequei dois pratos e os coloquei no armário. Depois, atarraxei a tampa da geléia e disse:

— Não fique acordado até tarde, sim?

Ele se levantou e veio para perto de mim.

— O que é isto, Fanny? Não imagino, nem por um minuto, que você esteja zangada porque eu não paguei uma miserável conta.

Meus punhos se cerraram, e eu me afastei.

— Fanny... — Will me deu uma sacudidela. — Insisto que me diga.

Respirei fundo.

— Will, esta é a terceira vez seguida que você se atrasa. Devo entender alguma coisa disso?

Ele estalou a língua.

— Fanny... você é... uma tola!

— Todas as vezes, você me diz que vai chegar em casa em uma determinada hora e, todas as vezes, eu acabo jogando comida fora, porque você não aparece. O que eu devo entender disso?

Ele deu um passo atrás.

— Então é isso. — Ele se sentou, com todo o seu peso, na cadeira. — Então, é isso que você está pensando.

Apanhei uma pilha de roupa passada e abracei-a contra o peito.

— Como sabe o que eu estou pensando? Eu poderia estar pensando qualquer coisa, inclusive... eu não sei.

— Já acertamos isso, faz muito tempo, Fanny. Você prometeu que iria esquecer tudo. Eu não faço nada, *nada*, com ninguém, a não ser com você.

— Eu não teria lembrado disso. Eu não *quero* lembrar disso... apenas.

— Ah, pelo amor de Deus.

Eu subi para o quarto e me despi. O rosto que agora me olhava, no espelho, estava apreensivo e exausto.

Com a mão, arrumei os cabelos para um lado, para o outro. Com todas as muitas coisas sob minha responsabilidade, eu não tinha dado atenção suficiente a minha aparência, e tinha deixado os meus cabelos crescerem demais. Se sofisticação era o meu objetivo, não bastava mais confiar na sorte de ter uma pele lisa, um corpo (mais ou menos) esguio e a segurança presumida de ser uma mulher jovem.

Eu estava deitada na cama, com a luz apagada, quando Will subiu e ficou andando às tontas, no escuro. Finalmente, depois de ficar muito tempo no banheiro, ele deitou na cama e eu senti um cheiro forte de pasta de dentes.

Antes de pegar no sono, escutei Will dizer:

— Espero que você lembre que estou aqui para um final de semana prolongado, e que planejamos levar Chloe à feira de Stanwinton.

Chloe hesitava entre escolher o carrinho bate-bate ou os prazeres mais tranqüilos do carrossel. Eu insisti no último.

— Querida, veja aqueles lindos cavalos empinados, como os da vovó. Papai e eu ficamos olhando você.

Mas Chloe votou a favor dos prazeres de tirar o fôlego sentada com o pai em um carrinho girando e batendo nos outros.

Will colocou-a sentada dentro do carro e entrou ao seu lado, agarrando o volante com uma expressão de *eu vou vencer* no rosto.

— Segura firme — ele aconselhou à filha.

Eu fiquei andando pelo parque. Tinha chovido tanto, ultimamente, que o piche estava grudento de lama e as pessoas eram obrigadas a escolher com cuidado o caminho de atração em atração. Ao fundo, um realejo tocava, a barraquinha de algodão-doce fazia grandes negócios e o aterrorizante passeio no foguete formava uma fila que dava voltas no meio da confusão.

Uma afogueada Chloe, seguida de Will, exigia algodão-doce e jogar argolas porque queria ganhar um lindo peixinho dourado.

— Nós não queremos um "lindo" peixinho dourado — sussurrei para Will. — Certo?

Mais tarde, comemos cachorros-quentes e compramos um saquinho de nozes para dividir entre nós três. Will engasgou com um amendoim e Chloe uivou ao ver o seu rosto vermelho.

Quando chegamos a nossa casa, Meg tinha deixado um bolo sobre a mesa da cozinha.

— Pensei em me fazer útil — dizia o bilhete. — Vou sair à noite.

Will me ajudou a colocar Chloe na cama e leu para ela o capítulo seguinte de *Uma casa na campina*.

— Tenho a sensação — ele observou quando desceu a escada — que vai levar anos para Laura e a família chegarem ao oeste.

— Vai — eu disse, lacônica.

Will começou a pôr a mesa para o nosso jantar, e arrumou as facas e garfos pensativo.

— Fanny...

— Pode encher a jarra de água, por favor?

Ele a colocou sobre a mesa.

— Se é assim que você quer.

Comemos em silêncio e, depois, eu me fechei na sala de estar e trabalhei um pouco para a Battista Fine Wines. Will foi para o seu escritório e a porta se fechou.

Eu estava lutando com uma entrega de vinhos do Chile que não tinha aparecido e que eu tinha que encontrar. De outro modo, o dinheiro estaria perdido. Havia um bom número de possibilidades — alfândega, quebra, endereço errado — mas eu descobri que era impossível resolver qualquer uma delas.

Eu estava sendo irracional? Eu havia costurado as minhas feridas, construído a minha cidade e havia longos, longos períodos em que me esquecia totalmente de Liz.

Levantei os olhos para ver a sombra de Will na soleira da porta.

— Vamos resolver isto, ou não?

Descansei a caneta e esperei. Ele entrou, sentou-se e fez questão de ficar de frente para mim.

— Primeiro, não há ninguém convenientemente acomodado em Londres. Certo? Segundo, eu não acredito que este seja o problema. Acho que tem mais a ver com o fato de você estar se sentindo enclausurada. Chloe tem só 6 anos, e existem muitas coisas exigindo a sua presença aqui.

Meu primeiro pensamento foi: *Will está certo*. Mas o segundo foi dizer a mim mesma que uma variação dessas mesmas palavras provavelmente havia sido usada, de um modo ou de outro, por milhares de homens que chegaram em casa e tiveram de enfrentar uma explosão de desconfiança, alimentada pela fadiga, pelo tédio, ou pela impotência.

Esfreguei a têmpora com a mão.

— Não sei. Não sei o que pensar.

Will suspirou.

Isso me deixou furiosa.

— Está tudo muito bem, com você bufando e suspirando como se eu fosse uma neurótica. Por que você acha que eu estou me sentindo assim, pra começar? Quem foi infiel?

E com *isso*, ele ficou furioso.

— Ah, pelo amor de Deus — ele disse. — Isto está acabado. Acabado. Fim.

Levamos Chloe para dar um passeio no bosque de Stanwinton antes do almoço de domingo. O bosque era quase que completamente de árvores de copas largas, mas aqui e ali havia pinheiros verde-escuros, que lançavam poças de sombra estéril sobre o chão. O progresso não era rápido, mas o penoso e lento rastejar a que eram forçados os adultos acompanhando uma criança pequena também não o era. Chloe estava com disposição para cantar e trechos de jingles de televisão saíam de seus lábios enquanto ela corria de um lado para o outro, pulando sobre poças e gravetos, e insistindo que um tronco caído era o seu esconderijo.

Ajudei Chloe a caminhar por todo o bosque. O seu equilíbrio era instável e eu era obrigada a segurá-la firme. Depois, peguei-a no colo e a coloquei no chão, e ela deu um pulo e saiu correndo.

Mãos nos bolsos, Will acompanhava de ombros caídos.

— Meu pai disse que vai aparecer para o chá porque quer ver você — rompi o silêncio. — Vocês não têm se visto ultimamente.

Ele deu de ombros:

— Gentil da parte dele.

Nós continuamos em frente e Chloe disparava para longe e para perto de nós e tecia círculos excitados ao nosso redor.

— Mãe... pai... olhem para mim...

— Fanny — Will disse finalmente. — O que posso fazer para você se sentir melhor...? Precisa de umas férias? Ou falar com alguém...

Eu olhei para ele. Férias? Uma sessão derramando palavras nos ouvidos de um terapeuta? Eu estava para dizer alguma coisa zangada quando percebi que estas não eram más idéias, elas simplesmente não chegavam nem perto do que era necessário.

— Vou pensar — eu disse.

— Está na hora de ir para casa — ele disse abruptamente. — Que droga de final de semana desperdiçado.

Afivelamos o cinto de segurança de Chloe no carro e voltamos para casa. Will estacionou e puxou o freio com um solavanco.

— Quanto tempo falta para o almoço? — perguntou.

Escancarei a porta e disse:

— Arrume você o seu próprio almoço.

Saí do carro e atravessei correndo o gramado até o outro extremo do jardim. Mas tal foi a minha pressa e confusão que não percebi o velocípede que Jake tinha tirado da casinha e abandonado. Tropecei nele, perdi o equilíbrio e caí, aterrissando com todo o meu peso sobre as minhas mãos e joelhos.

O mundo girou. Fiquei de pé e tentei continuar, mas um martelo (aparentemente) esmagava meus joelhos. Fiquei sem fôlego com o choque e fui mancando até o refúgio do banco do jardim.

Will veio correndo.

— Quebrou alguma coisa...?

Lágrimas de dor e humilhação escorriam pelo meu rosto.

— Vai embora. Me deixa em paz.

Ele se agachou.

— Você rasgou as suas calças. Deixe-me ver as suas mãos — ele as virou com as palmas para cima. Havia um corte grande, já sangrando, na mão direita.

Chloe pegou o velocípede e ralhou com ele.

— Jake feio — disse ela. — Velocípede feio.

— Coloque o braço nos meus ombros. — Will gentilmente me fez ficar de pé e fomos mancando para dentro de casa. Ele enrolou as minhas calças e expôs os meus joelhos bastante feridos. Eles doíam, também.

— Pobre mãezinha — disse Chloe e correu para pegar o pano de prato.

Will disse:

— Chloe. Acho que precisamos de esparadrapo para os joelhos da mamãe. Vamos buscar.

Enquanto os dois estavam lá em cima, remexendo no estojo de primeiros socorros, eu fiquei sentada na cadeira, tentando não chorar, tentando não rir. Curiosamente, o golpe nos meus joelhos tinha me livrado dos meus sombrios sentimentos. De fato, a dor dos meus ferimentos me fazia sentir viva, aventureira, aberta para o que poderia acontecer em seguida.

Eu ainda estava chorando de dor, mas não de suspeita ou da dura e sufocante garra da desconfiança.

Will e Chloe voltaram.

— Você segura o esparadrapo, Chloe, e quando eu estiver pronto você me dá.

Ele foi buscar água quente, lavou os cortes e passou antiséptico nos meus joelhos e na minha mão. Chloe lhe passou as tiras de esparadrapo.

— Boa menina — ele disse. — Somos uma equipe.

Eu emitia pequenos suspiros de arrepio.

— Eu divido você com tanta gente, Will.

— Não, não divide — ele falou. — Não realmente.

Suas mãos eram delicadas.

— Cuidado, papai — Chloe recomendou. — Não machuque a mamãe.

Acompanhando os dedos de Chloe esvoaçando como borboletas sobre as minhas pernas, Will se ajoelhou ao meu lado e me acalmou. Chloe cantava uma canção.

— Mãezinha está dodói, mãezinha está dodói — com a melodia de "London's Burning".

— Melhor agora?

— Sim — eu disse.

Ele olhou para cima:

— Verdade?

— Melhor agora — eu falei.

No dia seguinte, liguei para o cabeleireiro e reservei a primeira hora disponível.

Capítulo 22

WILL CERTA VEZ DEIXOU Chloe e a mim chocadas, ao sugerir que alguns Membros do Parlamento não tinham idéia a favor do que eles votavam: tomavam, simplesmente, o lado do lobby em que seus líderes de bancada montavam guarda.

— Isto é nojento, papai — ela falou. — Que velhos tristes. Esqueceram o que estão fazendo ali?

— Exatamente o que eu sinto — eu disse.

Will parecia magoado.

— Nenhuma de vocês duas é capaz de compreender.

— Sei o suficiente para ter uma droga de opinião — disse a nossa filha (então) de 16 anos.

— Não fale assim, querida — eu disse automaticamente.

Ela me deu um olhar que sugeria que, se eu não tomasse cuidado, iria me juntar às fileiras dos velhos tristes.

— Você não compreende, mãe. A nossa geração não vê isso como xingamento. São apenas palavras que usamos.

— Você poderia não usá-las, então?

— Na verdade — disse Will —, eu tenho um problema surgindo.

Ele nos explicou que um voto sobre a proibição de pesca e caça estava lutando para passar na Câmara. A linha do partido era votar a favor, mas Will não estava satisfeito com isso.

— Eu não pescaria ou caçaria, mas proibir essas atividades me deixa constrangido. É um ataque à liberdade pessoal.

— Pai... ou você fica de um lado, ou do outro. Não pode camuflar isso. — Chloe mordia uma cutícula.

— Se você vota contra o partido, não vão lhe torcer o pulso? — perguntei.

Will hesitou.

— Duvido que eles deixem ficar assim. Depois, existe a indignação do pessoal dos direitos dos animais...

— Ah, bom — disse Chloe. — Uma verdadeira guerra.

— Você não pode, então, Will. Eles poderiam ameaçar Chloe. Os doidos fazem essas coisas.

— Não se preocupem comigo — disse a nossa filha.

— Se eu votar contra — disse o pai dela, — serei exilado e ficarei no ostracismo.

— Que tal fazer o que é certo? — perguntou Chloe implacavelmente. — Não é o que você sempre diz que devemos fazer?

Troquei um olhar significativo com Will.

— Sim — ele falou. — Mas às vezes... nem sempre é prático.

Chloe levantou-se do chão onde estava folheando revistas, e jogou os cabelos para trás.

— Pai, eu proíbo você, terminantemente, de deixar que os valentões do partido decidam. Você deve votar de acordo com o que sente. Se não, nunca mais acreditarei em nada que você disser.

— Chloe, querida, você vai ver, quando ficar mais velha, que as coisas não são assim tão diretas. Às vezes, para fazer o bem, a gente tem de ser um pouco flexível...

— Bobagem — ela disse.

Na cama, naquela noite, Will perguntou:

— Então, o que você acha que eu devo fazer?

Agarrei a bainha do lençol e senti a sua felpa nos meus dedos.

— Você está progredindo, e isso é o que você quer e o que eu quero para você. E temos Chloe. Eu *preciso* pensar em Chloe. Você também.

— E convicções e princípios?

Eu queria dizer que a questão era maior do que eu. Eu queria ser uma covarde e fingir que estava limitada ao trabalho de empilhar lençóis e passar a comida do fogão à mesa, e que algumas questões eram impossíveis para uma pessoa sozinha responder.

Por quê?

Eu poderia dizer que a simples idéia de uma ameaça a Chloe era o bastante para me fazer desistir de qualquer farrapo de convicção que eu tivesse.

Eu poderia dizer que me preocupava loucamente com os peixes e os pássaros, — o que realmente acontecia, e acontece. Eu jamais diria ao caçador para que lado a raposa fora.

Mas eu deveria dizer que já estava acostumada com a vida de aparências do político promissor, e que sabia como seria difícil renunciar à idéia dele.

E assim foi.

Eu estava me aprontando na Casa Rosa para encontrar Raoul.

As coisas estavam certamente longe de serem diretas e, é claro, eu sabia o que estava fazendo.

Eu estava no banho e passava a esponja com água fria nos ombros. A toalha raspava a minha pele, sensível por causa do sol. Passei creme nas pernas e braços, e cortei as unhas. As cutículas estavam brancas em contraste com a minha pele queimada.

Lá fora, as cigarras eram quase ensurdecedoras.

Às oito horas, em ponto, Raoul bateu na porta.

— Posso entrar?

Esta noite, ele usava um terno de linho formal e os cabelos ainda estavam úmidos.

Afastei-me para deixá-lo passar.

Ele não perdeu tempo com palavras e me abraçou, e eu permiti.

— Não fique tão preocupada — ele murmurou.

— Como não ficar?

Ele tocou meu lábio com o dedo.

— Sh... eu sei.

Ele passou a mão pelos meus cabelos e os puxou delicadamente, e meu couro cabeludo formigou.

— Quero fazer isso há muito tempo. Não corte nunca os seus cabelos. Certo, Fanny?

— Vou ter que cortar quando ficar velha.

Ele se debruçou e me beijou. Seus lábios eram macios, um pouco secos, e questionadores. Havia um leve traço de vinho no seu hálito e ele cheirava a loção de barba cara — uma sugestão de prazeres misteriosos e indizíveis. Coloquei a mão em seu peito e senti a textura do linho e a sugestão do calor do seu corpo por baixo. Em seguida, o afastei, com delicadeza.

— Onde nós vamos?

— Ver uns amigos que moram em uma casa chamada La Foce. Estão nos esperando para jantar. Acho que você vai gostar deles. São muito poderosos no mundo do vinho e achei que seria bom você conhecê-los.

— Obrigada — e peguei a minha bolsa.

— Para ser sincero, Fanny, e eu quero ser sincero, estou esperando, também, que esta noite leve a outros... mais do que a esse tipo de contato.

Jantamos prodigamente em La Foce e provamos vinhos do ano dourado de 1970. Discutimos novos métodos, novas teorias de produção, o uso de tonéis de carvalho... Eu já estava fluente no italiano, agora, pois era o idioma do vinho.

Comemos melão, com perfume de verão. A carne era tão macia, que se desmanchava com o toque do garfo. As uvas, acompanhando o queijo, eram escuras, viçosas e suculentas.

Raoul estava radiante. As salas e os móveis elegantes proporcionavam um ambiente que combinava com ele. De vez em quando ele olhava para mim, ou tocava o meu braço, ou aceitava uma opinião minha. Veja, ele estava dizendo, como eu posso tornar sedutora a sedução. Sei fazer isso muito bem, e você pode apreciar. *Por favor*, aprecie. Isto, aqui, esta noite, é uma prova do que podemos compartilhar. Leve, alegre, civilizado e cheio de prazeres sensuais.

Relaxada e feliz, eu falei e ri, satisfeita com a sensação do meu vestido na pele, dos cabelos caindo sobre os meus ombros.

Descrevi os interesses e os negócios de meu pai para os meus anfitriões, e imaginei ser acordada por Raoul. Eu estaria nua, quente, preguiçosa, protestando que precisava dormir, e deixaria que ele fizesse o que desejasse. Seria um interlúdio cheio de mútua gratidão e delicada sensação: ser provada, saboreada e notada. *Requintada. Complexa. Impecável.*

Nossa anfitriã serviu o café, e eu lhe contei sobre a minha filha. Ela era inteligente, ela seria linda... Ela murmurou que eu deveria estar muito orgulhosa... e, de repente, fui tomada pelo terror de como seria fácil destruir o otimismo e a confiança de Chloe. Tão fácil quanto seria deixar cair e quebrar uma daquelas delicadas xícaras.

Voltamos à Casa Rosa. O luar forte, intenso, espalhava-se sobre uma paisagem prateada e os ciprestes apontavam os seus dedos escuros para o céu. Raoul estacionou o carro em frente à casa.

— Vai me deixar entrar, Fanny? — ele afastou os cabelos que caíam no meu rosto afogueado.

De novo ele me beijou, e eu fiquei surpresa com quanto seus beijos eram diferentes dos de Will. Com Raoul não havia caminhos habituais percorridos ao longo dos anos, nenhum conhecimento prévio, exceto pelo que agora eu via ser uma lembrança imperfeita do que acontecera na casa da árvore.

— Eu sempre amei você — ele disse.

— E Thérèse?

— Eu a amo, também, e nunca a magoaria. Faz sentido o que eu estou dizendo?

Eu toquei no seu rosto:

— Perfeito, encantador sentido.

Era um momento extraordinariamente íntimo.

Fazia muito calor dentro do carro. Eu abri a porta e saí, consciente de cada movimento, da combinação de meus braços e pernas, da textura das minhas roupas, da sensação da minha pele úmida.

Raoul deu a volta no carro, me puxou para perto dele e nós olhamos para um céu salpicado de milhares de estrelas.

— Não entendo a diferença que fazem algumas centenas de quilômetros — eu disse, baixinho. — Seria tão bom se tivéssemos noites estreladas como esta.

— Valeu a pena?

— Sim, valeu. Tive os meus maus momentos, mas outros muito bons, também...

Ficamos em silêncio.

— Fanny, levei muito tempo para superar o que aconteceu na casa da árvore. Foi uma boa lição, como o sexo pode destruir rapidamente algo se for errado.

Deixei a minha mão descansar no seu braço.

— Como eu disse antes, eu não sabia nada de sexo, ou não muito, e fiquei assustada com a experiência — eu sorri. — Mas superei. Demorou um pouco e, então, você já tinha voltado para a França. A vida tomou um rumo diferente. Não foi o momento certo.

Raoul se soltou e pegou a minha mão. Fomos caminhando devagar para casa, pois não havia motivo para pressa. A lua a fazia parecer ainda maior e muito misteriosa, com as vidraças reluzindo sombriamente nas janelas.

— Você *é* infeliz, Fanny? É por isso que está aqui?

— Vim enterrar as cinzas de Alfredo. Ainda não consegui decidir onde, mas acho que ele não se importa de esperar. Acho que ele gostaria que eu não me apressasse. E... suponho... eu vim para cá para fugir um pouco, e pensar. Tenho estado infeliz.

Chegamos à coluna de madeira ao lado da porta. Eu a toquei de leve, experimentando para ver se estava quente.

— Mas — eu disse — a infelicidade passa. Não é uma coisa assim tão ruim de lembrar.

— Vai responder a minha pergunta?

— Sim, eu preciso.

Raoul me empurrou contra a coluna. Eu me sentia linda, misteriosa e eufórica. Eu me sentia como um passarinho alçando vôo. E por que não? Will tinha me traído, uma vez. Incerteza, mistério, jovialidade... poderiam ser meus. Eu poderia pegá-los e amontoá-los em uma área marcada "Particular", e Will jamais saberia.

Raoul colocou uma das mãos na minha cintura e alisou com os dedos a curva da minha lombar.

Eu me arqueei, estiquei o pescoço e aguardei a minha rendição.

Mas eu tinha esquecido do passado e dos seus resquícios.

Lembrei de sair de carro, fugindo de Will. *Eu quase me convenci de que se tivesse trabalhado onde Will trabalhava, e observado os homens à espreita, eu, também, teria escutado a serpente e comido o fruto.*

Raoul estava me carregando, em direção à porta. Bastariam mais uns dois passos, um mínimo de energia, e eu transporia o limiar.

"*Will, o que tínhamos era privado e não para ser dividido com os outros.*"

Eu tinha dito isso?

Então, pensei em Will, com clareza. Eu sabia que se Raoul e eu entrássemos juntos na Casa Rosa, naquele momento o meu casamento estaria acabado. E o que restaria? Um homem e uma mulher, morando debaixo de um teto, e os muitos quartos sob esse teto estariam vazios, e ecoando, e desolados.

— Não — eu disse, bruscamente. — Raoul, eu cometi um erro.

— Fanny...

— Gostaria de não ter cometido, mas cometi. Não posso ir mais adiante.

— Sim, você pode.

— Não desse modo. *Eu* não posso fazer isso impunemente. Com o que está na minha cabeça.

— Posso lhe dizer, Fanny, que, neste momento, não estou interessado no que passa pela sua cabeça? — a mão de Raoul apertou a minha carne e largou-a.

— Sinto muito. Não espero que você compreenda.

— Isto não interessa — ele disse e se afastou.

A lua deslizava pelo céu, e a sua luz fazia o relevo das moitas e trepadeiras. Para mim parecia que ela iluminava, também, aqueles fragmentos de mim mesma, aqueles perdidos em um casamento, que eu estivera procurando.

— Acho que vou embora — disse Raoul, e eu não o culpei por este rompante de raiva.

— Seria melhor.

Estendi o braço e segurei a sua cabeça delicadamente entre as minhas mãos e o beijei pela terceira e última vez, sentindo a sua boca e o cheiro do seu perfume caro. Em seguida dei um passo atrás e, ao fazer isso, uma figura apareceu ao lado da Casa Rosa.

— Alô — disse Meg. — Pensei ter escutado vozes.

Ela veio em nossa direção, confiante e indagadora.

— Estava esperando você voltar, Fanny. A gente pensa tudo, mas o carro estava aqui, portanto não imaginei que você tivesse ido longe. No princípio, não tinha certeza se o táxi havia me deixado no lugar certo. Meu italiano é terrível e eu não entendi bem a direção. Então, eu vi um livro de vinhos sobre a mesa da cozinha.

O luar reluzia em seus cabelos claros quando ela me beijou no rosto.

— Surpresa.

— Surpresa — eu disse.

— Alô, Raoul. Não vejo você faz tempo. Fanny não divide você com ninguém quando você aparece, mas ela me dá notícias suas. Como está Thérèse? E as crianças, é claro. E aquele chateau lindo?

Raoul não se deixou desconcertar. Pegou a mão dela e a ficou segurando.

— Fanny não mencionou...

— Fanny não estava me esperando. Mas, agora que estamos todos aqui... — Meg olhou para ele. — Sabe, precisamos nos ver com mais freqüência quando você está na Inglaterra. Tenho certeza que Will iria adorar...

Raoul olhou por cima do ombro para o carro.

— Bem, tenho muitas coisas a fazer amanhã. Mas posso voltar e ficar mais tempo. Nesse caso, quem sabe possamos jantar todos juntos.

Os três sabíamos que isto não iria acontecer.

— Ah, sim — falou Meg. — Seria bastante apropriado.

Capítulo 23

— O QUE VOCÊ ESTÁ fazendo aqui? — indaguei depois que Raoul foi embora.

— Chegando na hora H, é o que parece — ela disse, secamente.

Não havia resposta para isso.

Meg me seguiu até a cozinha e largou a mala no chão.

— Se eu dissesse, Fanny, que parece um tanto egoísta da sua parte ter todo este espaço em uma linda casa na Itália e não dividir... ou eu poderia dizer que senti falta de você. Will também. Ele te ama, você sabe. E... — ela mordeu o lábio, mas falou com o seu costumeiro ar de brincadeira. — Eu amo quem Will ama...

Seus olhos se desviaram, e eu percebi que ela estava assustada com a minha reação.

— Você foi enviada como espiã ou como missionária?

— Nem uma coisa, nem outra.

Meg se apossou da única cadeira da cozinha, deixando-me de pé.

— Ele foi gentil. O meu querido irmão é sempre gentil comigo. Mas ele deixou bem claro que não queria que eu aparecesse ao seu lado. Ele disse... — ela fez uma careta. — Ele disse que o lugar era seu, não meu. Mas antes que você fique toda orgulhosa, ele provavelmente calculou que se eu substituísse você as pessoas comentariam.

— Meg...

— Will não desiste nunca. Quando ele morrer, você vai encontrar "índice de aprovação" gravado no coração dele.

— Quem o ensinou a ser assim, pra começar?

— Suponho que tenha algo a ver comigo. — Meg empurrou a mala com o pé. — Sinto muito tê-la surpreendido, Fanny. Não foi gentil da minha parte, mas você pode arrumar um espaço. Vivemos juntas tempo suficiente.

Minha energia tinha retornado e eu sabia que precisava enfrentar Meg. As concessões tinham acabado.

— Vai para casa — eu disse. — Não quero você aqui. Este é o *meu* espaço para respirar.

O lábio de Meg tremia.

— Não seja desagradável, Fanny. Não sei se vou suportar.

— Tente.

— Eu tentei, e eu preciso de você.

Era quase meia-noite. Fazia calor, eu estava cansadíssima, o aeroporto ficava a quilômetros dali e, como sempre, Meg tinha trazido com ela sua bagagem de coisas tristes, engraçadas e monstruosas, e não havia muito mais a ser feito.

Eu preparei chá e nós bebemos.

Antes de irmos para a cama, saímos para tomar um pouco de ar fresco e caminhamos pela trilha em direção à estrada.

— E o emprego?

De novo, Meg deu de ombros.

— É inconstante. Eu posso voltar quando quiser. De qualquer maneira, o comércio de livros não está exatamente explodindo em Stanwinton.

Nossos pés agitavam uma esteira de poeira branca enquanto caminhávamos. As cigarras cantavam na vegetação rasteira. A escuridão era perfumada — manjericão e manjerona, um toque de limão — e longe, bem longe do ar frio, carregado de chuva, o ar encharcado de Stanwinton.

— O que você vai fazer comigo de manhã? — ela perguntou.

— Não sei. — Deixei cair um silêncio e depois perguntei: — Então, quais são as notícias de casa?

— Os votos mostram que o apoio ao governo está diminuindo. Will está ficando preocupado, mas eu digo a ele: O que você pode esperar? Todo mundo precisa de uma mudança. As pessoas se cansam da continuidade e das mesmas boas intenções, por melhor que sejam.

Voltamos para a estrada e caminhamos por entre as oliveiras e os vinhedos e, onde a estrada se dividia, paramos. Uma perna da bifurcação descia até Fiertino cujas luzes, mesmo àquela hora, ainda cintilavam como um colar de brilhantes. A outra, a estrada para Roma, serpenteava pela montanha e desaparecia na crista.

Meg secou o rosto.

— Está tão quente. Como você agüenta?

— São as características daqui. É quente. É misterioso. É bonito. — eu falava com mais paixão do que pretendia.

— Coitada, não tem mais jeito.

Eu ri.

— Acho que sim. — Voltamos pelo mesmo caminho. — Descobri um pouco mais sobre a minha família e tive tempo para pensar. Resolvi algumas coisas.

Meg mantinha os olhos na estrada em frente.

— Se você chama Raoul de resolver.

— Raoul e eu somos amigos há muito tempo, muito antes de eu conhecer Will.

Mas Meg tinha perdido o interesse pelos meus casos.

— Tenho sido uma boa menina enquanto você esteve fora. — ela levantou um dedo. — Vazia como um buraco.

Subimos a trilha que leva até a casa.

— Gostaria de ter sido diferente — ela falou, de repente. — Gostaria de ter enfrentado melhor a vida. Não teria acabado tão... carente, tão dominada por uma droga. Uma vez a bordo, ela nunca mais vai embora. Cada dia é definido por ter ou não ter tomado um drinque. Você nunca se livra disso.

Eu suspirei, porque eu não queria pensar em Meg e nos seus problemas e assimilar as suas cargas. Eu queria a minha paz e a minha linda liberdade que eu tinha encontrado aqui — as minhas felizes manhãs e gentis noites.

— A bebida leva embora maridos, amantes e amigos. E meu filho cresceu e se foi.

— Chloe também.

— Podemos ser duas velhas reclusas, então, juntas.

— Menos o "velhas" — eu notei que Meg tinha uma expressão muito estranha no rosto. — Qual é o problema?

— Estou tentando franzir a testa, mas apliquei Botox. Achei que se não pudesse franzir a testa a vida não seria tão terrível.

Eu me vi de pé em uma estrada enluarada, poeirenta, com a aurora cruzando o céu, sem conseguir conter o riso.

— Você deveria experimentar, Fanny — disse Meg quando conseguiu falar — Já está com algumas rugas.

Encontramos alguns lençóis sobressalentes na cômoda do patamar da escada e arrumamos uma cama no segundo quarto. Os lençóis cheiravam a cânfora e naftalina e, curiosamente, estavam bordadas com as iniciais "MS".

Durante a noite, escutei Meg gritar. Joguei longe o lençol e fui de mansinho até o seu quarto. Meg estava encolhida de lado, e os lençóis retorcidos e embolados. Debrucei-me por cima dela, e ela resmungou alguma coisa ininteligível — um som triste, angustiado. Inadequada para consolar e sentindo-me culpada, por não querê-la ali, ajeitei os lençóis e fechei mais as cortinas.

"Estou com medo de não vencer esta minha batalha", ela havia reconhecido enquanto fazíamos a cama com os lençóis bordados. "Pelo resto da minha vida, estarei de vigília 24 horas. Mas o demônio me tentará e passará furtivo sob as minhas defesas, no escuro, quando eu estiver sonolenta ou triste. Ele me tentará e me enganará à luz do sol e no tédio do dia, quando ninguém se importa se estou aqui ou não.

Seus olhos piscaram por um segundo, mas ela olhava através de mim. Seus olhos se fecharam.

Quando tive certeza de que ela estava tranqüila, desci e tirei duas garrafas de Vigna L'Apparita, que ganhara de presente dos meus anfitriões em La Foce, da prateleira da cozinha e as escondi sob um depósito de sacos e papelões na copa do lado de fora. Eu não ia sacrificar estas.

Eu estava cansada e minha cabeça doía. Virei o conteúdo da minha bolsa sobre a mesa, procurando aspirinas. Meu celular registrava uma nova mensagem de texto. "Eu te amo, mãe. Bjs."

Sentei-me e, com a cabeça entre as mãos, chorei pela ausência de meu pai e de Chloe. Lágrimas de confusão e — mais do que um pouco — de arrependimento.

Em algum lugar eu devo ter pegado uma pulga porque quando acordei de manhã havia picadas nas minhas pernas e nos meus braços.

Peguei a minha bolsa e deixei Meg ainda dormindo na Casa Rosa.

Era dia de mercado em Fiertino, e a praça estava atravancada de vans e barracas vendendo artigos de cozinha com desconto, cestas de ráfia, louças e todos os tipos de vegetais e frutas, que se possa imaginar — uma abundância de vermelho e púrpura imperial, verde ácido e musgoso, ocre e rosa pálido. O amarelo encerado das batatas novas.

Comprei um balde e luvas de borracha em uma barraca, uma vassoura, desinfetante, pasta de limpeza e esfregão no minimercado.

— *Signora.* — A mulher de cabelos lustrosos que somava as minhas compras na caixa registradora, viu as picadas de inseto, em meu braço, e colocou um tubo na minha cesta. — *Per i morsi* — disse, com um sorriso. — *Gratis*.

Eu agradeci e voltei para a Casa Rosa agora sob o sol escaldante. Amarrei um lenço na cabeça, fervi água e comecei as operações.

Esfreguei a mesa grossa de cera. Em seguida, ataquei o chão da cozinha. Depois o banheiro. Esfreguei cada cantinho da casa. Lavei as janelas, dei polimento nas torneiras enferrujadas, limpei as paredes, apagando com produtos químicos e esfregão a marca da dúvida em mim mesma.

Quem sabe a gente se arrependa mais das coisas que não fez, do que daquilo que fez?

O que meu pai acharia? Veja sob este ponto de vista, ele diria... Certamente o importante era sentir e decidir jamais ficar com um coração vazio?

As pontas dos meus dedos estavam enrugadas, minhas costas doíam de ficar abaixada e eu estava encharcada de suor dos pés à cabeça. As picadas coçavam e doíam. Limpar direito a Casa Rosa era uma tarefa quase impossível, mas eu iria conseguir.

Meg acabou aparecendo quando eu ainda estava empenhada nisso.

— Está me parecendo consciência suja, Fanny. Lavagem dos pecados. Não me peça para participar. — Ela estava com uma marca vermelha no rosto por ter dormido em cima dele, e os cabelos estavam desgrenhados. — Tem água quente?

— Usei tudo.

Meg parecia pensativa.

— É muita aventura — ela observou. — Mesmo assim, se é preciso, Fanny, tomarei banho frio e serei solidária a você em espírito.

Eu estava de quatro, as mãos dentro do balde.

— Ligue para o aeroporto, Meg, e marque a sua volta para casa.

Rapidamente ela se ajoelhou ao meu lado.

— *Por favor*, Fanny. Me deixa ficar.

— Por que *ela* está aqui? — sussurrou Benedetta quando levei Meg para conhecê-la — Para causar problemas?

— Claro que não.

Benedetta me olhou como dizendo : *Não seja tola*. Ela arregalou os olhos e eu percebi um vislumbre de como eles tinham sido brilhantes e grandes e de por que meu pai um dia os amara.

— Uma grande amolação, Fanny.

Meg, entretanto, estava se comportando muito bem. Mesmo assim, não lhe foi oferecido um tomate fresco da plantação de Benedetta, e eu entendi.

Foi por isso que, na manhã seguinte, fomos a pé até Fiertino e tomamos o café-da-manhã no Angelo's, onde Maria, a mãe dele, servia no balcão.

— Você vai ligar para o aeroporto hoje — eu disse, quando nos sentamos diante de uma mesa na calçada. — Mas pode ficar por alguns dias.

— Sim — ela respondeu.

— *Amore*... — Maria gritou, ocupada com a cafeteira elétrica.

— É assim que as mães chamam os filhos homens na Itália — expliquei.

— Um filhinho da mamãe. — Meg sorriu com expressão sedutora para Angelo, que corou, e ela observou seu corpo atlético enquanto ele corria para dentro para responder ao chamado da mãe.

— Não mais do que Sacha.

Meg tentou franzir a cara.

— Sacha nem sempre obedece a sua mamãe.

Ela havia esfarelado o seu brioche.

— Come. Você deve se alimentar no café-da-manhã como um rei...

Meg se assustou com a alusão.

— Eu costumava dizer isso a Will. No colégio ele era sempre intimidado pelos colegas e eu nunca conseguia fazer com que ele tomasse o café-da-manhã. Às vezes, ele vomitava de nervoso.

— Will? Intimidado?

— Ele não lhe contou? Não?... bem, suponho que ele gostaria de esquecer. De qualquer maneira, ele preferiria morrer a reconhecer que passou os três primeiros anos de escola morrendo de medo.

Era uma sensação peculiar — descobrir coisas sobre alguém que você imaginava conhecer pelo avesso. Mas não desagradável. Não um incômodo, também.

Eu estava intrigada.

— Continua, Meg.

Meg comeu um pedacinho do brioche.

— Havia uma porção de coisas. Eu tinha medo dos meus avós. Ou, pelo menos, medo de que eles morressem e me deixassem sozinha. Eles eram tão velhos e chatos, e eu achava difícil lidar com eles. Enfiei esta idéia na minha cabeça... Morria de medo de voltar para casa e encontrar os dois mortos. Por isso Will sempre esperava por mim depois da escola. E os colegas implicavam com ele por amar a sua irmãzinha.

— E os outros?

Meg parecia impaciente.

— Havia tantos.

— Por que não me contou isto antes?

— Quantas vezes você fala sobre a sua época de colégio?

Uma buzina tocou. Era Raoul. Ele estacionou debaixo de uma árvore e atravessou a praça a pé.

— Vim me despedir. Acabou que não poderei ficar.

Meg procurou na bolsa, achou um batom e o passou. O rosa forte reluziu na sua boca.

A partida de Raoul não me surpreendeu. Não tinha sentido ele ficar. Nós dois precisávamos de um hiato polido, para fazer reajustes. Pensei, em um lampejo de amargura, que sentiria muita falta das nossas conversas.

Ele aceitou café e não falamos muito. No final, ele se levantou para ir embora. Seus olhos encontraram os meus rapidamente.

— Vou estar no Reino Unido no final do ano Fanny. Ligarei para você.

— Tem idéia de onde vai enterrar Alfredo? — Meg observava o carro de Raoul desaparecer na rua.

— Ainda não.

— Pensei que este fosse o objetivo dessa pequena viagem.

Tomei o meu café e não me dei ao trabalho de responder. Meg estava concentrada em uma van descarregando estrados com espinafres e melões. Vários cantalupos caíram no chão, houve um tumulto para recuperá-los, e ela falou:

— Está planejando mais mudanças, Fanny? Eu não acreditei *muito* na história do enterro das cinzas de Alfredo. Especialmente quando vi que Raoul aparecera. Esta pequena fuga é mais um gesto de não acenar, mas afogar, o que significa que deve ter a ver com meu irmão. — Ela fez uma pausa e, depois, sugeriu, com óbvia tristeza. — Talvez você esteja pensando que o casamento já se esgotou? Casamentos se esgotam. Você começa cheia de boas intenções, as *melhores* intenções, e elas dão errado. E você pensa, como foi que me meti nesta enrascada?

Peguei um envelope de açúcar no pratinho e o abri.

— Você não come açúcar — Meg notou.

Não adiantava discutir. O peso morto da nossa história em comum e a inteligência de Meg garantiam isso.

— Eu lembro... — *O quê?... levar Chloe a sua primeira festa em Londres, em uma daquelas casas grandes, caras, no sul de Londres. A anfitriã, cujo nome era Bridget, serviu chá e palitos de aipo e cenoura. Os bebês ficavam escorados no meio da sala e, de vez em quando, um ou outro caía. Conversar era impossível. Então, bebemos o nosso chá e comemos palitinhos de cenoura e asseguramos umas às outras que não estávamos gordas. Bridget era bem-humorada e decidida. "Não acredito que acabei assim", ela gritava. "Uma esposa! Pensei que iria governar o mundo."*

— Então? Do que você lembra? — perguntou Meg.

Balancei a cabeça:

— De nada.

— Você se livrou de Raoul. — ela decidiu ser direta. — Se não se importa que eu diga.

— Eu me importo. Não é da sua conta, Meg.

— Quanto vale o meu silêncio?

— Eu vou contar a Will. É claro.

— Eu não contaria, se fosse você — ela disse.

Joguei fora o envelope de açúcar.

— Eu estou me dando um tempo.

— Desculpe se atrapalhei o seu estilo.

— Não, não atrapalhou. — Dei a Angelo o dinheiro para pagar a conta. — Vai para casa, Meg, e não se meta.

— Considere-me avisada — Meg levantou-se. — A vida dos outros é assim mesmo. A vida dos outros. E um total mistério.

Meg não foi para casa depois de alguns dias. Claro que não. No início houve dificuldade para trocar a sua passagem. Depois parece que não havia assentos disponíveis para Londres por no mínimo quinze dias. Então, ela disse: "Olhe, é melhor eu ficar até você partir. É só mais uma semana."

Meg tinha o hábito de dormir mais tarde do que eu. Eu me recusava a desperdiçar um momento que fosse do meu tempo na Casa Rosa, portanto levantava cedo, tomava o meu café na *loggia* atrás da casa e estudava.

Quando Meg acordava, caminhávamos até a cidade, pegávamos uma mesa no Angelo's e tomávamos o café-da-manhã. Eu escrevia muitos cartões postais, inclusive um para Elaine. "Acabou a espera. Beijos, Fanny."

Às vezes a praça ficava quase deserta. Ou, congregadas por uma força misteriosa, havia um influxo das vans de que os italianos gostam e de seus gases, misturados aos odores de café e vegetais do supermercado vizinho.

Nós passávamos a manhã ali. O nosso maior gasto de energia era mudar as cadeiras para onde ia a sombra com o movimento do sol.

Todos os dias fazíamos compras para o nosso almoço, escolhendo um vegetal diferente como ingrediente principal. Tomate ou berinjela? Abobrinha ou grandes e gordos cogumelos? Eu picava e combinava, Meg preparava os molhos. (Ela possuía o dom de misturar vinagre balsâmico, azeite de oliva e mostarda exatamente no ponto).

Nos finais de tarde, nós nos animávamos a entrar no carro quente. Quase sempre, íamos até um lugarejo próximo, bebíamos café gelado e comprávamos cartões-postais.

Essa semana passou rápido, também.

— Will gostaria disso — Meg falou. Ela concedeu a Angelo, que nos servia grandes e deliciosas xícaras de café, um de seus estonteantes sorrisos.

— Will?

— Seu marido, Fanny. Lembra dele? Não está vendo? Ele nunca teve chance de ficar sentado sem fazer nada. Ele sempre foi tão motivado. — Ela apoiou o queixo nas mãos e ficou observando dois garotinhos discutindo com a mãe deles. — Acho que Will é muito corajoso e que não é culpa dele se o mundo é tão difícil e feio. E o sistema não deixa que as coisas sejam feitas. — Os dois meninos agora discutiam um com o outro. Os olhos de Meg se estreitaram. — Mas, se conheço o meu irmão, ele não vai se deixar explorar.

Telefonei umas duas vezes para a Battista Fine Wines e discuti o andamento das coisas com Marion, que tinha ficado como responsável. Preocupada com Elaine, liguei para ela também.

— Estou em uma verdadeira crise — ela falou. — Eu te conto quando você voltar. Mas estou agüentando a barra.

— Quer vir para cá? Você pode? Eu cuidaria de você.

— Não. É uma tentação, querida, mas não posso.

— Aqui é maravilhoso, e estou muito feliz.

— Aposto que Will não está.

A primeira vez em que reformamos a casa de Stanwinton, cometemos o erro de contratar encanadores barbeiros. Lutamos com os resultados durante anos. Todas as vezes em que havia um vazamento, a água abria ainda mais a rachadura atrás da pia. De um modo bem parecido, a pacífica existência na Casa Rosa estava funcionando para me afastar da mulher nervosa que tinha chegado ali, agarrada a uma urna.

Cada dia que eu passava no vale, eu me afastava mais da minha antiga vida. Eu olhava para trás e a via apagada e borrada, através do vidro, sem nostalgia, apenas como uma lembrança pela metade, imperfeita nos detalhes. Uma sonolência interior me envolvia, quase asfixiante, e eu me sentia feliz em ficar sentada sem fazer nada enquanto a luz se intensificava, ficava estridente e o calor se instalava.

Eu pensava em Chloe, na grossa corda de sentimentos que me ligava a ela, e em como, depois que ela nasceu, eu deixei de ser uma pessoa independente. Pensei em Raoul, meu primeiro amante, de quem eu havia fugido — pela segunda vez. Em Will, meu grande amor. Os formatos das nossas vidas e os espaços entre elas.

Levei Meg para ver os afrescos na igreja. Ela ficou olhando para eles por muito tempo. Finalmente, ela se virou, caminhou de volta sobre o mármore rajado do piso e saiu para a praça.

— É muito fogo do inferno para mim — foi o seu único comentário.

Eu também insisti em levá-la ao museu em Tarquinia e perguntei se ela reconhecia os entalhes funerários.

— Ah, sim — ela respondeu. — Reconheci logo. O feliz casal.

Ela leu a inscrição.

— Obviamente, eles morreram tão jovens que não houve tempo para tédio ou ódio.

Depois disso, em um mútuo acordo, desistimos dos passeios culturais.

Capítulo 24

EM VEZ DISSO, Meg e eu ficávamos felicíssimas fazendo compras. Quando o sol caía por trás da montanha, e o tempo refrescava, percorríamos as butiques e mercados, experimentávamos suéteres italianas elegantes, discutíamos sobre bolsas. Comprávamos cestas de palha e echarpes de seda para Meg.

Maria nos deu a dica de uma sapataria enfiada por trás da igreja.

— Todos os sapatos de Roma estão ali. — Ela piscou. — Mas não ao mesmo preço.

Meg disse que estava mais do que contente em ajudar a incentivar a economia local.

A loja por trás da igreja ficava no bairro medieval onde as ruas eram ainda mais estreitas. Era escura e uterina, e cheirava agradavelmente a couro e verniz. Prateleiras de sapatos iam do chão ao teto.

Meg ficou extasiada. Ela mostrou um par.

— Poderia ser Manolos.

Ignorando os escarpins pretos utilitários típicos de Stanwinton, subi em saltos altos vermelhos que não eram.

Meg enfiou os pés nos sapatos e fez um círculo completo. Estava excitada, absorta, quase como uma menina, e eu pude ver exatamente por que Rob se apaixonara por ela. Ela examinou os pés em um espelho minúsculo, quase inútil.

— Will me comprou o meu primeiro par de sapatos. Ele arrumou um emprego em um supermercado, empilhando os carrinhos, e economizou. Eu os guardei durante anos. — Ela se contorceu para se ver de costas. — Era o seu jeito de dizer "muito obrigado".

Eu recoloquei os sapatos vermelhos na prateleira.

— Está muito quente aqui. Uma outra vez.

— Você é boba — disse Meg e pagou os seus.

Will ligou tarde na quinta-feira de manhã.

— Notícias fantásticas, Fanny. Chloe recebeu os resultados das provas. Dois As e um B. Eu liguei para ela, está excitadíssima.

Senti um nó na garganta.

— Inteligente, maravilhosa Chloe.

Discutimos os planos dela para a universidade e que notas as suas amigas tinham tirado. Enquanto conversávamos, fiquei imaginando Chloe, agora uma adulta de verdade, formando-se de vestido longo preto, se casando, voltando para casa com uma trinca de netos. O tempo passava muito rápido e eu tinha de me apressar.

— Você mandou um beijo meu para ela?

— Claro. Como estão vocês duas?

— Praticamente comatosas.

— Bom. — ele pigarreou. — A casa parece muito vazia. Mas tenho estado muito tempo em Londres. O apartamento está uma bagunça, eu acho. Sinto muito Meg ter invadido o seu espaço. Sei que você queria respirar. Mas estas últimas semanas foram um inferno.

Ele continuou no mesmo estado de espírito. Tempo horrível. Arbustos monótonos. Finalmente, ele disse:

— Você parece muito, muito distante.

Varri uma mosca morta para o chão. Eu a tinha deixado passar no meu frenesi de limpeza?

— Adivinha quem apareceu? Raoul. Fomos a um jantar maravilhoso com seus amigos e conversamos sobre safras e vinhedos.

— Que bom — ele disse, cautelosamente. — Por falar nisso, há uma pilha de papéis do advogado esperando por você, aqui.

— Sim, eu sei — fiz um esforço. — Diga-me o que está acontecendo.

— As pesquisas estão sombrias — ele disse —, mas talvez seja de se esperar...

Enquanto Will falava, eu olhava pela janela uma oliveira, que crescia precariamente mas desafiadora na encosta por cima da casa. As faces inferiores das folhas pareciam brancas ao sol.

Escutei um farfalhar de maço de cigarros.

— Fanny... como eu temia, o imposto sobre o segundo carro vai cair. É muito sensível. Com as eleições vindo por aí... então, muito polidamente, me disseram para ficar quieto, baixar a cabeça e alguém vai me atirar um osso se eu for bonzinho. Fim da história. Suponho, depois de tudo isto, que não estou me importando muito.

Isto não era verdade.

— Então, não precisamos mais perder tempo com isso, Will.

— Achei que você iria ser mais solidária.

— Eu sou solidária. Muito. Sinto muito por você estar desapontado, mas acabou.

No vestíbulo da Casa Rosa, eu me virei: o fio do telefone se enroscou na minha perna mas eu queria olhar as parreiras do outro lado da estrada. Curioso! Por que eu não havia notado que os postes tinham invadido até ali em cima, e que um deles estava exatamente entre dois ciprestes no topo da montanha?

— Fanny, quando você volta para casa?

Eu me ouvi dizendo:

— Eu não quero voltar. Sinto-me em casa aqui.

Imaginei ter escutado o registro de choque. E depois pensei: Will se importa, realmente se importa, e o terrível era que eu sentia um arrepio de satisfação, de poder agitando-se.

— Fanny — ele disse — você sabe que um dia me falou que não me conhecia...

Agora, fui eu que fiquei chocada por ele aludir ao quarto escuro, trancado, no casamento que mantinha o silêncio suspenso entre nós.

— Você disse que não me conhecia — ele repetiu. — Mas sou eu que não conheço mais você...

Não conheço mais você...

Eu o *tinha* magoado.

Eu tinha estendido a mão e balançado o barco, muito, e as certezas de repente desapareceram e Will estava sofrendo.

Meg não era idiota e não demorou muito a entender que Benedetta não gostava dela.

— Veja — ela disse, mais tarde naquela noite, enquanto nos preparávamos para ir até lá jantar — pensando melhor, vou deixar vocês conversando sobre os velhos tempos. Ela vai querer saber de Chloe. Vou comer no Angelo's.

Com o seu melhor vestido estampado, sobre o qual havia colocado o seu melhor avental de renda em minha honra, Benedetta estava animada. Na cozinha, a Rádio Vaticano oferecia um comentário de fundo e várias coisas estavam cozinhando no fogão. Do seu ponto de observação, a madona sorria para nós.

— Meu filho... — Benedetta me passou uma faca. — Corte os tomates para mim, por favor... Meu filho telefonou para dizer que está vindo no inverno.

Vermelhas, sensuais, as fatias caíam da minha faca e eu peguei uma delas e enfiei na boca. Como sempre, tinha gosto de sol e de terra. Arrumei a salada em uma travessa e espalhei manjericão por cima. Comemos na varanda dos fundos e conversamos sobre meu pai.

— Ele nunca se perdoou, por sua mãe ter ido embora.

Ousei perguntar:

— Por que você acha que ele nunca mais se casou?

— E dar a você uma madrasta? Alfredo me disse que ele *nunca* quis isso para você.

Melhor deixar esse assunto de lado.

De volta ao quarto da Casa Rosa, falei para a urna que continha suas cinzas:

— Onde vou colocar você, papai? Onde você gostaria de ficar? Você vai me dizer?

Mais ou menos uma hora depois Meg retornou, e eu fiquei sentada na escada de camisola enquanto ela falava comigo da cozinha.

— Chá? — Ouvi um barulho de água enquanto ela enchia a chaleira. — Jantei muito bem.

O gás acendeu e ela apareceu na soleira da porta. Seu rosto estava levemente corado e seus cabelos macios e brilhantes.

— Tem certeza de que não quer um pouco de chá? O Angelo's é divertido à noite, cheio de sangue novo que faz um bocado de barulho. Eu gostei, até entendi uma palavra ou duas de italiano, portanto você não precisa se preocupar comigo.

Eu voltava para casa, ou não?

Voltava?

Não voltava?

Ele vai perguntar: "Você se cansou de mim?"

Ela vai responder: "Não posso explicar. Não tenho desculpas, mas, de uma forma estranha, não tem nada a ver com você."

Em seguida pensei na minha filha e os meus anseios mais violentos se embotaram, tornaram-se coerentes, se acomodaram. Minha filha merecia que eu voltasse para casa.

O sol estava nascendo e o calor sussurrava no meu rosto. Quem era eu agora? Esta menina... não, esta mulher, que cheirava levemente a suor? Com uma pele nova opaca que me cobria agora, ainda chorando pelo meu pai que deveria estar ali, mas cheia, também, de uma nova curiosidade e impaciência.

Eu era eu, Fanny Savage.

Eu ainda sonhava tomando o meu primeiro café na *loggia*, quando Benedetta chegou bufando pela lateral da casa. Eu a fiz sentar-se e fui buscar um copo de água gelada.

— Fanny, você precisa saber que os estrangeiros são notados. Existem muitos olhos em Fiertino.

— Eu não sou uma estrangeira — protestei. — Não exatamente.

— *Santa Patata*. Eu morei dez anos na Inglaterra e ainda era uma estrangeira.

Respirei fundo e peguei a sua mão.

— Você foi a minha mãe.

Ela esfregou o meu pulso.

— Fui e não fui.

— Onde eu pequei?

— Você não. Meg. Ela foi vista por Angelo no Bacchus com dois homens. Bacchus não é um bom lugar. Ela não sabe. As mulheres não vão lá. Você precisa falar com ela.

Quando Meg acordou Benedetta tinha ido embora havia muito tempo. Eu ataquei logo:

— Você foi vista.

— Ah, pelo amor de Deus. — Meg deu um tapa em uma formiga no seu braço. Estava pálida e grogue de sono, e os cabelos caíam suados sobre os ombros. — Não é da sua conta onde *eu* vou. Mas, para a sua informação, eu tomei um suco de pêssego, só isso. Eu só queria um pouco de companhia. É tão terrível assim?

— Não. Mas por que não comentou nada?

Ela me deu um daqueles seus olhares.

— Pense um pouco.

Meus próprios cabelos estavam quentes e pesados, e eu os puxei para trás.

— Angelo está preocupado. Ele só quis avisar você. É uma bobagem provavelmente, mas eles sabem de coisas que nós não sabemos. Nós somos, como Benedetta acabou de me lembrar, estrangeiras.

A expressão desalinhada do seu rosto de manhã era ilegível.

— Angelo acha que vale a pena se preocupar comigo?

— Obviamente.

— É só um bar com algumas cadeiras e um quadro horroroso pregado na parede. — Seus lábios travaram beligerantemente. — Quem se importa?

Eu estava zangada, mais do que um pouco exasperada e não parava de falar. Eu sabia que ela queria que eu dissesse: "Eu me importo." Mas eu não diria isso.

A expressão curiosa, cheia de esperança, que surgira no olhar de Meg, desapareceu.

— Talvez o seu comportamento não suporte muitos exames, também, Fanny.

Talvez não. Não havia resposta para isso.

— Tudo bem. Entendido — ela falou. — Mas não vou prometer nada. — Ela desviou o olhar para o vale. — Acho que esta *é* uma cidade muito pequena. Muito Era das Trevas.

Fizemos as pazes e resolvemos ir a Siena. Varremos o chão, trouxemos a roupa lavada do jardim e andamos pela casa fechando as janelas.

Meg vestia uma saia vermelha, uma blusa branca e enormes óculos de sol. Eu coloquei o vestido que tinha usado para jantar em La Foce. Ela enfiou o braço no meu.

— Fazemos jus uma a outra.

No carro, ela me perguntou:

— Eu interrompi mesmo alguma coisa entre você e Raoul?

— Eu já o tinha mandado embora.

— Mas por quê?

Eu olhei para ela. Suas mãos estavam cruzadas no colo e ela olhava firme para frente.

— Não preciso de um amante.

— Você não *precisa* de um marido.

— Ah — eu respondi —, mas eu tenho um.

Ela virou o rosto, abruptamente, mas não antes que eu percebesse lágrimas escorrendo por trás dos grandes óculos escuros.

Quando me casei com Will, pensava só nele — na minha ânsia de conhecê-lo, no meu desejo de totalidade, no meu encanto e prazer com suas idéias e sua ambição de ajudar, e na minha excitação por termos escolhido estar juntos. Ele sentia o mesmo. Só mais tarde foi que compreendi que eu teria de recolher outras vidas e carregá-las assim como a minha.

Passamos a tarde explorando a cidade e passeando pelas ruas, sem um objetivo definido. Compramos salames, azeite de oliva e jogos americanos de ráfia, e Meg insistiu em me presentear com uma travessa azul e branca para a cozinha de casa.

— Um cantinho de uma terra estranha — ela disse — para Stanwinton.

Concordamos que a catedral parecia um bala de hortelã preta e branca e decidimos deixá-la para lá, seguindo em vez disso para um café nos arredores da praça onde pedimos sorvete de pistache e café.

— Isto é bom. — Estávamos na sombra e Meg tirou os óculos. — Pena que Will não esteja aqui.

Não fiz nenhum comentário.

— Sabe o que eu penso? Desconfio que meu irmão está passando por uma crise de meia-idade. Acontece, e Will jamais confessaria. Ele não é desse tipo. — Ela mergulhou na mistura congelada, verde-clara, lustrosa, cheia de sementes. — Vou sondar.

De um golpe, a paz e as acomodações que tinham crescido entre nós duas nos últimos dias se romperam. Fiquei com muita raiva — e desesperada — porque não suportava mais vê-la se metendo na minha vida.

Meg colocou uma colher de sorvete na boca e engoliu. O sol tinha mudado de novo. A sombra caía sobre a famosa praça em forma de concha. Os pássaros voavam ao redor do campanário, soltando gritos agudos.

Ela se arrepiou com a minha expressão, mas eu consegui dizer, tranqüilamente e sem rancor:

— Meg, tenho que te pedir outra vez: quando voltarmos para Stanwinton, você procura outro lugar para morar?

A colher estalou contra a taça de metal.

— Diabos — ela disse e empalideceu por baixo do bronzeado.

— Seria melhor.

— Não posso. Não fico bem sozinha.

— Você não precisa ir para longe. A casa ao lado, se quiser... E você está melhor agora.

Ela balançou a cabeça.

— A questão não é essa.

— É.

Meg se levantou tropeçando.

— Lembrei de uma coisa.

— Meg... volte.

Ela pegou a bolsa, passou a alça sobre o ombro e desapareceu na rua lateral mais próxima.

Eu contei o troco, deixei a gorjeta para o garçom e fui procurá-la. Andei por todas as ruas perto da *piazza* e não a encontrei. Finalmente, voltei a via Duomo, ladeada de butiques vendendo echarpes, bolsas de couro, pérolas de tamanho e brancura surpreendentes na comparativa melancolia. Em uma vitrine, havia um colar particularmente lustroso, que eu admirei e, ao lado, um anel grande de rubi e diamante em um estojo de couro — a confirmação definitiva (como se eu precisasse disso) da proposição de que decoro e jóias não combinam.

Do outro lado da rua havia uma loja onde as longas janelas de vidro escancaravam-se para revelar prateleiras abarrotadas de vinho. Entrei de mansinho, inalando o cheiro familiar de engradados de madeira e do bolor que empoeira as melhores garrafas. Os vinhos estavam arrumados por continentes e países: Chile, Itália, Estados Unidos... os tintos nas garrafas verdes e marrons, os brancos refletindo o espectro indo do amarelo mais claro até o âmbar escuro.

Eu pude ver logo que a mão experiente de alguém tinha feito a seleção: Château de Fonsalette Cuvée Syrah, Monte Antico Russo e, incrivelmente, um Beringer Private Reserve do Vale do Napa, na Califórnia. Era uma escolha pessoal, idiossincrática, de um amante de vinhos que havia aprimorado ao máximo a sua discriminação. Meu pai teria gostado.

Passei a mão pela prateleira, tocando as garrafas com a ponta dos dedos. Anos pensando, provando e cometendo erros estavam à mostra ali — uma vida inteira caminhando passo a passo para uma verdadeira compreensão, conhecimento e sentimento.

Eu queria fazer a mesma coisa.

Um movimento atrás de mim me fez virar e eu vi uma segunda sala, que saía da sala principal. Era mal iluminada e sem janelas, e uma mulher estava na soleira, com uma garrafa nos braços.

Era Meg.

— Bom — ela a estendeu para eu examinar —, mas não especial. Acho que é isso que seu pai concluiria.

Eu olhei. Um Pomerol 1988.

— Discordo. Especial.

— Ah, não — ela disse. — Confie em mim. Eu *sei*.

Como posso confiar em você, eu queria dizer a ela, quando você pisa tão descuidadamente no que é meu? Meu marido, meu vinho, até minha filha. Como posso confiar em uma violadora da propriedade alheia?

Meg ergueu uma sobrancelha. Até *isso* era de Will.

Eu virei as costas. Na rua, os turistas andavam de um lado para o outro, agarrados a sacolas de plásticos com volumes interessantes. Estavam levando para casa azeite de oliva e louças locais e, alguns mais endinheirados, jóias. Levariam com eles o perfume e o sabor da Itália. Depois iriam a um supermercado ou loja, encontrariam azeite de qualidade inferior ou *sugo di pomodoro* e levariam para casa, mas não seria a mesma coisa.

Atrás de mim, Meg dizia:

— Seu pai estava certo em quase tudo. Ele teria me aconselhado a procurar outro lugar para morar?

Capítulo 25

No caminho de volta para Casa Rosa, Meg e eu só trocamos as palavras necessárias.

Meu pai teria aprovado a minha tentativa de mudança? Tratando-se de Meg, eu não tinha certeza. Talvez ele achasse que a gente deve se prender a todas as tralhas de uma família, custe o que custar.

Fui para cama cedo, deixando Meg no andar de baixo. Apaguei a luz e me dispus a dormir, sentindo o alívio do paciente que, depois da doença e da incapacidade, deu um primeiro passo.

Mais tarde, enquanto eu cochilava, um barulho na escada, seguido de passos na entrada de casa, me fizeram sentar. Desci da cama e abri as persianas:

— Meg?

A lua estava alta, branca e firme. A sua luz escorria para dentro do quarto e iluminava a figura fina e delicada lá embaixo. As luzes pregavam peças e meu coração disparou. Do meu ponto de observação, pensei por um segundo estar vendo Chloe.

Meg tinha torcido os cabelos em um nó caramelo sexy e estava usando os seus sapatos novos. Parecia jovem, bonita e esperançosa. Ela ergueu um braço e os braceletes em seu pulso tilintaram baixinho.

Eu me debrucei no peitoril.

— Não vá, Meg.

Seu riso não tinha alegria.

— Ciúmes?

— Sou tão ciumenta — imitei o jeito de falar de Chloe. Ela sacudiu a cabeça e eu gritei. — Espere. Vou descer.

Saí correndo de casa. Meg estava procurando alguma coisa em sua bolsa e eu agarrei a alça e puxei.

— Meg, por que não fica aqui? Eu faço um café. Ou podemos dar uma volta.

Ela me olhou como se eu estivesse maluca.

— Por que todo esse drama? Vou sair para me divertir um pouco depois de um dia cansativo durante o qual você me pediu para ir embora da minha casa. O que há de errado nisso?

Deixei a minha mão cair.

— Não posso impedir você, mas pense em Sacha. Pense em Will.

— Estou pensando neles. Muito. Volte para a cama, Fanny.

Eu não confiava na aparente calma de Meg.

— Você quer que eu peça de joelhos? Eu peço, você sabe, se isso for preciso.

Meg brincava com as pulseiras.

— Você precisa entender, Fanny. Está tudo certo. Estou me controlando. Mas... — ela parecia estar procurando uma explicação. — Não sou a única mulher a cair em desgraça, e a causar feridas em si mesma. Mas, às vezes, sinto-me muito sozinha. É isso que me faz tão rabugenta e egoísta, eu acho. — Ela concordou, com um movimento de cabeça: — Gostei da idéia dos joelhos, Fanny. Sei o que isso te custaria, e estou tentada a aceitar.

Forcei Meg a entrar de novo na cozinha e a fiz sentar-se.

— Fale comigo. Vamos. Você pode falar comigo.

Ela parecia ao mesmo tempo surpresa e gratificada.

— Eu tentei. — Seus lábios travaram e ela brincava com as pulseiras. — Tudo bem. Hora da confissão. Eu tentei muito me interessar por outras coisas. Roupas. Trabalho de meio-expediente aqui e ali. Um amante ocasional. Caridade, ou seja lá o que as mulheres que têm muito tempo fazem. Mas além de Sacha, de você, Will e Chloe, nada me tocou muito fundo. Minha mente estava inchada pela bebida... e pela descrença... em mim mesma.

— Estou escutando — liguei a chaleira e o queimador brilhava e borbulhava.

Meg parecia fascinada com o brilho.

— Mas você está certa, Fanny. É hora de mudar e pensar diferente. Quando voltarmos para casa, vou procurar outro lugar para morar.

— Perto de nós — eu disse.

Sua sobrancelha subiu.

— Não precisa exagerar.

— Está bem, a uma distância decente.

Ela sorriu para mim. Um carro parou em frente à casa. O motor girando, a porta se abriu e fechou. Meg pegou a bolsa.

— Você vai?

— Claro que vou — ela disse. Levantou-se, colocou a mão no meu ombro e me beijou no rosto, um leve e frio toque. —

Somos boas amigas de verdade, não somos? No final? Gosto de pensar assim, Fanny.

Eu retribuí o seu beijo.

— Claro — então a abracei forte, e o sopro de seu perdão caiu sobre mim.

— Tudo acertado, então. Isso é *alguma coisa*. Volte para cama, minha boa e atenta Fanny.

— Devo ir com você? Por que não vou? Me dá cinco minutos.

— Não, Fanny. Estou por minha conta, agora. Lembra?

Derrotada, subi de novo a escada. Escutei vozes, portas batendo e a aceleração do carro na estrada.

Abri bem as persianas para deixar entrar a noite.

Eu pretendia ficar acordada até Meg voltar, mas fui acordada horas depois por uma luz piscando no quarto.

Houve uma troca de palavras em italiano na porta da frente, seguida de uma batida. Estendi a mão para pegar uma camiseta, vesti-a por cima da camisola e desci.

O policial tinha um vinco perfeito passado a ferro na sua camisa e outro igualmente perfeito nas calças. A fivela do cinto cintilava e os cabelos estavam bem penteados e cortados.

— Desculpe, *signora* — ele falou.

A sua colega tinha longos cabelos louros e uma cinturinha fina. Ela deu um passo à frente e pegou minha mão. Sua expressão me dizia que eram más notícias. Eu me vi escutando... fatos que não compreendia. Meg estava morta... o que eu sabia que não podia ser verdade. Mas era.

— Onde vocês a encontraram? — eu perguntei finalmente.

— Do lado de fora da igreja. — A policial estava calma e neutra. — Penso que ela tropeçou e bateu com a cabeça na pedra da borda da fonte. Mas ainda não temos certeza. O médico vai nos dizer. — Ela fez uma pausa. — A *signora* tinha um histórico de doença?

Eu mordi o lábio.

— De certa forma, sim.

Quando consegui controlar as pernas e vestir uma roupa, eles me acompanharam até o carro deles.

Um sussurro pedindo silêncio nos acompanhou enquanto eu era conduzida através da delegacia até o necrotério. A policial tocou no meu braço.

— Segure-se em mim, se quiser.

Minhas unhas afundaram nas palmas das mãos.

A um aceno da policial, puxaram o lençol que cobria a forma sobre a maca.

Lembro de ter pensado com alívio: é um alarme falso, Meg está dormindo.

Suas faces estavam levemente coradas e os cabelos caídos para trás, escondiam o ferimento. A boca estava tranqüila e não havia uma ruga na sua testa lisa, jovial.

A polícia conhecia, muito bem, os muitos matizes da aflição, o mais freqüente era a negação.

— A *signora* está morta — ela falou com delicadeza. — Sem dúvida.

Sentei-me ao lado de Meg. *"Não se preocupe em lastimar"*, aqueles lábios tranqüilos pareciam dizer. *"Eu cansei. A guerra acabou, hein?"*

O policial consultou as suas anotações.

— Ela esteve bebendo no Bacchus. Demais, segundo o relatório, e pediram que saísse, aproximadamente às duas e meia. Foi vista caminhando em direção à igreja e, aparentemente, bateu na porta. A testemunha afirma ter ficado preocupada, porque ela parecia vacilante, e que foi oferecer ajuda e, quando chegou perto, ela havia caído. — Ele acrescentou: — A pedra é um bloco grande e é perfeitamente possível que, ao cair em cima dela, a *signora* tenha se machucado fatalmente.

Eu me debrucei e toquei a testa sem rugas, imperturbável. Depois peguei a sua mão e alisei os dedos bonitos, um por um. Já pareciam de cera como os de uma boneca.

— Ah, Meg... — as lágrimas escorriam pelo meu rosto. — Sinto muito, sinto muito, muito.

Ao sair, eles me entregaram um saco plástico com as suas coisas, e uma lista, pedindo para eu conferi-la. Um anel, de ouro. As pulseiras. Uma carteira de couro, vazia. Uma camiseta de algodão. Os sapatos novos. E, finalmente, uma cruz, de ouro. Surpresa, eu a ergui entre o indicador e o polegar. Iluminada pela lâmpada elétrica, a corrente cintilou.

— Não suporto religião — Meg havia protestado mais de uma vez. — Tanta prepotência. Tão sem sentido. Tão enganosa.

Retornei à Casa Rosa e dei o primeiro de muitos telefonemas.

Algum tempo depois, entrei na cozinha para fazer chá e lá estava a cadeira onde Meg estivera sentada não fazia muitas horas.

Tantos objetos na cozinha — a cafeteira, as garrafas de azeite e vinagre balsâmico, a travessa azul e branca sobre a mesa — tinham tido uma relação direta, íntima, com Meg. Era inconcebível que ela não voltasse mais a pegar a garrafa e a sacudir, para o azeite sair; nunca mais usasse os seus sapatos novos; nunca mais tivesse um momento para embrulhar a travessa azul e branca antes de enfiá-la na mala quando chegasse a hora de voltar para casa.

Mais tarde, quando o calor tremeluzia sobre o alcatrão e até os gerânios na *piazza* murchavam, passei a pé pelo café onde Maria e Angelo me cumprimentaram com um aceno de cabeça triste. Dei a volta pela cerca de pedra, ainda isolada com uma fita pela polícia, e entrei na igreja.

Andei às tontas no escuro, em direção aos afrescos. Estava convencida de que Meg tinha tentado entrar na igreja para vê-los. Calculei que ela sentisse que neles se podia confiar. Sem raciocinar direito por causa da bebida, ela esqueceu que a igreja ficava fechada à noite para proteger exatamente as coisas que ela estava procurando.

Olhei para eles e assimilei a sua dura, implacável, mensagem. Afrouxei o punho, senti agulhadas subirem pelos meus braços e tentei me convencer. Meg *estava* morta.

Em seguida, voltei ao carro e peguei a estrada para o aeroporto, onde iria encontrar Will e Sacha, que chegavam no vôo da tarde.

Sacha estava no quarto de Meg ao lado e eu o ouvia ir de um lado para o outro sem parar. Will deitou em minha cama com o braço cobrindo o rosto.

Eu me sentei e, pegando sua mão livre, a fiquei segurando.

Ele deixou cair o braço. Tinha chorado. Estava branco de choque e fadiga, e tinha mordido o lábio; deixara uma marca áspera, em carne viva.

— Suponho que tinha de acontecer, um dia.

Subi na cama e o peguei nos braços, e fiquei com ele, assim, até ele se acalmar. Em seguida fiz com que tomasse uma aspirina e alisei seus cabelos.

— Quer que eu te conte como aconteceu ou prefere esperar?

Ele fez que sim, quase imperceptivelmente:

— Conte-me.

Sem camuflagens, descrevi nossa visita a Siena, nossa conversa lá, e a discussão, de novo, em casa. Quando cheguei ao final da história, eu me sentia quente e fria, de vergonha e arrependimento.

— Até a noite passada e a nossa discussão, ela estava se controlando.

— Isso foi alguma coisa. — Will queria se agarrar aos pontos positivos.

— Temo que tenha sido meu pedido, de que ela encontrasse um outro lugar para morar que a fez perder o controle. Eu tentei impedi-la, Will. Juro. Mas sinto-me responsável.

Ele levou um tempo para assimilar os detalhes.

— Nem você poderia prever um golpe fatal na cabeça, em uma mureta de pedra em frente a igreja de uma cidade italiana.

— Mesmo assim. — Eu olhava para o chão com as roupas espalhadas pela minha pressa de me vestir quando a polícia chegou. — No final, éramos amigas. E ela sabia que você a amava, e Sacha. — Mordi o lábio. — Tenho certeza de que ela sabia.

Fazia muito calor no quarto de dormir, e a cama estava desarrumada. Pedi a Will que se levantasse e o levei para tomar um banho de chuveiro.

Arrumei a cama, alisando e prendendo bem os lençóis. Abri as persianas e deixei entrar o ar da noite. Dobrei as roupas e fechei as gavetas.

Desci a escada e coloquei a chaleira para ferver. Soquei os saquinhos de chá dentro das canecas e a água ficou cor de âmbar quase marrom — o marrom que Meg tanto desprezava.

Ah, Meg, pensei, com uma furiosa e terrível sensação de perda. *Oh, Meg*.

Capítulo 26

— SACHA? — EU O SACUDI com delicadeza. — São sete e meia. Aqui as coisas são feitas cedo.

Sacha abriu os olhos grandes, febris. Eu me abaixei e toquei a sua testa.

— Você está doente.

Sacha estava nitidamente com febre e, tendo mandado que ele ficasse onde estava, desci para dar a notícia a Will, que lutava com o fogão para preparar o café.

Tomamos o café na *loggia*. Sem conseguir ficar parado, Will andava de um lado para o outro.

— Gosto daqui, Fanny, e gosto da casa.

E eu pensei comigo mesma: se eu tivesse esperado que Will viesse comigo e não insistido em vir sozinha, Meg jamais teria vindo atrás. Nós não teríamos discutido e ela não estaria morta.

Will e eu fomos ao necrotério sem Sacha.

Will pediu para ver o corpo de Meg sozinho, saindo dali chocado mas razoavelmente composto. Negociamos com a polícia e lutamos para abreviar qualquer demora. O médico assinou os devidos certificados e nós tomamos as providências para Meg ser levada de avião para casa, aguardando que o corpo fosse liberado.

Will e eu dividimos os intermináveis telefonemas. Mannochie. O gerente da funerária. O vigário.

Liguei para Chloe e lhe dei a notícia. Ela ficou muito triste e assustada.

— Coitada da tia Meg. Coitadinho do Sacha. Estou com muita pena dele. Diga-lhe que o amo. — O seu silêncio reverberou na linha telefônica. Em seguida, ela disse: — Você não vai morrer antes mim, vai mãe? Nem papai? *Promete*? — Então, acrescentou: — Não pode ser verdade.

Rob ligou várias vezes e Sacha descia cambaleando para falar com ele. Will e eu nos afastávamos para não escutar.

Eu perguntei a Sacha depois se Rob tinha algum desejo e ele balançou a cabeça cansado.

— Ele deixou tudo comigo. Ele acha que não deve interferir.

Insisti para que ele voltasse para a cama e o mediquei.

— Seu pai está tentando facilitar as coisas para você...

Relatei a conversa a Will que logo subiu e passou mais de uma hora conversando com Sacha. Eu acabei indo ao quarto, para encontrar Will sentado na cama e um Sacha de olhos vermelhos afundado nos travesseiros. Eu fiquei vigiando os dois, mexendo nas coisas e os incentivando a beber mais chá.

De manhã, Sacha estava melhor, mas sentindo-se bastante fraco. Não precisou de muita persuasão para continuar na cama.

Eu escovei seus cabelos, passei uma esponja molhada em seu rosto e levei-lhe o café-da-manhã.

— Obrigado — ele disse.

A polícia havia prometido que as formalidades não levariam mais do que uns dois dias. Mas estávamos na Itália e dois viraram três, depois quatro. Meg gostaria da piada.

Tudo que Sacha queria fazer era ficar sentado na *loggia*, e estava claro que preferia ficar sozinho.

— Preciso colocar a minha cabeça em ordem, Fanny — e eu achei melhor deixar isso com ele.

Will, por outro lado, estava impaciente. Não tinha comido muito e dormia mal. Para ocupar o nosso tempo, sugeri uma visita ao museu etrusco. Ele mostrou apenas um polido interesse, mas concordou em ir.

Deixamos Sacha bem suprido de bebidas geladas e comida. Armados de mapas e guias, levei Will de carro até Tarquinia. O carro derrapava na estrada seca enquanto eu o forçava a subir a encosta até a crista, passando por aglomerados de papoulas e ervas silvestres, moitas de lavanda e oliveiras, suas bases cobertas de poeira.

Will inclinou-se no assento e secou o rosto.

— A Itália é danada de quente.

— Você se acostuma.

— Pelo amor de Deus — ele disse, e se calou.

Não havia muita gente no museu. Descemos devagar pelas passagens de mármore onde as cortinas verdes estavam bem fechadas para proteger do sol. Mostrei a Will o casal no divã funerário.

— Reconhece?

No início ele olhou desinteressado.

— Ah, sim — depois de um momento. — Seu pai tinha uma cópia na mesa dele.

— Pessoalmente é muito melhor.

— Ela não é nenhuma beleza.

Talvez Will tenha visto apenas uma mulher gorda e baixinha com brincos enormes, e um homem com um corte de cabelo ridículo. Eu lhe dei uma cutucada.

— Ele não é nada de especial.

Minha atenção foi despertada por um sofisticado candelabro de bronze, trabalhado com cachos de uvas e folhas de parreira. Quando olhei em volta, Will ainda estava diante do divã fúnebre. Olhava atentamente para o casal, os olhos apertados, o rosto uma máscara de tristeza.

Voltamos para o carro e consultamos os mapas, pois eu estava ansiosa para visitar os túmulos etruscos. Chloe e eu implicávamos com Will por causa dos mapas mas, verdade seja dita, a sua habilidade sempre nos levou aos lugares certos. Agora eu esperava que ele dissesse que as mulheres não tinham percepção espacial para eu responder: "Mulheres trabalham melhor em equipe." Mas ele não disse, e eu fiquei calada.

Entramos de carro em uma área de maquis, com direito a pedras e arbustos. Ali, a paisagem tinha um ar cego, azedo, perverso. Mas vários séculos atrás, os etruscos tinham tornado o lugar opulento e fértil. Este fora o seu paraíso.

Estacionamos perto dos vestígios de uma cidade etrusca, que não era muita coisa — um traço de piso de mosaico, a sugestão de um muro de pedra que subia por uma montanha íngreme. Bebidas eram vendidas sob um aglomerado de guarda-sóis, e uma lata de lixo transbordando cuspia o seu conteúdo vulgar sob um arco antigo.

Seguimos a trilha até as montanhas. A estrada ficou escarpada e fazia muito calor. Nas sandálias, meus pés escorregavam de suor, e Will estava sem fôlego. Uma seta indicava uma forte inclinação e uma outra apontava ainda mais para cima. O calor ardia nas nossas costas.

— Ali — eu apontei para uma abertura escura, em parte escondida pela vegetação.

Will sorriu com uma careta.

— É melhor valer a pena.

Ele afastou a vegetação para eu passar, e nos vimos em uma grande câmara na rocha, revestida de prateleiras de pedra, sobre as quais os etruscos depositavam os seus mortos.

Não havia como confundir o odor de água semi-estagnada e de rocha que jamais via o sol. O cheiro era a essência da extinção. Coloquei a mão sobre uma prateleira fria. Os fantasmas dos etruscos mortos estavam trancados neste lugar, longe, muito longe de banquetes, colheitas, vinhos, relações sexuais e amor conjugal retratados nas suas pinturas e esculturas.

— Não sei por que fazemos tanta história a respeito da vida após a morte — disse Will. — Depois que você vai embora, acabou. Meg foi embora, assim como o seu pai. O que restou? — ele estendeu o braço para pegar a minha mão.

Mas eu fugi do túmulo e desci me arrastando até a trilha. Escutei Will atrás de mim e, quando ele me alcançou, eu estava sem fôlego. Eu respirei fundo e o calor entrou dolorosamente nos meus pulmões, mas eu o saudei. Muito melhor estar ali, a céu aberto, quente, mas viva.

Ergui o rosto na direção do sol. Emergir de uma caverna escura para a luz era saber que eu estava livre.

Na volta, Will perguntou:

— As cinzas de Alfredo... você decidiu?

— Não. Tolice, não é?

— Não pode adiar para sempre.

— Eu sei.

Enquanto jantávamos frango grelhado e pimentões assados, Sacha nos disse que pretendia viajar.

— Para Manchester, eu penso. Tenho umas duas apresentações programadas... depois vou ver Chloe em Oz. Dar uma volta, ver alguma coisa.

— Seria bom — eu mantinha a minha voz neutra.

— Sinto falta dela — ele disse simplesmente.

— Nós também.

Instintivamente olhei para Will e nossos olhares se encontraram. *Não*, era a mensagem nos seus. Uma cutucada mental, eu suponho.

Depois de tirarmos a mesa, Will disse gentilmente.

— Fanny, vá pegar as cinzas do seu pai.

Eu desci a escada com a urna.

— Posso? — disse Will e a tirou das minhas mãos. — Agora, vamos achar um lugar para as cinzas de Alfredo.

Segurando a urna debaixo de um braço, ele me empurrou para fora de casa com o outro.

Caminhamos pela estrada de terra, e o calor residual embalava nossos pés.

— Eu deveria ter prestado mais atenção às descrições de Fiertino — disse Will, de um jeito casual. — Assim, eu saberia onde estou. Onde a família do seu pai vivia?

A lua estava clara como prata polida quando apontei para a feia substituição da *fattoria* na estrada.

— Ela foi queimada no final da guerra — expliquei.

— Estou vendo — Will considerou. — Acho que isso não seria correto. Nem, eu acho, no pátio da igreja. Penso que seu pai preferiria ficar livre.

Eu pisquei para não chorar.

— Sim, ele preferiria.

Na bifurcação da estrada, Will ignorou o caminho que ia dar no vilarejo e subimos a colina onde os ciprestes e carvalhos cresciam em aglomerados e os vinhedos desciam entre eles até o vale. Era um mistério para mim como alguém podia dormir nas noites italianas profundas e perfumadas, e eu disse isso a Will. Ele sorriu.

— Não acredito que você tenha falado isso.

Lá embaixo, as luzes do lugarejo estavam enfiadas na encosta da montanha sob um toldo estrelado. O luar produzia as suas usuais ilusões e Fiertino parecia surgir da paisagem, intocada e completa.

— Adoro este lugar — confessei.

— Sei disso. Mas, Fanny... — ele estava hesitante — você sabe que é apenas uma visitante?

Teria sido tão fácil dizer: "*Não, eu pertenço a este lugar*". Mas seria ignorar muitos particulares e a evidência contrária. Eu *era* uma visitante — especial, mas visitante. Eu sabia disso, agora.

— Seu pai nunca gostou de mim — Will observou, no mesmo tom casual. — Gostaria que tivesse.

— Ele não disse isso — retruquei. — Vocês eram diferentes. Você usa a política para lidar com questões difíceis e problemas difíceis — como nos conduzir em sociedade diante da morte e... extinção. Papai achava isso uma perda de tempo. Ele confiava nele mesmo.

— Mas eu gostava dele.

— Eu também — eu disse, com um soluço entrecortado.

Will fez um gesto em direção aos vinhedos.

— Que uva é aquela? — perguntou.

— Sangiovese.

— Era uma das favoritas?

— Ele a admirava.

— Por que não o coloca entre as parreiras? — Will me entregou a urna. — Não acha que ele gostaria?

Eu sabia que ele estava certo.

Abri caminho por entre as estacas de sustentação das uvas inchadas e parei. Com uma dorzinha no coração, virei a urna de cabeça para baixo e observei as cinzas de meu pai flutuarem em direção à terra.

O seu *terroir*.

Quando voltei para onde Will estava me esperando, eu tremia de emoção e ele me abraçou forte.

Os dias seguintes foram de espera.

Quando ficava muito quente, nós nos retirávamos para a *loggia* na Casa Rosa, almoçávamos vagens e salada de tomates da plantação de Benedetta e ficávamos sonolentos com uma taça de Chianti. À noite, comíamos no Angelo's, e Sacha às vezes ficava para tomar café na praça. Eu estava contente de ver um pouco de cor voltando ao seu rosto.

Naturalmente, Will estava preocupado, e muito quieto. Eu esperei até estarmos sozinhos em nosso quarto da Casa Rosa antes de, finalmente, convencê-lo a falar.

— A morte de Meg forçou tudo a entrar em foco. O que é mais importante do que isso? Nada. — ele sentou na cama. —

Eu só posso explicar como um desânimo — ele disse. — Descobri que não tenho mais tanta certeza de nada. Há uma eleição se aproximando, mas enfrentar as coisas e travar batalhas parece mais difícil para mim agora do que no início. Eu costumava ter tanta certeza das coisas de que precisávamos para vencer. Agora fico pensando se fazemos algum bem afinal de contas. — Ele olhou para mim pesaroso. — Não sei por que devo me sentir assim agora, na grandiosa idade avançada, enrijecida pelas batalhas, aos 48 anos.

Eu olhei para ele e vi, pela primeira vez, que só depois que o desejo abrasador se transforma em carinho e familiaridade o verdadeiro conhecimento — o conhecimento que eu buscava — era possível. E pensei com um certo nervosismo no grau de risco que eu havia assumido. Não que eu me arrependesse — mas valia a pena considerar o desastre que poderia ter sido.

— Continua — eu disse. — O que mais?

— Você desapareceu aqui e parecia tão absorta em um mundo muito diferente, que eu achei que não poderia acompanhar. Pensei que você iria desaparecer. Depois, achei que tinha mantido você contra a sua vontade. Não, não contra a sua vontade, exatamente, mas engaiolada e, na primeira chance que teve de fugir, você fugiu. — Ele deu uma risada triste. — Acho que tive ciúmes de Fiertino e de você em Fiertino.

Senti uma dor por tê-lo feito sofrer.

— Então, no minuto em que eu saio de perto você desenvolve um caso de insegurança em primeiro grau?

— Eu não diria isso exatamente.

Um pouco mais tarde ele falou:

— Você realmente ama este lugar... a Casa Rosa e a cidade. Não é?

— Sim. Está no meu sangue. Mas isso não quer dizer que seja a Fiertino de meu pai. Aquela era diferente.

Will parou na janela e olhava o vale lá fora.

— Gostaria de não precisar voltar.

Eu não tinha ilusões. Sabia perfeitamente que assim que Will estivesse no ambiente de Westminster, ficaria de orelhas e nariz em pé.

— Me escute — eu disse e fui para o lado dele, dando-lhe uma leve cutucada. — Você está bem. Perfeitamente bem.

Ele se debruçou e me beijou.

No dia seguinte fui ver o padre e encomendei uma pequena lápide, com o nome de meu pai e as datas para ser colocada entre os Battista.

Comecei a limpar a Casa Rosa pela última vez. Varri o chão, guardei a louça, espanei os quartos. Sacha e eu empacotamos as coisas de Meg e conversamos sobre ela.

Quando a noite chegou e as sombras tomaram conta do vale, sentei-me na janela do quarto e sorvi o último momento, traçando cada forma e dobra até elas ficarem impressas na minha memória.

Eu amava a Casa Rosa, e nunca amara mais do que quando estava me despedindo dela. No entanto, era um sonho, o meu sonho, de musselina branca flutuando nas janelas, de pisos de mármore e vasos de terracota, de uma vida vivida à perfeição, que me nutriria muito bem nos dias sombrios. E melhor ainda nos dias bons.

Dei a volta na casa, prendendo as persianas e fazendo uma última e demorada inspeção antes de seguirmos de carro até a casa de Benedetta para devolver as chaves.

Ela tinha um presente para mim. Era uma fotografia pequena e borrada de uma casa cujo telhado tinha caído, expondo um esqueleto de vigas enegrecidas. Eu só podia adivinhar a forma de uma fonte no jardim. Eu olhei o verso. Atrás estava escrito: "1799-1944."

— A *fattoria* — ela explicou. Coloquei a fotografia na bagagem de mão e lhe dei um beijo de despedida.

— *Santa Patata* — ela disse e chorou. — Você vai voltar.

Olhei para trás apenas uma vez ao pegarmos a estrada para Roma, e a vista tremeluziu com o brilho das oliveiras, das uvas e das papoulas vermelhas. Pensei em Meg.

Como ela ficaria zangada por não estar aqui para entrar no carro quente e dizer: "Típico, fiquei com o pior lugar!"

Imaginei as parreiras afundando as raízes no *terroir* e o sol batendo nas frutas maduras... "Você precisa ter coragem de esperar até o último instante antes de colher", como meu pai dizia, "para seduzi-las até essa riqueza de sabores e aromas".

Capítulo 27

ENTERRAMOS MEG em um lugar tranqüilo e ensolarado ao lado da igreja em Stanwinton.

Depois voltamos todos ao trabalho. Sacha para o seu grupo. Will para Londres e os crescentes boatos sobre as eleições. Chamada de volta aos jantares de caridade, às obras beneficentes, e às viagens de rotina a Londres, eu fazia a minha parte.

Mannochie havia quase — mas não totalmente — me perdoado por minha deserção.

— Cuidado, Sra. Savage — ele sussurrava ao meu ouvido nas noites para arrecadação de fundos anuais do coral quando eu tinha o azar de rir depois de uma excruciante interpretação de "London's Burning". A hora de tingir os cílios era marcada para a manhã seguinte.

Eu fiquei contente quando, uns dois dias depois e por diferentes razões, eu piscava para conter as lágrimas quando um grupo de palhaços fazia as crianças na ala para o tratamento de câncer rirem.

— Olhe — disse uma das mães que estava ao meu lado, apontando para sua filha careca. — Ela está rindo, ela está realmente rindo. — Ela tirou uma fotografia da bolsa e me mostrou. — Carla tinha as tranças mais longas — disse.

— A minha filha também — eu retrucava, e eu era uma mãe de sorte.

Foram necessárias várias sessões com o advogado e o contador de meu pai, mas, assim que tive uma folga, fui ver Elaine.

Ela me contou que tinha decidido, finalmente, deixar Neil e ponto final. Estava mais calma e mais equilibrada como há muito não a via.

— Vou abrir aquele negócio de roupas de tricô — falou. — Espere só. Vai usar as minhas suéteres, Fanny?

— Todos os dias.

A homologação do testamento de meu pai saiu finalmente, mas ficou claro que viria muito pouco dinheiro dele. Se eu fosse continuar com o negócio para valer, Ember House teria de ser vendida e todo o lucro reinvestido na Battista Fine Wines.

Expliquei a Will que eu teria menos tempo para o seu lado das coisas, mas faria o possível para não decepcioná-lo.

Ele ouviu em silêncio.

— Não vejo dificuldade nisso.

Toquei em seu rosto.

— Achei que não.

Ele me deu aquele seu velho sorriso.

— É a sua vez. E enquanto estiver nisso, Fanny, acha que pode ganhar algum dinheiro para nós?

Liguei para Raoul e perguntei se ainda tínhamos negócios.

— Sim, temos — ele disse logo. — Estou ansioso para saber o que você tem em mente. E, Fanny...

— Sim?

— Não precisa ficar aborrecida. Temos uma história muito longa para isso. Eu a verei, em breve.

— Sim.

Armada com caixas de papelão e equipamento de limpeza, Maleeka e eu fomos de carro até Ember House e empacotamos tudo.

— Era bom *pezoa* — ela disse, ao limpar o armário de pires.

— Eu sei.

Como sempre, Maleeka era estranhamente confortante. Eu toquei em seu ombro.

— Eu sei, também.

Juntos, Will e eu escolhemos o que queríamos, e selecionamos algumas peças para Chloe. Fiquei com a mesa do meu pai, a tigela de frutas azul e branca, vários dos seus livros sobre vinhos e a fotografia do túmulo etrusco. E, é claro, o arquivo marcado com "Francesca". Examinei os papéis de meu pai e classifiquei os arquivos de negócios. O resto eu queimei — cartas da minha mãe e de Caro, recibos de impostos de vinte anos antes... tudo que considerei que não seria necessário no futuro.

Ember House assumiu o aspecto pelado, desnudo de uma moradia cuja vida se fora, para algum outro lugar.

Liguei para Sally e perguntei se ela queria que lhe mandasse alguma coisa.

— Não — ela disse. — Deixei tudo para trás. — Ela tossia. — Um resfriado. Tenho passado muito mal.

Ocorreu-me que eu poderia fazer mais para alimentar o relacionamento entre mãe e filha, mas isso não parecia ter sentido Minha mãe fizera essa escolha havia muitos anos.

— Melhoras.

Sally protestou.

— Aqui a gente pode morrer tossindo antes de conseguir alguma simpatia.

— Art não está lhe dando atenção suficiente?

— Ai! — Sally exclamou. — Ele acabou de beliscar a minha bunda.

Depois de uma última sessão em Ember House, voltei para casa exausta e imunda. Sacha tinha chegado para uma visita rápida e insistiu em fazer o jantar. Eu o observei ferver o macarrão e abrir uma garrafa de molho pronto.

— Sacha, quero que saiba que você é maravilhoso.

Ele colocou um prato cheio até em cima na minha frente.

— Parece nojento.

Estava nojento. Comi uma garfada e fui assaltada por uma tal saudade dos molhos de Benedetta, dos vinhos, das azeitonas e do sol, que quase gritei. Sacha ficou olhando para o seu prato.

— Gostaria que mamãe estivesse aqui — empurrou o prato e chorou.

Eu esperei que a tempestade se acalmasse.

— As coisas vão melhorar, eu prometo.

— Espero que sim. Porque foi terrível, e mamãe sofreu muito e deixou para trás muitos sentimentos complicados.

Eu lhe dei um lenço e, depois de um tempo, ele parou de chorar.

Isto foi o mais perto que Sacha chegou de uma crítica a sua mãe e eu o amei ainda mais por sua lealdade.

— Não é mais complicado para ela agora.

Ele virou o seu rosto molhado e olhou para mim.

— Às vezes acho que ela não me amava o suficiente para continuar viva.

Eu me levantei e o peguei nos braços. Seus cabelos estavam desgrenhados e — tão diferente do seu normal — precisando de um banho.

— Sacha. Escute. Meg amava você mais do que todo mundo. Precisa colocar isso na cabeça.

— A vida é assim tão exaustiva, Fanny?

Eu o apertei mais.

— Você terá momentos de muita felicidade, eu prometo, e muitos, muitos pequenos prazeres que vão compensar.

— Você acha?

Eu disse, com toda a firmeza possível:

— Para mim levou um certo tempo, Sacha, mas acho sim.

Ele ficou calado então. Em seguida se levantou, molhou a mão na água e limpou o rosto.

— Você não vai deixar Will, vai?

O choque me deixou rígida.

— Por que pergunta isso?

Ele estremeceu.

— Chloe morreria.

— *Chloe?*

— Ela disse.

Sacha me pediu para separar as coisas de Meg.

— Por favor, Fanny, eu confio em você. Você faz isso?

A confiança era pesada, mas, em uma manhã clara e quente, com apenas uma sugestão de outono, tomei coragem e entrei no lado da casa que fora de Meg.

O quarto dela cheirava a falta de uso, mas estava tão caótico quanto se ela tivesse acabado de sair. Sem que fosse nenhuma surpresa, a sua presença era particularmente forte e vívida no quarto de dormir. Recolhi do chão uma echarpe de seda rosa forte, uma das suas preferidas, e dobrei-a entre os dedos.

A porta do armário estava parcialmente aberta, revelando as suas roupas amontoadas como espectadores ansiosos. Uma fotografia de Sacha na sua jaqueta de couro estava ao lado da cama, com uns dois livros. Peguei um e folheei. Enfiado entre as páginas havia um cartão postal de Chloe. "Faz frio", ela escreveu. "Espero que esteja bem. Estou com saudades."

Eu sentia falta da minha filha. Do seu caos, da sua ocasional grosseria, dos vislumbres que captava da sua vida interior, privada e interessante. Do seu "*Ah, mamãe, você está tão triste*". Eu detestava pensar nela tão longe quando a família entrou em crise.

Sacha confessou a confusão dos seus próprios sentimentos e eu deveria fazer o mesmo, também. Tratando-se de Meg, os meus eram tão dolorosos e perturbadores quanto os dele. Sempre seriam. No entanto, eu deveria fazer o possível para não lembrar dela pelo lado negativo, pois, do seu próprio jeito, Meg tinha lutado muito para não permitir que as coisas negativas tomassem conta dela.

Isto eu poderia fazer por Meg — lembrar dela clara e firmemente. Se eu podia me acusar de não ter sido generosa o suficiente com ela enquanto viva, então eu deveria ser generosa com ela na sua morte.

Agora, o quarto de Meg estava limpo, arejado e estéril. Abri as cortinas, com força, pensando em quantas vezes tínhamos nos irritado e nos despensado mutuamente, nos feito companhia ao longo dos anos e como, no final, tínhamos chegado a uma espécie de estado de graça. Eu disse em voz alta:

— Vou sentir falta de você, Meg.

Eu estava guardando o resto das suas roupas na garagem, prontas para serem dadas, quando escutei um carro chegar. Corri para ver quem era. O sedã do ministério estacionou e Will desceu, no seu melhor terno e segurando a caixa vermelha.

— Aconteceu uma revolução?

— Fanny... não escutou o noticiário?

— Eleição?

Entramos em casa e ele jogou a caixa sobre a mesa do hall.

— As pesquisas estão sugerindo que o partido pode perder cadeiras. Portanto, é hora de brigar.

Respirei fundo.

— Vamos dar uma volta antes. Antes que o balão suba.

A brisa era refrescante, no canteiro por cima da casa, e varria as folhas das árvores, com golpes impacientes. Esporos de coelho salpicavam a grama e, sob as faias, havia uma leve pegada de cervo. Caminhamos ao longo do canteiro e descemos pela beirada de pilriteiros, onde descobri o corpinho de um filhote de passarinho. Estava morto, fazia tempo, seco e deformado.

Will seguiu em frente e eu o fiquei observando.

Eu estava tentando descobrir o que, afinal, eu estava fazendo ali, com Will.

"Mama..." choramingava Chloe, aos 3 anos, durante um sermão na igreja, que esperavam que Will e eu assistíssemos, "Mama...", eu estava cansada, tão cansada que achei que não chegaria ao final do dia, muito menos ao culto".

Will se abaixou, pegou a filha no colo e a segurou forte. Encantada, Chloe passou as mãozinhas no rosto de Will e espetou os dedos em seus olhos. E Will, olhando para baixo com uma expressão privada de ambição e luta que demonstrava apenas amor puro, deixou que ela fizesse isso.

Era *isso*.

Will esperou que eu o alcançasse.

— Acha que terá tempo para subir no ônibus de guerra? — ele perguntou, ansioso.

Havia uma aspereza no seu tom — uma reprise do Will inseguro da Casa Rosa — e eu sabia, sem dúvida, que estavam todos assustados com a possibilidade de perderem.

— Eu me viro sem você — ele disse. — Mas preferia que você fosse.

— Isso é alguma coisa, depois de todos estes anos — Eu gostaria de ter dado um sorriso, pelo menos, se não uma gargalhada. — É assim tão ruim?

Sua resposta foi arrancada de dentro dele.

— É assim tão ruim.

Eu tomei coragem mentalmente:

— É melhor eu ir me arrumando, então, não é?

A sessão de chá e bolo para os operários do partido era, é claro, bem freqüentada. Não havia nada como uma eleição para galvanizar as ovelhas e as cabras, os defensores e os delatores, mesmo se a imprensa já tivesse corrido para imprimir as suas dúvidas sobre o partido.

Mannochie apareceu.

— Contente de ver você aqui de novo.

Ele segurava um maço enorme de papéis. Eu olhei para eles.

— São todos para mim?

— Nem todos.

Ele parecia animado com a perspetiva de luta. Alguém tinha de estar. Nós nos apossamos de duas cadeiras de plástico e examinamos a desconcertante relação de compromissos. Cafés-da-manhã. Jantares. Entrevistas com a imprensa.

Mannochie havia se superado.

— Estou contando com Will para trazer algumas pessoas importantes. O Chanceler... ou até o primeiro-ministro. Nada como o pessoal importante para nos fazer sentir que estamos no mapa.

Um pouco mais tarde, eu me levantei para fazer o discurso de convocação das tropas. Sabia que estava bem no papel — saia comum, casaco preto ligeiramente mais elegante, jóias discretas. O uniforme da esposa de político modelo.

Examinei os rostos. Estavam bem-humorados, ansiosos e querendo ouvir que estava tudo bem. Eu podia escolher entre ser honesta e o discurso seguiria na linha de: "Ia ser difícil e acidentado, e não havia portos seguros e nenhuma garantia de resultado."

Ou... eu sorri.

— Senhoras e senhores. Sei que Will gostaria de estar aqui, e ele vai chegar assim que puder. Enquanto isso, ele envia os seus agradecimentos adiantados por todo o trabalho que ele sabe que os senhores estarão lhe dedicando durante as próximas seis semanas. Nada disso será desperdiçado. Temos as políticas certas, a equipe certa e, se posso dizer assim, a pessoa certa para representá-los e levá-los a uma vitória esmagadora. Eu vivo com ele... — Uma pausa para risadas... — e sei que ele passa cada minuto em que está acordado pensando no eleitorado... mesmo quando acho que deveria estar pensando em mim.

Mais risadas.

— Uma das coisas que sei que preocupam Will em particular é, como ministro, quanto tempo terá para passar em Westminster. Mas isso não significa que o seu eleitorado de Stanwinton não esteja gravado em seu coração, e espero que os senhores sintam que ele sempre considerou as suas opiniões e colocou os seus interesses no topo da lista...

Sentei-me, ouvindo aplausos entusiasmados.

— Muito gentil — disse Mannochie. — Obrigado.

Eu estava sentada em frente ao espelho passando creme no rosto e me aprontando para deitar quando Will colocou uma das mãos no meu ombro.

— Fanny, preciso te perguntar. Eu *tenho* que te perguntar. Quando Raoul foi ver você na Itália, foi isso... foi por?

Eu sabia exatamente o que Will estava perguntando, e eu sabia que ele devia ter pensado muito a respeito antes de tocar no assunto. Se não fosse por Meg, tenho certeza de que ele teria me abordado antes. E o longo intervalo entre o momento em que lhe contei sobre a visita de Raoul e aquele deve tê-lo feito sofrer ainda mais, o que eu sentia muito.

Continuei passando o creme no rosto e no pescoço, e observei o meu reflexo executando esta pequena rotina diária.

Estava em meu poder acertar uma velha conta, refazer um equilíbrio. Podia escolher contar a verdade a Will. Poderia dizer que Raoul havia me oferecido doces e civilizadas delícias, um momento de prazer e sol, onde não havia uma esposa, mas eu mesma... e eu poderia acrescentar que tinha desejado muito aceitar.

Ou eu poderia contar a Will que Raoul tinha sido meu amante, mas que ele não precisava se preocupar. Fora um terrível engano e, certamente, não iria afetar o nosso casamento. Ele saberia do que eu estava falando.

Ou eu diria que tinha agradecido a Raoul e respondido que lembraria da sua oferta para o futuro. Eu a guardaria no sótão, por assim dizer, e a tiraria dali de vez em quando para espanar.

Encontrei a expressão cansada de Will no espelho e larguei o tubo de creme. Ocorreu-me que a política de um casamento bem-sucedido implicava jamais responder a uma pergunta direta, e jamais respondê-la totalmente, sempre deixando uma pequena margem de ignorância. Era o bastante saber que um amava o outro, e o resto tinha de ser feito com fumaça e espelhos e mais do que um pouco de confiança.

Esfreguei a última pincelada de creme. O espelho suportava a dupla carga de me ver olhando para ele e de refletir de volta a imagem de Will e eu. Minha pele e meus cabelos estavam satisfatoriamente lustrosos e chiques. A menina tinha virado uma mulher que, entre outras coisas, era esposa e mãe. Entender em que eu havia me transformado tinha muito a ver com força de vontade. E, acima de tudo, eu tinha o meu quarto interior para onde podia me retirar e respirar.

Levantei e me virei para olhar Will de frente.

— Foi por negócios. — Beijei o seu nariz e desenhei um coração em seu peito com a ponta do dedo. — Apenas negócios.

— Tive uma idéia — disse Will, quando afastou as cobertas e deitou na cama. — Se sobrou algum dinheiro da herança do seu pai, porque não pensa em comprar a Casa Rosa? Podíamos reformá-la. Eu ajudo.

Eu já tinha escutado isso antes. Deitei ao lado dele e arrumei os travesseiros do meu jeito.

— Não será o suficiente.

Ele sorriu com um ar presunçoso.

— Não te contei que Meg me deixou uma pequena quantia? Quero que você fique com ela. — Ele estendeu o braço e apagou a luz. — Isso resolve o problema.

Capítulo 28

Na corrida para as eleições, eu me levantava às seis horas da manhã, vestia uma roupa, me arrastava pelas ruas fazendo comício, voltava para casa, vestia outra roupa e partia para chás, jantares e bailes. Perdi a conta de quantos.

Em cada cenário em que estávamos juntos, Will e eu fazíamos a nossa representação, na qual já éramos mestres. Meu pescoço doía com a pose de adoração, e Will estava ficando um tanto rouco.

As pesquisas nacionais não eram exatamente encorajadoras, mas a fatia principal da imprensa local parecia apoiar Will. Mannochie, entretanto, estava desanimado.

— Não entendo. A economia caminha, a inflação está controlada, mas não me parece certo.

Mannochie me fazia pensar. Dizem que as mudanças marinhas na composição da terra ocorrem subterrâneas e secretas. Por mais que as escutem com seus instrumentos, os cientistas não entendem exatamente o que aconteceu até ser tarde demais. Tem alguma coisa nisto.

Amanheceu o dia antes da eleição. Eu tinha passado quatro horas no palanque. Meus pés doíam, e o meu distintivo teimava em cair. A nossa penúltima parada era em um bloco de apartamentos perto do rio onde as passarelas de concreto estavam rachadas de umidade e os corredores sujos de... melhor não perguntar. Bati em uma porta que um dia fora azul.

Uma mulher com um avental de plástico enfiou a cabeça para fora da janela.

— O que você quer?

Comecei o discurso e ela franziu a cara:

— Vocês nunca falam com a gente.

— Mas estou falando agora.

— Não, não está. Você está nos dizendo.

Atrás de mim, os membros mais jovens do partido que vinham me seguindo abafaram o riso e eu desisti.

— Ótimo — eu disse e tentei enfiar um folheto na caixa de correio onde ele ficou entalado.

Contive um bocejo o melhor possível, pois o Sr. Tucker, querendo saber se eu estava animada, tinha me acordado às cinco e meia da manhã.

Boa pergunta.

Em seguida foi a Sra. Scott, a minha tarefa especial, que eu sabia que tinha passado a tarde quase toda preparando chá para me receber.

Os membros do partido e eu nos esprememos na sua sala de estar onde uma bandeja com pernas tinha sido posta com um guardanapo de renda e um jarro com uma rede enfeitada de contas. No canto, uma televisão com o som desligado piscava.

— Espero que você use o seu. — Ela tirou a rede da jarra.

— Uso, Sra. Scott. Gosto muito dela.

— Sra. Savage e eu somos amigas — Sra. Scott se dirigia aos membros do partido. — Ela representa o ministro nas entrevistas.

Eu olhei ao redor da sala. Depois de muita disputa, o conselho tinha substituído o vidro da porta da frente depois que vizinhos violentos o quebraram. Havia um remendo de gesso novo, também, onde a janela tinha rachado e a umidade entrado.

— Fico contente por Will ter conseguido organizar os consertos. Deve ter sido muito incômodo para a senhora, eu imagino.

Sra. Scott não via as coisas assim.

— Se esses patifes não tivessem quebrado a minha porta, eu não teria conhecido o ministro.

O dia da eleição amanheceu tempestuoso. Desci da cama quente e abri as cortinas. A chuva matraqueava sobre os campos, formando poças na estrada.

— Droga! — disse Will da cama. — Ninguém vai sair de casa para votar.

Ele pegou o telefone e ligou para Mannochie. Enquanto eu me vestia, uma conversa, na qual meu nome aparecia, se seguiu. Eu sabia o que isso significava.

— Mannochie encomendou transporte para os idosos — Will deitou novamente sobre os travesseiros, já parecendo exausto. — Mas podemos usar o segundo carro e um motorista.

Peguei a minha saia de eleição, que não era uma roupa muito bonita, mas me fazia parecer confiável e fácil de abordar, e a vesti.

— Segundo carro sendo útil, então — eu disse.

A zona eleitoral era uma escola primária onde, quando o telhado vazava, os eleitores tinham de desviar de baldes — o que, me ocorreu, não era uma boa propaganda para Will. A imprensa local tirou fotos de Will e de mim quando votávamos, e depois continuei a direcionar os idosos, enfermos e mães com crianças pequenas para e de volta de suas seções eleitorais.

De vez em quando eu ia conferir uma das vinte salas de comitê distribuídas pelo eleitorado para uma atualização.

O dia passou e, depois de um jantar ligeiro de banana amassada com iogurte, a ordem chegou — o Ministro e a esposa eram chamados na prefeitura.

Eu mudei para um terninho cinza e botas de cano curto de camurça preta. Eu estava, é claro, usando meias. Escondi as olheiras com base, passei batom nos lábios, e examinei os meus cílios. Se era vitória, eu estava pronta. Se era derrota, eu queria enfrentá-la na minha melhor forma feminina.

Mannochie me alcançou quando eu abria caminho no meio de um exército de auxiliares na prefeitura. Tinha um ar sombrio.

— As pesquisas com os eleitores são ruins. É possível que Will perca a sua cadeira.

— Tristeza, Mannochie.

— Não merecemos isto — ele disse.

— Não, mas Meg sempre dizia que tem uma hora em que as pessoas se cansam e querem uma mudança. Talvez seja agora.

Will abriu um sorriso de alívio quando me viu.

— Pensei que tinha desistido.

Como a realeza menor, ficamos lado a lado enquanto dezenas de pessoas apareciam para discutir a situação, receber ordens, dar uma opinião. De vez em quando, Will apertava a minha mão, e eu apertava a sua de volta.

As urnas foram pingando. Os votos classificados, reunidos em um maço e colocados em fileiras nas mesas sobre cavaletes. Eu sabia agora como ficar de olho nessas fileiras. Às vezes elas rastejam, outras vezes disparam, e pode-se dizer pelos olhares do aferidores que pilha pertence a quem.

Ninguém estava olhando na direção de Will.

— Vê — disse Mannochie baixinho. — Não é bom.

Eu me servi do café da garrafa térmica. Estava muito forte, mas pelo menos estava quente e eu tinha alguma coisa em que me concentrar. Em cada extremidade da sala, uma tela de televisão piscava e falava.

Às quatro horas da manhã houve uma altercação de último minuto com o candidato da Natural Earth sobre cédulas invalidadas. Uma vez resolvido, o encarregado de entregar os resultados prosseguiu com cautela.

— Desculpe — ele disse.

A mão de Will apertando a minha estava me machucando.

Ele subiu no palanque, ereto e imperturbável como havia treinado e, como sempre, eu senti muito orgulho dele. Não titubeou quando os resultados foram lidos em voz alta, nem quando percebeu que aquilo que balançaria os seus alicerces tinha acontecido. Will perdera a sua cadeira.

O candidato vitorioso fez uma mesura, sorriu e discursou agradecendo a quase todo mundo em Stanwinton.

Will pegou o microfone... e eu fui transportada para o início, para aquele frio janeiro na prefeitura de Stanwinton. Ele falou sobre mudança, sobre a necessidade de repensar e tomar novo fôlego, e sobre como ele havia lutado para defender os seus ideais.

Ele agradeceu aos seus partidários e lhes disse que nada fora desperdiçado.

No final, cabeça baixa, ele escutou os aplausos. Em seguida, desceu do palanque e eu fui até ele e disse:

— Quando estiver pronto, vamos para casa.

No caminho, Will mandou:

— Pare o carro.

Ele escancarou a porta e desceu tropeçando. Eu fui atrás dele.

Então, ele vomitou.

Eu o segurei até o enjôo passar.

— Desculpe — ele conseguiu dizer.

Depois que ele recuperou o fôlego, eu o fiz caminhar comigo até a faia na esquina do campo. O sol estava surgindo no horizonte e, depois do frenesi claustrofóbico na prefeitura, o ar estava frio e limpo. Nos apoiamos no portão, olhando para onde a alvorada raiava e a luz ressaltava as cercas vivas.

Will descansou a cabeça nos braços cruzados.

— Sempre me perguntei como eu lidaria com isso quando a hora chegasse.

— A resposta é "muito bem". De fato, mais do que muito bem.

Sua voz soava abafada.

— Vamos ter de repensar tudo de novo. Como vivemos, tudo isso. O que fazemos.

De volta a casa, eu preparei um chá que ele bebeu sedento.

— Vamos ver o que está acontecendo na televisão — ele disse.

Mas eu o impedi.

— Não, chega por enquanto.

Os olhos escuros estavam embotados de tristeza.

— Acho que você tem razão.

Embora eu soubesse que ele não tinha jantado na noite anterior, ele se recusou a comer qualquer coisa, e eu o levei para cima. Ele se submeteu obediente quando eu desabotoei a sua camisa e a despi. Seu corpo estava encharcado de suor e, volta e meia, ele dava um suspiro estremecido.

Na cama, eu me aproximei dele e o abracei.

Depois de alguns minutos ele caiu em um sono agitado, mas eu continuei segurando-o até o meu braço ficar dormente. Quando não consegui mais suportar, eu me destaquei de Will e desci para telefonar para Chloe.

Foi preciso muita determinação para encontrá-la mas, no final, consegui. Estava muito tarde para ela, e pareceu assustada quando atendeu o telefone.

— Mãe? Não aconteceu nada de ruim, aconteceu?

— Nada tão terrível, mas papai perdeu sua cadeira ontem à noite. Ele quis que eu ligasse para você.

— Coitado do papai. Está muito chateado?

— Está. Agora está dormindo.

Depois que Chloe teve certeza de que, basicamente, a sua família não havia sido varrida da face do planeta, ela parecia bastante animada.

— Ele pode fazer outra coisa. Diga a ele que muita gente faz. É a mentalidade da época. Faz bem mudar. Diga-lhe que ele tem sorte de ter outra chance de fazer alguma coisa.

— Chloe, querida, sinto falta de você. Quero te contar uma porção de coisas e o que eu vi na Itália.

Era hora de conversar com Chloe sobre a família e a sua história, um dia, quando voltasse para casa.

— Ah, mamãe, estou com saudades também...

Ela continuou tagarelando por um bom tempo, e foi só no final da nossa conversa que ela deixou escapar a seguinte informação:

— Conheci uma pessoa... seu nome é Paul...

Vistoriei o meu domínio. Entrei na sala de estar, afofei as almofadas e abri as cortinas. Sendo este o aposento mais formal da casa, eu me certifiquei de não haver poeira sobre a lareira e renovei a água estagnada de um vaso de lírios.

Limpei a cozinha e avaliei os suprimentos de comida e de vinho. Sem dúvida, Mannochie e a equipe viriam em bando, e precisavam ser alimentados na derrota tanto quanto na vitória. Eu cozinharia travessas de macarrão e abriria garrafas de vinho, e poderíamos nos sentar ao redor da mesa e falar sobre o que tinha acontecido até isto estar suficientemente configurado para ser consignado à memória. Depois a vida continuaria.

Peguei a agenda de couro marrom e a folheei, resistindo à tentação de ir riscando as dezenas de compromissos anteriores ao Natal. Isto seria arrancar uma vitória muito pequena das mandíbulas da derrota.

— Fanny?

Levantei os olhos. Will estava na soleira da porta.

— Estou aqui. Não vou a lugar algum.

— Bom.

Ele desapareceu pela porta ao lado para ligar a televisão e voltou com as novidades.

A nação tinha falado. O partido estava fora, e todos estavam ou lambendo feridas ou com ar presunçoso ou santo, ou ambos.

Discutimos o que isto significaria para vários colegas, e como isto adiou o sonho de Will de ter um cargo de chanceler. Particularmente, eu sabia que era pouco provável que Will conseguisse isso, agora. A oportunidade tinha passado. Mas não era hora de dizer isso.

— Liguei para Chloe — eu lhe disse. — Você vai gostar de saber que ela vê isto como a oportunidade de uma segunda carreira.

— Macaquinha atrevida — ele falou e franziu a cara com pesar. — Mas ela está certa — acrescentou. — Daria tudo para vê-la.

— Mais chá?

— Acho que bebi mais chá nas últimas semanas do que na minha vida inteira. Nunca mais quero tocar nesta droga.

— Nem eu — inspecionei a prateleira. — Muitos vinhos bons, em vez disso.

Agora que Meg não estava ali, eu me sentia em liberdade para dizer esse tipo de coisa.

Will ficou calado. Estávamos ambos ocupados com nossos próprios pensamentos — os meus preocupavam-se basicamente com o modo como eu apoiaria Will até ele se sentir melhor.

— Will — eu disse gentilmente — nunca se sabe, você talvez goste de ter um pouco de liberdade por uns tempos.

Ele estremeceu.

— Fácil dizer.

Não é que lhe faltasse coragem. Will tinha reservas quanto a isso. Apenas, no momento, ele estava acostumado a pensar de acordo com um conjunto de coordenadas. Eu teria de convencê-lo de que tentar outro caminho seria desconfortável, mas intrigante e perfeitamente possível.

— Pensando em mudança, houve um momento em que achei que você não fosse voltar da Itália.

Coloquei de volta um clarete — um frustrante Haut-Marbuzet 1997 — na prateleira e me endireitei.

— Talvez não voltasse — eu disse. — Pensei nisso.

Ele passou as mãos pelos cabelos como em busca do velho Will, aquele cheio de vigor e otimismo.

— Eu teria ficado louco — falou —, começado a beber.

— A piada não foi boa.

— Não foi boa — ele admitiu.

— Depois que superei o alívio de estar sozinha, Will, percebi que não gostaria de ficar sem você, também.

— Bom — Will se levantou para conferir os últimos números na televisão — Isso é muito bom.

Peguei a lata de lixo cheia e a levei para fora de casa. O dia já estava bem adiantado e uma réstia de luz batia na porta da garagem. Com um aperto curioso, meio sofrido, meio agradável, no coração, percebi uma sugestão — um toque — da textura e da cor da Casa Rosa.

"Francesca", disse meu pai, "você mora aqui em Stanwinton, é claro, mas é uma Fiertina."

Bem, eu era, e não era. Eu gostava da sua metáfora e da história sobre fazer a encosta do morro florir. Da encosta nua até o fértil luxuriante — "o bosque do meu avô, as oliveiras do meu pai, o meu próprio vinhedo" — em três gerações, dizia o ditado. Mas até ele teria de concordar que andou falando de um tempo há muito passado. Meu pai não estava em Fiertino quando os operários reviraram a estrada com as escavadeiras elétricas e ergueram as fileiras de pilares que subiam a encosta. Nem tinha sentado no Angelo's onde a conversa era sobre subsídios para as oliveiras e reformas de casas.

Mas eu não ia pensar na Casa Rosa agora. Ainda não. Atravessei o gramado. A casa estava atrás de mim, uma casa mais vazia do que tinha estado por anos, onde o movimento de coisas e pessoas tinha encolhido. Virei-me para olhar para ela. Afinal, depois de tudo, eu tinha me acostumado com seus espaços e esquisitices. Tínhamos convivido, ela e eu — as feias janelas, a cerca de louros, a cozinha que nunca gelou direito. Gostando ou não, a casa tinha sido o *terroir* onde Will e eu tínhamos conduzido o nosso casamento e nos esforçado para moldar nossas vidas.

Ainda empilhados na garagem estavam o velocípede de Chloe e uma caixa de brinquedos de plástico. Arrumada corretamente em uma prateleira na cabana do jardim — e virtualmente intocada — estava uma caixa de ferramentas, que Will comprara para fazer a reforma. No sótão, havia duas malas que, entre outros resquícios do passado, continha meu vestido de noiva e um banco com uma tapeçaria bordada com gatinhos. Era um rejeitado, que ninguém se decidia a jogar fora, que Will se sentira obrigado a comprar em uma liquidação para angariar fundos para uma pesquisa sobre câncer.

Foi aqui, nesta casa, que o nosso casamento fez o seu truque de transformar um pedacinho abstrato de papel — o pedacinho de papel que Caro tanto queria — na pele que nos vestia a ambos. Dentro dela, nós vivemos e respiramos, sorrimos e choramos, murchamos e florescemos, às vezes tudo ao mesmo tempo.

Voltei para dentro e dobrei roupas, arrumei papéis e correspondência não aberta. Enquanto passava pelos quartos, tentava escutar aquele traço fugaz, aquele eco mínimo, das presenças que os encheram um dia.

Will tinha voltado para a cama. Eu puxei a colcha da minha mãe por cima de nós e coloquei os meus braços ao redor dele. Ele estava frio e inerte, mas, no dia seguinte, estaria diferente, e começariam os planejamentos e decisões. Havia muitas possibilidades e poderíamos examiná-las todas, uma por uma.

Eu beijei o seu rosto e os meus cabelos caíram sobre a sua face, e eu sussurrei para ele que sobreviveríamos, que ficaria tudo bem e que eu o amava.

— Estava pensando em Meg — ele disse. — E no que mais eu poderia ter feito para ajudá-la. O que você acha que ela sentiria sabendo que eu fui chutado para fora? Sei o que seu pai teria dito: "Veja por este lado."

Eu ri.

Depois de um momento, Will se virou para me olhar.

— Gosto quando você ri — ele falou.

O Eros aos prantos construiu uma cidade e a governou e ficou poderoso.

Essa tinha sido eu.

A boa esposa.

Este livro foi composto na tipologia Caxton LT
BT, em corpo 10,5/16, e impresso em
papel off-white 80g/m², no Sistema Cameron da
Divisão Gráfica da Distribuidora Record.

167
169

254
263
270
351
363